光尘
LUXOPUS

GROUP

How One Therapist and a Circle of Strangers Saved My Life

被治愈的时间

一个心理医生和一群陌生人拯救了我

［美］克里斯蒂·泰特(Christie Tate) 著

邱柳依 译

李仑 审译

图书在版编目（CIP）数据

被治愈的时间 /（美）克里斯蒂·泰特著；邱柳依译. —北京：北京联合出版公司，2023.2（2023.6重印）
ISBN 978-7-5596-6548-5

Ⅰ.①被… Ⅱ.①克…②邱… Ⅲ.①回忆录—美国—现代 Ⅳ.① I712.55

中国版本图书馆CIP数据核字（2022）第251170号
北京市版权局著作权合同登记号　图字：01-2022-6037号

Simplified Chinese Translation copyright ©2023
By Beijing Guangchen Culture Communication Co., Ltd.
GROUP: How One Therapist and a Circle of Strangers Saved My Life
Original English Language edition Copyright © 2020 by Christie Tate
All Rights Reserved.
Published by arrangement with the original publisher, Avid Reader Press, an Imprint of Simon & Schuster, Inc.

被治愈的时间
GROUP: How One Therapist and a Circle of Strangers Saved My Life

著　　者：[美]克里斯蒂·泰特
译　　者：邱柳依
出 品 人：赵红仕
责任编辑：管　文
产品经理：王乌仁
特约监制：李思丹
出版统筹：马海宽　慕云五

北京联合出版公司出版
（北京市西城区德外大街83号楼9层　100088）
北京联合天畅文化传播公司发行
文畅阁印刷有限公司印刷　新华书店经销
字数187千字　880毫米×1230毫米　1/32　印张13
2023年2月第1版　2023年6月第2次印刷
ISBN 978-7-5596-6548-5
定价：69.00元

版权所有，侵权必究
未经书面许可，不得以任何方式转载、复制、翻印本书部分或全部内容。
本书若有质量问题，请与本公司图书销售中心联系调换。电话：（010）64258472-800

谨献给我的心理医生和我有幸与之分享的小组成员

目 录

v **审译序**
　　团体是一条项链

xi **作者序**
　　我被治愈的时间，
　　我重新开始的人生

第一部分

3	刻痕	75	拒绝
11	保密	83	骸骨
18	羞耻	89	回放
31	小组	96	释怀
44	食物	105	我配
52	处方	114	愤怒
59	转变	120	春梦
70	绿茶		

第二部分

- 131 　容忍
- 141 　约会
- 149 　汇报
- 158 　文身
- 163 　失望
- 171 　操纵
- 178 　放手
- 186 　激活
- 197 　转移

第三部分

205	叙旧	293	进展
216	落差	299	分手
232	想家	306	顿悟
243	公寓	317	自在
249	越线	323	祝福
261	纠缠	331	新生
266	醒悟	334	婚礼
273	男友		
280	九年	339	**后记**
288	背负	345	**心理医生请回答**

审译序
团体是一条项链

很久很久以前，人类还是以部落形式存在的时候，有一些成员因为受到大自然的创伤（火山、地震、海啸等），本能地关闭了一部分功能（躯体障碍），于是失去了劳动能力，日日被灾难化的情绪闪回囚禁。部落里的"能人"把他们组织起来，围着篝火又蹦又跳，嘴里发出各种奇怪的声音，然后找一些植物煮成汤剂灌下去，他们的痛苦散去，又恢复了劳动的能力。

这或许就是团体治疗的起源。

六到十二人聚集在一起，没有任何计划，没有任何主题，谁也不知道下一秒会发生什么。在这种充分自由的空间里，除了时间的边界（开始与结束的时间固定）、空间的边界（每次见面固定的房间）、关系的边界（组员之间无血缘与利益关系）之外，组员之间可以发生任何他们想发生的互动与对话。当这一切具备了的时候，治疗便开始了。

这样的团体有时候像是一个微型家庭：有人会在里面扮演焦虑

的妈妈、严苛冷漠的爸爸,还有人会扮演家里排行老大的牺牲者、排行老二的自恋者、排行老三的透明人和老幺(承受家族死亡焦虑的人)。组员们陆续登场,重现过去在家庭或家族中不同的角色属性。这些角色有一部分是被历史和生活雕刻成这个样子,另一部分则是自身无法突破的、局限了他们一切的盲区。重现过去,交织当下,彼此掣肘又深深共鸣,在这一系列复杂丰富的体验矩阵中,带领者方有机会点燃希望照亮成员们来时路的黑暗,并为组员提供整理过去、安顿当下、超越过去的可能。这是爱与恨冲突的集合,也是超越家庭、家族的良机。

这样的团体有时候又像是一个微型社会,有人会在里面扮演唠唠叨叨的说教者、回避掩埋冲突的和事佬、表达空洞内容的旁观者……大量沉默的组员就像是囤积团体秘密的"保险柜",谁也不需要的"表演者"、讨好权威的"哨兵"等组员"粉墨登场",展示自己的社会角色属性。同时大量的竞争充斥在他们的关系中,那就是影响有影响力的团体。如果一个人去找心理咨询师做心理咨询,基本有两种形式:一种是一个来访者和一个咨询师在一起工作,简称"个体咨询";另一种是去找一群人做咨询,一个咨询师和一群人在一起工作,简称"团体咨询"。那么,一个人选择来到一个团体本身就彰显了某种野心——在人们的目光中完成自我的蜕变。在团体中,只要有人说话,他一定是在讲给一群人听,影响有影响力的团体,本身就是一种力量的展示。

家庭与社会,或者说爱与工作,是人生的两大支点。哪一个更重要，是每个人自己决定的，然而这两个部分的能力却决定了一个人一生的幸福。

没有比团体更好的空间可以体验这两个部分了。

如果我们把目光聚焦在人类的内心世界，我们会发现普遍使人感到痛苦的一些终极议题——死亡、孤独、自由与责任、意义感。在每一个人心里形成了或深或浅的旋涡，这个部分当然也会呈现在团体里。

还记得我曾经带领过一个临终关怀的团体——这是一个由晚期癌症患者组成的团体，他们都清楚自己在世的时间不长了。组员们在一起交流的是此生爱过谁、被谁爱过、人生还有哪些遗憾——人类临终的三大议题。带领这样的小组并不是一件很有成就感的事情，因为你的对手是死亡，而且你注定会一败涂地。我艰难地与组员们在一起工作。我问组员们可以为他们做点什么，组员们说不如讲个笑话吧，现在气氛挺压抑的。我就讲了几个冷笑话。然后一位组员说，原来健康人也有无能为力的时候。在那一刻，组员们凝视着彼此，死亡焦虑不再使他们退缩，无力感也不再继续淹没他们——死亡本身变成了使者，引领组员们看到生命的尽头并不是毁灭。

还记得我带领过一个都患有唐氏综合征的"唐宝宝"团体，他们很难用语言描述自己，很难与别人交流。我带着他们做游戏，带着他们学习如何识别和表达各种各样的情绪和需要。于是孩子们自己发展了不同语调、不同音节的属于自己团体的语言。他们穿越了一个没有回应、没有镜映的世界。孤独感不再像山一样压着孩子们。

还记得我带领过警察和教师的团体，他们的工作责任使得他们无暇在家庭里享受与亲人交流的自由，一种牺牲感模糊了自由和责任的边界。我试着倾听、理解他们，帮助他们更好地在职业角色和家庭角色之间寻找新的平衡，创造性地、艺术性地在国家的需要和家庭的需要之间重新为自己赋能。

还记得我带领过的那些青少年团体，这个人生阶段正是意义感体验不稳定的时期，这些"七八点钟的太阳"并不知道自己作为独一无二的人的价值，并不知道自己的未来是充满着各种可能性的，并不知道勇气和活力是一种生命的绽放。这些青少年中的一部分人因恐惧和滥用自己的力量，不断地破坏自己的天赋与才华。我走进他们，既不深情地说教，也不机械地鼓励，只是进入他们的世界，邀请他们为自己的存在探求意义，就好像他们要在自己的领地上学会主宰一样，这是一场宏大又细腻的"成人礼"。

还记得我曾经带领过十二位女性成员组成的团体，一周见面一次，进行了五年的团体治疗，最后一轮团体治疗要结束的时候，其中一位组员说："我很舍不得和大家说再见，谢谢大家五年以来的陪伴，在大家的目光中，我感觉自己像水晶一样晶莹剔透。"

另一位说："有意思，我感觉自己像玛瑙一样色彩斑斓。"

另一位说："我是珍珠。"

"我是沉香。"

"我是琥珀。"

……………

团体治疗结束后,她们就真去定做了十二条由这些材料连接而成的项链,她们把戴着项链聚会举杯的照片发到我的邮箱里,我看到这张照片,心里有一个念头生出。

团体就是一条项链,美得不可胜收。

李仑

2021 年 11 月 17 日于武汉

作者序
我被治愈的时间，我重新开始的人生

在法学院读书时，我虽成绩优异，但总是郁郁寡欢，常与自杀念头作斗争。当时从未想过我会写出一部自传讲述自己接受心理治疗的经历：如何治愈心理创伤，如何在倾诉与冲突中结交了几个挚友，如何与一个善良的男人相爱并组建一个家庭……更没有想过这样的转变能被中国读者看见。

人生的这些转变从我接受团体治疗开始。经朋友介绍，我拜访了罗森医生。在第一次预约面诊的时候，我向罗森医生坦白我害怕自己会孤身一人死去，没有人会爱我。请帮帮我。他向我保证，他可以改变我的生活，但有两个条件。第一，我必须加入他的一个心理治疗小组；第二，我必须与小组分享我生活的方方面面，无论是秘密、羞耻，还是挫折、悲伤。

暴露秘密！为什么我要接受这个可怕的提议？

起初我也犹豫过，但还是加入了小组。

在团体治疗中，我开始意识到使我与他人产生隔阂的，是我尘封于心的秘密。多年来，我一直隐瞒自己的饮食失调和童年创伤，和小组分享这些隐藏多年的秘密并不容易；但迈出这一步后，我感到自己与组员、与罗森医生的关系变得更为密切了。他们成了这一转变的见证者，为我加油打气，对我推心置腹。

在和他们在一起的一个又一个90分钟里，我领悟到，恐惧和愤怒是我究其一生都无法与他人建立亲密关系的罪魁祸首。因为害怕袒露自己的沮丧和愤怒，所以我不得不与他人保持一定的距离。但在小组中，我经历了和组员们的冲突，我学会了如何表达自己的愤怒，也学会了如何应对他人的不快和失望。在此之前，我一直认为自己不可以向所爱之人发火，但团体治疗让我明白，发泄愤怒是构建一段健康的亲密关系的必经之路。

随着团体治疗的深入，我不再把感情寄托在食物上，转而开始依靠我的小组组员。在他们的支持下，我开始约会、恋爱。组员陪我走出每一步。约会时，我会在洗手间给他们打电话汇报进度。慢慢地，我改掉了一直以来的习惯，凡事不再一个人苦苦支撑，做事也不再任由潜意识驱动。当感情受挫时，我会同小组分享心碎和悲伤，从大家那里得到安慰、陪伴和关怀。

几年的团体治疗让我的生活彻底发生变化：我开始和法学院的朋友合租，不再独居，不再拒绝与人深交；我和律所的同事们相处得很融洽，也敢对上司说"不"；在情感生活方面，我也交到了心仪的异性。当和前男友分手时，我痛哭了好几周，但即使在最难过的时刻，我也知道自己不会孤独地死去——我的身边还有罗森医生和组员们，我正在成为自己一直想成为的人。

最终，我遇到了一个出色的男人并和他步入婚姻，很快迎来了我们的宝宝。婚前，我从组员那儿获得支持和陪伴；婚后，当我陷入心灵困境手足无措时，仍有组员替我出谋划策，帮助我更好地处理育儿、婚姻、事业以及社交的问题。

当我告诉大家我要把这段被治愈的经历写下来时，罗森医生对我说："你的文字或许能帮到更多的人。"这也是我献给罗森医生和这些年来与我并肩的组员的一封情书。这本自传很快会在一些国家出版。我希望我的故事能为那些困惑、孤独或被孤立的人，以及质疑生活是否值得的人带去一线希望。我想告诉大家，人人皆有焕然新生的可能，即刻就可踏上你的转变之旅。如果不想加入团体治疗，你也可以择一友伴，不用苦守那个秘密，也不必拒人于千里之外。

对我而言，让他人走进我黑暗的内心角落，是我所经历的最可怕的过程之一，但这同样也是最有价值的人生经历。希望我的经历能鼓励更多人迈出这一步，包括正在读这本书的你。

克里斯蒂·泰特

2022 年 6 月 20 日

第一部分

刻痕

生平第一次，我有了求死的念头。我眼前甚至浮现出画面：死神用骷髅手拍了拍我的肩膀，说："走吧。"副驾驶座上放着刚从史丹利买的两袋蔬菜水果，有洋白菜、胡萝卜、李子、甜椒、洋葱和二十四个苹果。三天前，我去了一趟大学，领取了我在法学院的成绩排名表，这已经让我心烦意乱了三天。我拧了拧车钥匙，等车子在 32℃的气温下启动。我随手拿出一个李子，咬了一口，看熟没熟。这李子皮挺厚实，不过里头的果肉很软糯。我任由果汁顺着嘴角流到了下巴。

周六上午 8 点 30 分。我无处可去，也无事可干。整个周末都不会有人期待看到我，只有到了周一早上，我才需要到劳德律师事务所进行暑期实习。但就算在事务所，也只有前台和录用我的合伙人知道有我这么个人。周三是国庆日，不用上班，又将是烦闷无聊的一天。我可能会参加一个互助会，互助会结束后跟人一起去喝喝咖啡。或许，另一个同样孤独的灵魂会想一起看场电影或点份沙拉。引擎启动了，我驾车离开了停车场。

真想被人一枪命中头部。

这种疯狂的想法却让我稍感慰藉。如果我死了，我就再也不用苦恼怎么熬过不用上班的周末和周三，也不必忍受让人备受煎熬的寂寞。放眼这之后的几小时、几天、几个月，甚至几年，寂寞如影随形。人生漫漫，我却感觉孤身一人，有的只是一袋苹果，就连互助会散场后有落单的人能陪伴我这件事，我都不敢抱有多大希望。

新闻曾报道了在芝加哥臭名昭著的公屋社区"加布利尼·格林"发生的一起枪击致死事件。想到这儿，我就从克莱本街往南走，而后在地威臣街左拐。说不定这样能被流弹击中。

"拜托，来个人给我一枪吧。"

我像念咒或祈祷那样，一遍又一遍地重复这句话，但我也知道，应验的概率很低。毕竟，这是一个灿烂的夏日清晨，我是一名开着白色本田雅阁的二十六岁白人女性，谁会朝我开枪呢？没人看我不顺眼，因为我几乎没有存在感。无论如何，被流弹射中这件事也太过依赖运气了（这是好运还是坏运，取决于您如何看待），但其他的死法我是可以控制的。

我把李子核挖掉，把剩余的果肉一股脑塞进嘴里。我真的想死吗？这些想法又会将我引向何处？这算是自杀观念吗？还是说我只是抑郁了？我要顺从这些想法采取行动吗？我应该顺从吗？我摇下车窗，用力把李子核扔向远处。

当年申请法学院时，我曾表示我的梦想是保护那些非常规（肥胖）身材的女性，但其实我没有完全说出内心的真实想法。我的确对女权感兴趣，但这并不是我上法学院的最大动机。我既不追求高薪，也不渴望位高权重。我上法学院是因为律师每周得工作60～70小时，在圣诞节期间也要开电话会议，就算在劳动节当天也得参加董事会。他们在办公室吃盒饭，周围都是袖子高卷和腋下汗渍明显的同事。律师可以只埋头工作，工作重要到他们不介意，甚至未曾注意自己的个人生活就像午夜时的停车场一样空旷。只有当了律师，我悲惨的个人生活才能理直气壮、光明正大。

　　第一次参加法学院入学考试的时候，我还做着一份没有前途的秘书工作。虽然有硕士学历，也有男朋友，但这些都是派不上用场的摆设。曾经我以为当时的男朋友彼得是此生至爱，但现在看来，他不过是个酗酒的工作狂。我还记得，一到晚上9点30分的时候，我打电话到他办公室，埋怨他给我的陪伴太少，而他总是说"没办法，我不得不工作"，然后就挂断电话，也不会再接。周末的时候，我们会去柳条公园的地下酒吧，他会喝着本地产的啤酒，喋喋不休地夸赞R.E.M.乐队早期出的专辑有多棒。而我，只希望他不要烂醉如泥。老实说，他经常这样。最后，我意识到，我得做点什么来转移自己的注意力，不要再把精力和重心放在这段糟糕的感情上。在我公司楼下上班的一个女生考上了法学院，秋季开学。我找她借了本考试复习资料，书上第一个问题是这样的：

　　一位教授需要为1～7号共七位学生安排测试，要求测试时间在同一天，且依次不间断。其中，玛丽和奥利弗必须连着参加测试，谢尔顿必须安排在乌里亚后面；每场测试持续三十五分钟，测试者必须回答六道多项选择题，内容涉及教授的个人情况以及教授所出的难题。我花了近一小时才完成，只对了一半。

尽管如此，我依然觉得准备法学院入学考试要比修补我跟彼得之间的感情来得容易些，所以我夜以继日地埋头苦学。

法学院可以填满我想要和他人建立双向亲密关系的渴望，获得归属感。

我曾在得克萨斯州①的女高上学，一年级时，我选了一门陶艺选修课，学习从拉坯到飞轮的所有环节。拉坯成型后，老师就教我们如何添上把手。要想连接两块黏土（例如杯子和手柄），就得在这两者的表面上刻痕。在窑中烧制时，刻痕（水平和竖直的纹路）有助于两个部分融合到一起。老师演示怎么刻痕时，我坐在凳子上，握着我自己随意制作的杯子和一个"C"形手柄。但我不想破坏杯子的光滑表面，所以我没有在表面刻痕，而是直接把手柄粘在上面。几天后，我们的作品被展示在工作室后面的架子上。

我做的杯子，杯身是完整的，但手柄却成了碎片。

"刻痕不太对，没'联结'好。"老师对着我失落的脸说。

我的心就像这杯身一样光滑，没有刻痕，什么都留不住。一旦胸口这团火熄灭，也就没人能够触动我。不仅如此，我还害怕人与

---

① 美国中央西南区一州，后文中简称"得州"。

人之间的磨合和任何一段关系里的互相迁就，也怕无法满足别人的希冀、需求、习惯和喜好。陶土黏合需要刻痕，与他人产生感情也同样如此。但这正是我所欠缺的。

我并不是无父无母，尽管前面写的好像我是个孤儿一样。我在得州的一座红砖房里长大，时至今日，我的父母仍然幸福地住在那里。如果您开车经过萨克雷大道6644号，会看到一个历经风雨的篮球架和装饰有三面旗帜的门廊，这三面旗帜分别是美国国旗、得州州旗以及印有得克萨斯农工大学校徽的栗色旗子。我跟我爸都毕业于得克萨斯农工大学。

每个月，通常是在周日参加完弥撒后，父母都会打好几通电话关心我，我每年也会回家过圣诞节。我搬去芝加哥的时候，他俩送了我一件超大的埃迪·鲍尔绿色外套。我妈会定期给我五十美元的支票当零花钱，我爸在电话里就能帮忙诊断我的刹车出了什么毛病；我妹妹读完研究生，准备跟恋爱多年的男朋友订婚；我弟弟和他太太校园恋修成正果，住在亚特兰大，周围有一群大学同学。谁都不知道我的内心一片荒芜。在父母眼里，我是长女；在妹妹和弟弟眼里，我是那个喜欢诗歌、支持民主党，住在梅逊-狄克逊分界线以北的姐姐。他们当然都是爱我的，但我并不觉得自己跟他们合得来，我跟得州这个地方也不太合得来。小时候，我妈会用钢琴演奏得克萨斯农工大学的体育战歌，我爸在一旁和着曲子引吭高歌。我爸还带我参观过得克萨斯农工大学，后来我决定去那里上大学的时候（主要是因为我家能负担得起学费），他高兴坏了，家里又多了一名得克萨斯农工大学的人。有一次，得克萨斯农工大学足球队主场作战，比赛进球，现场两万名观众唱着歌、跺着脚，呼声震天，图书馆的墙都被震动了，我却只是待在图书馆里看《瓦尔登湖》。我爸知道这事，虽然他从没明说过，但他肯定很失望。全得州的人都喜欢足球，我家也不例外。

我总觉得自己格格不入，在任何地方都没有归属感，这是我心里埋得最深的秘密。我的人生为两件事所牵绊：一件是暴饮暴食带来的身材焦虑，总想着控制饮食和体重；另一件则是用学术成绩来掩饰和填补内心的孤独。我以全A的成绩从高中毕业；在法学院，我几乎每个学期的GPA[①]都是满分，经常荣登院长嘉奖名单。我一周七天从不懈怠，疯狂地学习法律知识。那时我总幻想着，有一天减重成功后，我能手挽着一个身心健康的男人，昂首挺胸地出现在父母家门口。

我并不想向家人袒露我有轻生的念头。我们可以聊天气、本田汽车和得克萨斯农工大学，而不是聊我内心的恐惧和幻想。

我的确希望死亡降临在我身上，但是我没有攒药，没有自杀计划、自杀方法或者实施的日期。但是，我内心的不安就像牙痛一样阴魂不散。我渴望死亡的降临，这并不正常，但我存在的方式让我不想继续活下去。

我不记得我是怎么描述我的不适的，我感受到一种无法言说的

[①] GPA（Grade Point Average）：平均学分绩点。（本稿注释均为编注）

渴望，但不知道如何满足自己。有时，我告诉自己不过是需要一个男朋友罢了，或者我只是害怕自己会孤身死去。话是没错，但这不过是我绝望之心的冰山一角。

写日记的时候，我会用含糊的措辞去表述我的不适和困扰，比如："我对自己感到恐惧和焦虑。""我担心自己不行，永远也不会行，我注定要失败。"我很难过，不知道自己到底怎么了。那个时候，我还不知道有一个词可以完美地诠释我的不适，那就是"孤独"。

我在法学院，成绩位居榜首，GPA 要比其他一百七十名学生都高。可以说，我取得的成绩远超"跻身班级中上游"的目标。成绩这么好，我应该很激动才对，我可以开一张信用卡，买一双名牌高跟鞋，或是租一间黄金海岸的新公寓。然而，尽管取得了第一名的好成绩，我却羡慕陈尸于豪华饭店的 INXS 乐队主唱。

我这是着了什么魔？我明明穿 6 码的裤子，有 D 罩杯，学生贷款也够我在芝加哥北部的高级社区里租一间公寓。我接受十二步疗法已经整整八年了，在它的帮助下，我戒掉了在正常进食半小时后用手指催吐的坏习惯。我的未来就像祖母的银器一样发亮，我没理由不乐观。但我感觉其他人都离我那么遥远，仿佛永生永世都不会有爱情降临在我身上，这让我全身上下每个细胞都在叫嚣着自我厌弃。为什么我会觉得自己像座孤岛？为什么我的内心如此空洞？虽然我还不知道答案，但一定事出有因。睡着的时候，我在冥冥之中似乎触及了那个原因，我宁愿就此在梦里沉沦。

在住在得州的项目导师的帮助下，我完成了十二步疗法的第四步"对自身的道德盘点"，而后向我曾经伤害过的人赔礼道歉。在乌尔苏拉女高上高三的时候，我偷了停车管理费，所以现在，我回到母校，返还了那一百美元。十二步疗法让我摆脱了进食障碍，可以说是拯救了我的人生。这好不容易被修正的人生，我怎么就不想要了呢？我向那位住在得州的导师坦白："我每天都想死。"

她则让我多去一组互助会。

我多去了两组，但感觉更加孤独了。

保密

在我知道成绩后没几天,一个叫作玛妮的女人邀请我在十二步疗法互助会结束后一起吃晚饭。我俩都有暴食症,但不同的是,她的生活要精彩得多:她只比我年长几岁,在一个实验室从事乳腺癌治疗的前沿实验工作,她和丈夫最近刚把自家殖民地时期风格的房子的玄关刷成橙色调,同时还在备孕。她的生活并不完美,婚姻生活也不太平,但起码她在追求自己想要的一切。当她发出邀请时,我第一反应是拒绝,我只想早点回家,脱下胸罩,边看电视剧《实习医生风云》,边吃四盎司①重的火鸡和烤胡萝卜。十二步疗法互助会结束后,就算有人邀请我一起喝咖啡或是共进晚餐,我也总是推辞。但这一次,我还没来得及拒绝,玛妮就碰了碰我的胳膊肘,说:"来嘛,我老公有事出去了,我真不想一个人孤零零地吃饭。"

我俩面对面坐着,晚餐是发芽谷物面包和炸红薯条。玛妮看起

---

① 1盎司约为28.35克。

来神采奕奕，我在想她是不是涂了唇彩。

"你好像挺开心的。"我说道。

她回答说："多亏了我的新治疗师。"

我边听边用叉子满盘子追着菠菜叶。我心想，治疗师对我有用吗？进入法学院前的那个夏天，我体验了一项员工协助计划提供的免费服务，和一位社工面谈了八次。负责我的社工叫琼，是一位穿草原裙、性情温柔的女士，但我没有把心底的秘密向她全盘托出，怕给她带来困扰。"治疗"本意味着推心置腹，但于我而言，却像是将我的脸压在窗户上，不得其门而入。

玛妮继续说道："我现在在一个全是女人的团体里。"

"团体？"我立刻绷直了脖子，瞬间回想起小时候关于"团体"的黑暗记忆。我本来是在一所规模不大的天主教学校上学，但在五年级的时候，我转学去了一所当地的公立学校。转学后，我跟学校里一群受欢迎的女生玩到了一起。比安卡是这个圈子的核心人物，她脖子上戴着加了一颗金球的串珠项链，总在午饭的时候给大家派发糖果。我在她家留宿过一晚，她妈妈还开着银色奔驰车带我们去看电影《浑身是劲》。但好景不长，才过了半个学期，比安卡就跟我决裂了。上历史课时，我跟她男朋友是同桌，她就觉得她男朋友喜欢我。有一天午餐时，她给所有人都派发了糖果，除了我；还在我的午餐袋下压了张便条，上面写着"我们不想跟你坐一桌"，底下还有其他所有女生的签名。那个时候，我就本能地意识到我跟其他人不再会有交集。我不知道怎么做才能与他人搞好关系，不被小圈子排挤。我之所以能忍受十二步疗法，就是因为每次参加互助会的人都不是同一拨人，我可以来去自由，别人也不会知道我姓什么，没人主导互助会，更不会有像比安卡那样驱逐成员的女王式人物。匿名、谦逊、诚信、团结、乐于服务他人，正是这些精神和原则维系了参与十二步疗法的每一个人。如果不是这样，我也不会待在里面。虽然会有人建议捐两美元，但互动会基本上是免费的。两美元差不多是一大瓶健怡可乐的钱，我却能用一小时的时间了解自己的进食障碍，以及其他人是如何饱受饮食失常的痛苦，又是如何战胜这种困难的。

我叉了一大块番茄，一边思考有什么有趣的话题：俄克拉何马城爆炸案的蒂莫西·麦克维被处决？政客科林·鲍威尔最近的动态？我想展示自己对时事的了解，给她留个好印象，也借此示好。但是我真的对她的团体治疗很好奇，所以我假装漫不经心地问她是怎样的模式。

"所有成员都是女性。玛丽快要失聪了；泽尼亚因涉嫌医疗保险欺诈而被吊销了医疗执照；艾米莉的父亲是个瘾君子，住在威奇托，发仇恨邮件骚扰自己的女儿。"玛妮抬起胳膊，指着小臂的赘肉，"新加入的女生是个切割工，总是穿长袖子。我们还不知道她经历过什么，但肯定不是什么好事。"这倒是我没想到的，我说："听起来真是够呛，不过，你的团体允许你透露这些信息吗？"

玛妮点了点头，继续说道："这位治疗师认为，把秘密憋在心里百害而无一利，所以我们所有成员随时随地谈论自己的内心想

13

法。治疗师对我们有保密义务，但我们成员彼此之间没有。"

不保密？我往后靠在椅子上，摇了摇头。在桌子下，我暗自把餐巾卷在手腕上，心想：不保密怎么行。上高中的时候，我曾向教授社会公平课程的老师格雷女士暗示过自己有进食方面的问题，之后她就跟我父母通了电话，建议我寻求专业咨询，我妈气疯了。当时，我正一边看奥普拉采访威尔·史密斯，一边吃掉整整一盘饼干。我妈气急败坏地冲进客厅，质问道："你怎么能跟别人说这种私事呢？怎么这么没心眼呢？"我妈是20世纪50年代生人，在巴吞鲁日长大，是典型的南方女人。在她看来，跟别人聊私事非常丢人，而且影响风评。她坚信，如果被人知道我有精神问题，我肯定会被排挤孤立，她当然不想我落到那般境地。也因此，在我上大学后开始参加十二步疗法互助会时，我得鼓起所有勇气才能相信其他人会像我一样真的做到保密。

"大家都怎么好转的啊？"我问。

玛妮显然比我表现更好。假设我们都出现在卫生棉条的广告里，那我肯定是那个抱怨有异味和侧漏的反面教材，而她则是穿着白色牛仔裤、在忙碌的一天后还能开心雀跃的那个人。

她耸了耸肩，道："你试试就知道了。"

我以前接受过一种疗法。高中时，我曾经接受过一小段时间的治疗，治疗师身着套装，看起来像美食节目主持人保拉·迪恩。在接到格雷女士的电话后，我父母就把我送到了"保拉·迪恩"那里。但我死死记着我妈跟我说过的话，所以我从未吐露过自己的感受。

我们只是闲聊，比如夏天的时候要不要去打工？是去比萨店还是服装店？有一次诊疗结束，她给了我一份有五百个问题的心理测试。每回答一个问题，我就觉得心里的希望多了一分。这些问题仿佛能告诉我答案：为什么要暴饮暴食？为什么觉得自己格格不入？为什么其他女孩都有甜甜的恋爱，就我没有？

"保拉·迪恩"看了看结果，用职业治疗师的声音说道："克里斯蒂是一个完美主义者，怕蛇。她想做一名手表修理工或外科医生。"她冲我微微一笑，歪着脑袋，说："蛇很吓人，对吗？"

我从未想过在她面前流露脆弱和恐慌。老实说，我需要一位能看穿我的否认，捕捉到沉默背后的痛苦的治疗师。这个人不会是"保拉·迪恩"。诊疗结束后，我告诉父母，我没事了，一切都好了。父母一脸"为我骄傲"的神情，我妈还分享了她的人生哲学："想快乐，就能快乐。多想想好的一面，不要想太多不好的。"我点了点头，好想法。从客厅回卧室的时候，我在厕所把晚餐吐了出来，这是我从一本书里学到的，这本书讲的是一位体操运动员狂吐的故事。我喜欢吐掉食物后胃里空空如也的感觉，也喜欢秘密带来的肾上腺素骤升的感觉。十六岁那年，我以为暴食症是帮我不再对饼干、面包和意面狼吞虎咽的好法子。后来恢复健康后，我才知道我其实是用暴食症来控制自己不知如何宣泄的、无休止的焦虑、孤独、愤怒和悲伤。

玛妮又拿起一根薯条，在番茄酱里转了一圈，说："罗森医生或许能帮你。"

"罗森？乔纳森·罗森？"

我绝对不会打电话给罗森医生。法学院开学前的那个夏天，我在一个聚会上认识了一个叫布雷克的人，他也在找罗森医生治疗。聚会时，他在我旁边坐下。"你有哪种进食障碍？"他指着我盘子上的胡萝卜棒说，"很惊讶吗？我以前约会过三个女生，一个有厌食症，另外两个有暴食症——她俩恨不得自己得的是厌食症。所以，我知道你是哪种。"他同时做着几份工作，也参加互助会。他提议带我出海玩。我们曾在7月4日骑着自行车，去湖边看庆祝独立日的烟花。我们并肩躺在甲板上，凝望着芝加哥的天际线，谈论戒瘾。周六的时候，我们会在芝加哥小饭馆吃点纯素食，然后下午赶在他去互助会之前看场电影。我问过他我们是不是男女朋友，他没有回答。有时，他会消失几天，待在他那昏暗的公寓里听约翰尼·卡什的专辑。即便我愿意去见玛妮的治疗师，我也不想让这位之前不知道跟我什么关系的布雷克的治疗师给我治疗。打电话给罗森医生我能说什么？"还记得去年秋天，跟有抑郁症的布雷克交往过的女生吗？正是在下！您这边能用商业医疗险吗？"

我问玛妮："他怎么收费呢？"尽管我并不想加入团体治疗，但问问也不碍事。玛妮说："超级便宜，一周只要七十美元。"

我双颊发烫，无言以对。七十美元对玛妮来说根本不算什么，她是西北大学一个实验室的负责人，丈夫继承了一小笔家族财富。我呢？如果我一个月不吃不喝，不开车，公交通勤，或许到月底我能攒出个七十美元。但是每周都要七十美元，我哪里负担得起？暑假打工每小时的工资只有十五美元，我父母也是钱刚好够用，我没法伸手要钱。两年后，我或许会有一份全职工作，但现在我还只是个学生，上哪儿凑这笔钱？

玛妮大声报给了我罗森医生的电话号码，但我没记。

她又说了一件事："他刚再婚，整个人喜气洋洋的。"

我立刻在脑海中勾勒出罗森医生的心的样子：像是情人节的红色爱心剪纸，爱心表面布满了斜条，像冬天光秃秃的树枝。我把他想象成一个我从未见过的男人：经历了离婚的折磨，一个人孤单地用微波炉加热冷冻食品当作晚餐，然后人生出现了转机，遇到了第二任妻子，他随之成为一个面带微笑的治疗师，胸中跳动着一颗充满刻痕的心。好奇挠得我心痒痒，同时也燃起一线微弱的希望：或许他真的可以帮我。

当天晚上，我躺在床上，想到了玛妮的组员们：切割工、犯过重罪的女人、瘾君子的女儿。我还想到了布雷克，他和互助会的人关系很好。互助会结束后，他会跟我分享组员的故事，比如一个叫埃兹拉的组员把充气娃娃当女朋友；另一个叫托德的，他老婆想跟他离婚，就把他所有的东西一股脑扔到了人行道上。我自问，自己真的比这些人过得还糟糕吗？不管我得了什么病，难道真的无法治愈吗？我从来没有接受过真正的心理治疗，但或许治疗师能把我治好，毕竟他们上学时解剖过人心，拥有医学学位。也许罗森医生能给我一些建议，甚至可能一两次诊疗就够了，也许他可以给我开一种药，让我摆脱绝望。

羞耻

跟玛妮吃完晚饭后两小时，我在电话簿上找到罗森医生的电话，给他留了一则短信。第二天，罗森医生就给我回了电话。这通电话不到三分钟就结束了：我想约个时间面诊，他告诉我一个时间，我说可以。通话结束后，我站在办公室里，整个人忍不住颤抖。我曾两次坐下来，试图重新开始看手头的法律材料，但每次都撑不过三十秒就又站起身来。我的理性告诉自己，跟医生预约面诊不过是件寻常小事，但情感上却反应得十分强烈。当天晚上，我在日记本上写道："挂了电话，我就忍不住哭了起来。我觉得自己说错了话，罗森医生也不喜欢我。我感到无处遁形，脆弱难堪。"我根本不在乎他能不能帮到我，我只关心他是喜欢我还是讨厌我。

候诊室就是寻常医生办公室的装潢：复活节的百合花；一个灰色相框，照片上是一个面向阳光、展开双臂的男人；书架上摆着诸如《不再依赖彼此》和《破坏爱情地图》的书，以及几十份戒酒互助会简报。在内门旁边，有两个键，一个标着"团体"，另一个标着"罗森医生"。我按了按第二个，自报家门后坐在一张放在墙前面、面向内门的椅子上。为了让自己冷静一点，我随手拿起一本《国家地理》，飞快地翻阅雄伟的北极海狼疾驰在无树平原上的图片。之前通电话的时候，罗森医生的东海岸口音听起来很严肃，让我联想到一张不苟言笑的脸，或者是固执己见、毫无幽默感可言的牧师形象。那时我有点希望罗森医生忙到没时间见我，但结果两天后，我就要来见他了。

下午 1 点 30 分整，内门开了。一个穿着红色高尔夫球衫、卡其色裤子和黑色乐福鞋的中年男子打开了门。他的脸上带着淡淡的笑容，友善且专业；头发不多，颜色灰白，搭在头上，有一点像爱因斯坦。如果我在街上跟他擦肩而过，根本不会想看第二眼。开门这一刻我就能判断，他既不是父辈，也不是同龄人，从年龄上说，他似乎很适合做我的诊疗师。我跟在他后面，走过一个大厅，来到一间办公室，从北面的窗户往外看，可以俯瞰马歇尔·菲尔德大厦。房里置有质感粗糙的软垫沙发、高靠背的办公椅和桌子旁的黑色超大扶手椅，来访者可以自行选择坐在哪儿。我选择了黑色扶手椅。一溜裱起来的哈佛文凭吸引了我的目光。曾经，我也想进常春藤名校读书，但州立大学有助学金而且凭考试成绩说话，所以我还是进了州立大学。对我来说，这些哈佛证书表明罗森医生是社会精英，但这也意味着如果他都无法帮到我，那我就真的没救了。

坐下后，我就开始端详他的脸。我的眼睛扫过他的眼睛、鼻子和嘴唇，心跳不禁加快了。当把五官拼凑在一起时，我才真的意识到：我认识这个人。回忆不断涌现，我咬紧双唇，我绝对认识这个人。罗森医生就是三年前我在互助会上认识的进食障碍病人乔纳森·R。在十二步疗法互助会中，为了实现匿名，大家都只报名字和姓氏开头第一个字母，聚集在教堂的地下室，就像戒酒互助会那样分享自己的故事，讲述食物如何破坏各自的生活。在梅格·瑞安的电影《白宫风雨》和《纽约重案组》等电视剧中，都出现过戒酒互助会，所以这种形式更为大家所熟知。对于我们这些有进食障碍的人来说，参加互助会可以获得"硬币"，在赞助人的帮助下，学习如何避免暴饮暴食，如何通过节食减肥。但与戒酒互助会不同的是，我参加的互助会基本都是女性。十年来，男性成员屈指可数，但其中一位是哈佛毕业的精神科医生，他现在离我两英尺[①]远，正等着我开口说话。

我认识作为一个个体、不带任何身份的乔纳森·R：他是一个男人，一个有进食障碍的男人。我还记得他在互助会上讲到过他的母亲、常年生病的孩子，以及他对自己身体的感受。

来访者本应对治疗师一无所知，后者本应像一块白板，但我面前的罗森医生，却布满了斑驳的痕迹。

我转过身，以便罗森医生能看到我的正脸。一旦他认出我，他

---

① 1英尺约为0.30米。

会马上把我请出去吗？他一脸探究好奇的神情。五秒过去了，他似乎没认出我来，还在等我开口说话。现在，他是哈佛毕业生这件事吓到我了。我怎么才能像多萝西·帕克①或大卫·莱特曼②一样，让人觉得我是一个饱受痛苦的聪颖之人？我希望这位罗森医生既能认真对待我最近对于死亡的幻想，又觉得我十分迷人，甚至对我有点什么想法。我总觉得，如果在他眼里，我很有吸引力，那他就会更愿意帮助我。

"我总是搞砸跟别人的关系，我担心自己会孤独终老。"

"能具体展开说说吗？"

"我无法靠近别人，有什么东西阻碍了我跟别人拉近关系，就像是有一道看不见的栅栏，我能感觉到自己在不断退缩。谈恋爱的时候，我也总是爱上那些喝酒喝到断片的人。"

"酗酒的人。"这并非问句，而是一个陈述句。

"没错。我高中时的初恋男友，每天都抽大麻，还不停出轨。上大学时，我爱上一个帅气的哥伦比亚男孩，他是兄弟会成员，但酗酒，而且有女朋友。后来我又跟一个抽大麻的男生约会。这之后，我是遇到一个不错的男生，但我甩了他。"

"为什么？"

"他送我去上课，给我买他喜欢的书，得到允许后才会吻我。可他就是让我觉得不自在。"

---

① 多萝西·帕克（1893—1967），美国作家、诗人、文学与戏剧评论家，颇负盛名。
② 大卫·莱特曼（1947— ），美国脱口秀主持人、喜剧演员、电视节目制作人。

罗森医生微微一笑，说："你害怕情感上靠谱的男性，可能情感上靠谱的女性你也怕。"

又是陈述句。

"那些对我感兴趣的靠谱异性让我作呕。我猜同性也一样。"我一边说，脑子里一边闪过去年圣诞节的一件事。当时，我回得州老家跟家人团聚，逛街时遇到了高中同学莉娅。当时我正站在西服和牛津衬衫的货架前面，听到有人叫我的名字，还给了我一个热情的拥抱，我整个人就僵在那儿了。松开的时候，我看到莉娅脸上滑过受伤的表情，仿佛在说："我以为我们是朋友呢。"然后，她问了问我在芝加哥和法学院的情况。虽然我们站在店里闲聊，周围都是来买圣诞节后折扣商品的顾客，我依然告诉自己，莉娅其实并不想跟我说话，她现在可是一名出色的物理治疗师，没有进食障碍，更不会因为老朋友的拥抱而一声不吭。刚上高中时，我俩很要好；但升入高年级后，我的进食障碍加重，初恋男友不断出轨也让我焦头烂额，我就疏离了她。

"你是有暴食症吗？"罗森医生问。

"我参加了互助会，正在恢复中。"我迅速答道，不想让他想起我就是那个有暴食症困扰的克里斯蒂，"十二步疗法能帮我解决暴食症，但我却无法解决关系上的问题。"

"你自己一个人当然不行。都有谁支持你？"

我提到了我的赞助人卡迪，她住在得州的乡下，得克萨斯农工大学也在那儿。她是一个家庭主妇，不过孩子们都已经长大成人了。她是我最亲近的人，我们每三天就会通话，但我们也有五年没见面了。有时，也有像玛妮这样的同性，在互助会期间或结束后偶有接触。除此之外，还有不知道我有暴食症的法学院朋友以及希望跟我保持联络的高中同学和本科同学，但我很少回他们的电话，也从不应邀上门拜访。

"最近，我开始有想死的念头，"我抿了抿嘴，"自从我发现我在法学院是班级第一之后。"

"恭喜。"他用犹太语说，笑得非常真诚，我不得不转过头去对着他那一排文凭证书，忍住不哭。

"不是因为我没去哈佛上学还是别的什么，"闻言，罗森医生挑起了眉，我继续道，"我的确会有很好的事业，但那又如何？仅此而已罢了。"

"这也正是你上法学院的原因。"他胸有成竹的诊断既亲切又充满慰藉。他不像之前那个"保拉·迪恩"，他不会问我关于蛇的问题。

"你觉得你是怎么变成现在这样的呢？"罗森医生问道。

"家家都有个浑蛋。"我也不知道怎么蹦出来这句话。

"你可是法学院毕业生的发言代表啊。"

"那又如何？我还不是有可能孤独终老。"

"你渴望什么？"他问。

渴望，渴望，渴望。这个词不断地在脑海里回响。我不想只是脱口而出我有多抗拒孤独终老，我想斩钉截铁地细数自己的渴望。

"我渴望……"我迟疑道,"我想要……"我欲言又止,"我渴望真实。跟其他人在一起时,我希望展示出真实的自我。"他盯着我,仿佛在问:"还有呢?"我脑子里浮现出更多的渴望:我想有一个男朋友,他身上带着干净的棉布味道,每天都好好工作;我希望醒着的时候,不要总想着要多瘦;我想和其他人一起吃饭,每一顿饭;我希望能像《欲望都市》里的女人们一样,追求并享受性爱;我想重新开始练芭蕾,当年开始发育、大腿变粗的时候,我放弃了芭蕾;我希望两年后考完司法考试之后,能有一起旅游的朋友;我想和住在休斯敦的大学室友恢复联络;我想在偶遇高中同学的时候,能热情地给他们一个大大的拥抱。但这些话我都没说出口,这些渴望似乎都太过具体且老套。当时我还不知道,这种治疗跟写作一样,非常需要细节的支撑。

罗森医生说,他会安排我进团体。我本不该意外,但"团体"这个词依然狠狠地往我胸口捶了一拳。一个团体会有不少人,这些人可能跟我没有相似之处,可能会打探我的过往,害我忤逆妈妈的箴言教导。

"我没法参加团体。"

"为什么?"

"如果所有人都知道我的事情,我妈会气疯的。"

"那就别告诉她。"

"我不能接受个体治疗吗?"

"团体是我所知道的能帮助你实现渴望的唯一方法。"

"我会给你五年时间。"

"五年？"

"用五年时间来改变我的人生，如果没用，我也不用再来了。可能我会以自杀收场。"我真想抹去他脸上挂着的笑意，我也想让他明白，如果我的生活没有实质性的改变，我不会无止境地接受治疗，赶去参加互助会，在会上跟其他一样破碎的人谈论我的感受。五年后，我就三十一岁了。如果到那时，我还是无法为人所触动，那我会自我了结。

他向前倾了倾身子，问："你希望五年后能和他人建立亲密关系，对不对？"我点头，试图承受四目相接带来的不适。"我们可以做到。"他说。

罗森医生吓到我了，难道我要第二次质疑这位哈佛毕业的精神科医生吗？他总是笑，一个判断接着一个判断，既让我害怕，又让我着迷。他可真自信，断言"我们可以做到"。就在我同意接受团体治疗的时候，我确信，罗森医生会遭遇不测，可能在星巴克门口被12路公交车撞倒，或肺部被诊断有恶性肿瘤，又或是被肌萎缩性脊髓侧索硬化症夺去生命。

第二次面诊时，我说出了我的担忧，罗森医生回道："那你就遇佛杀佛吧。"

"你不是犹太人吗？"我问道。"罗森"是个犹太姓氏，之前他说的"恭喜"也是用的犹太语，学历文凭上也有用犹太语写的小字。

"这句话的意思是,你应该祈祷我会死。"

"我为什么要这么做?"

"如果我死了,"他交握住双手,笑得像个疯了的精灵,"下一个医生会更好。"他眼角眉梢都是笑意,好像真的相信任何事都可能发生,而且不管发生什么,都比前尘往事要好。

"在夏威夷度假的时候,跟我同行的人遭遇了不测,他溺水死了。"我说道。看着他的瞳孔变大,我感到胸口一阵翻涌。

"天哪,你当时多大?"

"差三周就十四岁了。"每次想起这件事,我都会感到焦虑难耐。事情发生在八年级的暑假,暑假过后我就要升入天主教女子高中,我的朋友詹妮邀请我跟她家一起去夏威夷度假。我们在主岛度过了三天,探索了黑色的沙滩、瀑布,体验了夏威夷式烤野猪宴。第四天的时候,我们去了位于主岛边缘的一个僻静的海滩,詹妮的爸爸在冲浪的时候意外溺水了。我从不知道怎么描述这件事,我妈称之为"那个意外",其他人会说"那个溺水事故"。当天晚上,詹妮的妈妈啜泣着,跟在达拉斯老家的亲人们通了电话,告诉他们这个噩耗:"大卫死了。"我不知道怎么去解释前因后果,或者怎么去描述把詹妮爸爸的尸体从海里拖回来的场景,所以我从不跟人谈论这件事。

"你还有什么想说的吗?"

"我不会祈祷你会死。"

如果你在网上搜索"遇佛杀佛",你会搜到一本同名的书,这本书是接受心理治疗的患者的必读经典。显然,像我这样的患者,必须明白,治疗师也无异于病患,一样是人,一样在生命里挣扎。这句话其实是个信号,表明罗森医生不打算直接告诉我答案,或许他也确实不知道答案。我脑海里又多了一种罗森医生的死法,我想象着自己把一根木制十字架捅进他的心脏,这个画面着实令人不安。

大一的时候,一群来自奥斯汀的漂亮女生邀请我一起开车去新奥尔良市玩。她们计划住在其中一个女生的亲戚家,在当地法语区聚会,到时间了再驾车返回学校。我回复说我得考虑一下,但其实已经想好拒绝她们了。我借口说要写作业,但当时才开学第二周,我唯一的作业就是阅读《贝奥武夫》的前半部,而这本书我上高中时就已经看过了。

即使小学五年级被女同学排挤一事已经过去那么多年,"团体"这个词依然让我害怕。如果我跟她们去新奥尔良市,我住哪儿呢?万一我听不懂她们的笑话呢?万一我们无话可说呢?万一她们发现我不如她们有钱、有个性,或者不像她们那样快乐呢?万一她们发现我不是处女呢?万一她们知道我有暴食症呢?

要我每周跟同一群人待在一起,我不得疯?

"我认识你。我们参加过同一个互助会。"第二次面诊中途,我不禁脱口而出。我害怕罗森医生某天想起我是谁,然后因为我们参加过同一个互助会而把我逐出门外。

"几年前的事了,当时我住在海德公园。"他把头歪向一边,眯起眼睛看着我,"好吧,我就说你看着有点眼熟。"

"那你是不是就不能做我的治疗师了?"

他咯咯笑起来,肩膀颤动,"我听到了你的想法。"他说。

"什么?"我看着他的笑脸反问。

"因为你打算接受我的治疗,所以你开始给治疗失败找借口了。"

"听起来无可厚非。"

他还在笑。不停地笑。

"什么啊?"

"加入团体后,我希望你在互助会上,事无巨细地跟大家分享你记得的、关于我的所有事。"

"不用遵守匿名规则吗?"

"我不需要你保护我,你要做的就是诉说和分享。"

我在第二次面诊后写下的日记神奇地拥有先见之明,我写道:"团体治疗要求我分享饮食习惯,这让我感到很不安……罗森医生这个人,以及他在我生命中扮演的角色,让我百感交集。我害怕自己的秘密不再是秘密。害怕得不得了。"

罗森医生讲了一个禅宗公案,"饿汉进食方觉饿"。我说:"我又没有厌食症。"高中时,我的确希望自己能厌食,这样就不会暴饮暴食,但可惜从来没有过厌食的时候。

"这是个比喻。你第一次接纳团体，就好比饿汉的'第一口饭'，这之后你才会意识到，之前的自己有多孤单。"

"那我怎么'接纳团体'呢？"

"你只需跟大家分享你生活中关于人际关系的点点滴滴，不论是友情、亲情、爱情，还是约会或性爱。事无巨细。"

"为什么？"

"这样就能'接纳团体'。"

在加入团体前，还会有三次单独面诊。最后一次面诊时，我放松地瘫在那张黑色皮椅上。我用食指兜住手镯，不停打转；脚在鞋子里滑进滑出。我习惯了跟罗森医生的相处，仿佛他是我的陌生老友。我也不再害怕，因为我已经告诉他我曾在互助会上见过他，而他也告诉我，这不影响治疗的继续。还剩一些细节需要讨论，比如把我安排到哪个团体小组，他提议加入周二早上 7 点 30 分至 9 点的小组，里面有男有女，都是医生和律师。这是一个"专业的"小组，我从没想象过能加入一个有男性的小组，也没想象过里头会有医生或律师。

"我还想问一下，加入团体后会发生什么呢？"

"你会感到前所未有的孤独。"他说。

"你说笑吧，哈佛高才生，"我被吓得从椅子上弹起来，"我会感觉更糟？"我可是刚见过法学院的教导主任，以 10% 的利率借了一笔医疗贷款，就为了这个团体治疗，现在，罗森医生却告诉我，这个治疗会让我感觉比开车乱转、想被流弹击中那天早上还要糟糕？

"肯定的。"他用力地点了点头，好像要把什么东西从头上甩下来似的，"如果你真的想要拥有亲密关系，想变得真实，你就必须去体验所有孩童时期被抑制的感受。不管是孤独、焦虑，还是愤怒、恐惧。"

我能承受这些吗？我愿意承受这些吗？我虽有抗拒心理，但还是好奇罗森医生和他的小组会以怎样的方式让我的心再次为人所触动。好奇心以微弱的优势战胜了抗拒心理。

"我可以想清楚后再给你打电话吗？"

他摇了摇头："今天你就得给我答复。"

我深吸了一口气，盯着门口，飞快地思考做何决定。做出决定让我害怕，但我更怕两手空空地走出这间办公室：没有团体，没有选择，没有希望。

"好吧，我加入。"我抓起我的钱包，想溜回去上班，然后苦恼刚刚做出的决定，"最后一个问题，加入团体后，会发生什么呢？"

"你所有的秘密都将不再是秘密。"

小组

"上面还是下面?"参加第一次小组时,一个身材魁梧的光头男问了我这个问题,他有着大大的绿色眼睛,戴着一副金属框眼镜。后来,我得知他叫卡洛斯,是个医生,快四十岁了,同性恋,已经在罗森医生这儿看了好几年。

"做爱的时候,你喜欢在上面还是下面?"他解释道。

我余光瞥到罗森医生的目光轮流扫过每一个成员,活像个定时洒水器。我抚平了裙子的前部。如果他们想看到一个色眯眯的、对性事积极的克里斯蒂,那我就顺着他们的意思来。

"肯定是上面啊。"

当然,这不过是我的面具,让我能带着微笑直面陌生人的犀利提问。但在这层伪装之下,是神经紧张不安和脉搏加速,我都要哭了。其实,我根本不知道自己喜欢什么样的性爱。我约会过的男孩子,要么有抑郁症,要么对酒精或其他什么东西上瘾,没一个能给我完整的性生活。我之所以说"上面",是因为隐约记得有位男友

（篮球打得好，但也是个瘾君子）似乎在性生活上挺和谐的，我们经常在我爸的雪佛兰汽车的前座上做爱。

罗森医生清了清嗓子。

"什么？"加入小组后，这是我第一次直视罗森医生。今早他打开候诊室的门，把我、卡洛斯和另外两个人带到走廊尽头的一间办公室。在这个十六平方米的房间里，放着七把转椅，围成一圈。阳光透过迷你百叶窗洒在地板上呈细条状。房间的角落里放着一个书架，上面摆着关于成瘾、相互依存、酗酒和团体治疗等主题的书籍，在最下面一层摆着五花八门的毛绒玩具和一个戴着拳击手套的修女。我选择了一张面向门口的椅子，刚好是坐在正中间的罗森医生的九点钟方向。椅子特别硬，挪动屁股的时候有点吱吱作响。老实说，我希望这位哈佛高才生能给大家提供好一点的治疗环境。

罗森医生边笑边问："那你的真实想法呢？"就好像他确信，我会在第一次小组就开始假装性生活一切正常一样。

"比如？"

"比如，你根本不喜欢做爱。"这话一出，我的脸就烧红了起来。我可不会这么形容自己。

"才不是你说的这样。我只是找不到合适的人。"我不是没体验过性高潮。本科的时候，那个酗酒的哥伦比亚男生会边亲我边抚摸我的脸，让我兴致勃勃。但我不知道当年的我去哪儿了，或者说，为什么我不能继续做那样子的我。

一个我祖父年纪的、留着一头板寸和肯德基创始人桑德斯上校同款山羊胡子的退休检察官插话道:"像你这样的漂亮姑娘会对做爱不感兴趣?我可不信。"他是不是猥琐地对我笑了?

"没有男生回应我。"我又想哭了。第一次小组才开始两分钟,我开始崩溃了。我记得高二的时候,我所在的天主教女高把全部学生送去精神静修①。我那一组的静修负责人一上来就分享了自己作为暴食症患者的过往,我号啕大哭,向一群十四岁的孩子承认自己也有暴食症,他们向我发誓会保守秘密。这是我第一次向别人倾诉。现在,坐在这位退休检察官对面,我感到很困惑——张嘴把真相告诉陌生人,到底是会拯救我,还是一如我妈预料的那样毁灭我?

"你说的'回应'是指什么?"现在我能确定,这个老男人在不怀好意地对我笑。

"男生总是靠近我朋友,而不是我。从高中开始就是这样。"在酒吧或聚会时,我会靠边站,不知道该如何自处,也无法以正常的音调开怀大笑或加入对话,我总在想象如何赢得男生的青睐。这种情况不仅仅发生在美国,本科毕业时,我和大学室友凯特一起环游欧洲,没有一个人跟我搭讪,就连在意大利也没有;但是,不管是在慕尼黑、尼斯,还是卢塞恩、布鲁日,总有男生看上凯特。

一阵铃响,是罗森医生按下了他背后墙上的一个按键。

三秒后,一个面带微笑的四十多岁的女士走了进来,她手上的绿松石指甲油有些斑驳,头发染成了夸张的橘色,声音是嘶哑的烟

---

① 静修(meditation),又译为打坐、静坐、沉思、冥想、心悟。

嗓。她穿着一件人造丝衬衫，比起芝加哥市中心，她更像住在伍德斯托克。我在十二步疗法互助会上见过她几次。"我是罗里。"她对我和另外一个坐在我对面的、年纪有点大的人说，显然这个人也是像我一样新加入的。罗里就像一位女训导员，报出所有人的名字和职业："桑德斯上校"的名字叫埃德，卡洛斯是名皮肤科医生，帕特丽斯是一个妇产科的合伙人，罗里是一位民权律师。另一个新来的叫马蒂，眉毛很像明星格劳乔·马克斯，而且他有每十秒抽抽鼻子的习惯，他自我介绍说自己是一名帮助东南亚难民的精神科医生。

"桑德斯上校"对我说："所以你来参加小组是为了有更多性爱？"

我耸了耸肩。表面上看，我好像说了不少，但现在，我退缩了，因为好姑娘们不想要性爱，女权主义者不需要性爱。好女孩根本不谈论这个话题，尤其是在有男有女的环境中，这些观念深入骨髓。如果我妈知道我在和陌生人谈论这些，她会气死。

从这儿开始，话题很自然地转向了罗里，她提到自己让父亲帮忙支付账单。罗森医生引导罗里谈到她父亲以前在波兰是如何在一个行李箱中藏了好几年，从纳粹大屠杀中死里逃生的。不过话题突然就转向了卡洛斯，他有一个病人不给治疗费。

当大家来回切换话题时，我时不时换屁股边坐，这把椅子太硬了。我叹了口气，清了清嗓子，有点挫败感。他们就不想得到什么答案或者解决方案吗？更糟糕的是，我是新来的，对大家一无所知。为什么卡洛斯的助手辞职了？既然罗里的父亲在行李箱里躲过了大屠杀，那为什么她似乎很反对犹太教？她逾期未付的信用卡账单又是怎么回事？

互助会期间，我用手指拨弄珍珠手镯上的珠子，就像玩念珠一样能起到抚慰的作用。罗森医生看着他最新的实验"老鼠"，也就是我。他之后会在我的档案上加一张便条吗？上面写着"在小组讨论中，克里斯蒂会把玩自己佩戴的首饰。在她身上，能观察到比较严重的亲密问题以及严重抑郁的症状。棘手案例"。

三次单独面诊结束后，尽管罗森医生有些自以为是，还有些奇怪的幽默感，但我俩之间是有默契的。我相信他理解我，尽管现在我感觉我俩还是陌生人。我在心里默默骂他"浑蛋"。

在小组里，有一些心照不宣的规矩。

"桑德斯上校"说："你跷着二郎腿。"我低头，看到自己右腿搭在左腿上。所有人都看向我。

"所以呢？"我反问。

"在这里，我们不跷二郎腿。""桑德斯上校"的眼睛盯着我的腿说。我迅速把腿放好坐正。

"为什么？"如果犯傻有用，那我直到圣诞节前犯的傻足够把我治好了。

"跷二郎腿意味着你没有打开自己。"卡洛斯回答道。

"这意味着你感觉很羞耻。"这回是罗里说话。

"说明你在情感上封闭了自己。"接着是帕特丽斯。

这个房间就像是一个鱼缸,有六双眼睛盯着我,我无处遁形。他们还会解读我的肢体语言,评头论足,得出结论,他们能看穿我……所有这些都让我想跷着二郎腿到治疗结束,直到时间的尽头。

罗森医生总算开口说话了:"你现在感觉怎么样?"

换作以前,我肯定会为了给别人留个好印象而说一些屁话,但现在,我感觉小组给了我力量。我深吸一口气,探寻自己的真实想法。我迷失了方向,但意识到真实想法就是我的家。在十二步疗法互助会上,真实想法就起到了作用:我在互助会上一遍又一遍地重复诉说自己的暴食症,直面这个事实,所以我才能继续活着。在我的生活里,没什么能比倾诉我饭后催吐这件事更能让我感到充满力量,优异成绩、苗条身材、跟帅气的拉丁裔兄弟会男孩约会都比不上。我第一次参加十二步疗法互助会的时候,我跟另一个女性成员一起坐在长凳上,我向她倾诉自己一直在暴饮暴食,吃掉了所有在学校里偷到的食物,这次倾诉让我第一次真真切切地感受到浑身充满了力量。我违背了我妈的告诫,把自己的秘密一股脑地告诉了别人。我公开了一个秘密,但毫不在意哪个家人会因此抛弃我,因为我终于明白,守住秘密其实是在抛弃我自己。如果说,小组中有一种健康的方法(虽然我不确定是否有这种方法),那它一定是建立在事实的基础上,有且只有这么一种方法。现在,在这个屋里,没人认识我妈,也不认识我妈的任何朋友,所以我不需要再伪装了。

"防御性的。"我怎么知道这里不让跷二郎腿。

罗森医生摇了摇头,说:"这不是感受。"

"但这就是我的感受。"我觉得很恼火,而且我确信这是一种感受。

另一条规矩:"在这里,我们用三个字或两个字形容自己的感受,可以是'羞耻的''愤怒的''孤独的''受伤的''悲伤的''害怕的'。"罗森医生跟我解释何为感受的时候,就像弗雷德·罗杰斯[1]对学龄前儿童说话。显然,如果你能用三个字以下来形容自己的感受,那你就是趋于理性的,并有效脱离了情绪本身。

"'快乐的'也算。"罗里补充道。

"但你在这里不会觉得快乐啊。"卡洛斯回道。

大家哄堂大笑。

我的嘴角也忍不住上扬了。

罗森医生朝我点了点头,继续问道:"那什么是'防御性的'?"

来了,第一个突击小测试。我很想回答正确,但我觉得很难,就像之前那道法学院入学考试练习题,要算出该把谢尔顿的测试安排在哪个时段一样难。我想到"大失所望的",不对,这有五个字。"怒不可遏的?"不对,还是五个字。我得想一个三个字的形容词。我怎么就想不到三个字的形容词呢?我最想说的其实是"再会了"。

"愤怒的?"我说。

我好像听到了其他的答案:"'羞耻的'怎么样?"我大声重复道:"什么?羞耻的?"

---

[1] 弗雷德·罗杰斯(1928—2003),美国演员。

在我的认知里,"羞耻的"是用来形容那些违背社会道德风俗的人,情节严重的性犯罪或是在公共场合赤裸身体让人尴尬的人。可以用这个词来形容我吗? 我有好好穿衣服,也不会裸睡,甚至做爱时都经常穿着胸罩。我感觉自己一团糟,必须用完美的考试成绩来掩盖,这种感觉就是"羞耻"吗?小时候上芭蕾课时,我想像詹妮弗和梅利莎那样身材娇小,这就是"羞耻"吗?当我和朋友、妹妹坐在一起,她们纤细的小鸟腿和我的大粗腿形成鲜明对比时,我感觉生理恶心,这也是"羞耻"吗?

就像我成为法学院毕业生发言代表那样,我希望在团体治疗时自己也能扮演这样的角色。争当第一的问题在于,它并不能解决我的寂寞,或是让我跟他人变得亲近。事实上,在团体治疗中,我并不觉得我能做到"表现出色"。

当然了,在这片"罗森大地"上,最重要的规矩是成员之间无秘密。这条规矩是在卡洛斯讨论另一个罗森小组中的一位名叫琳内的女士时提出的。根据卡洛斯的说法,琳内计划离开她的丈夫,部分原因是丈夫的性无能。我吸了吸鼻子,朝罗森医生看了一眼。他怎么允许我们谈论这些呢?如果我认识故事中的这个男人怎么办?之前,玛妮确实提到"无秘密"这回事,但我没有意识到罗森医生真的会允许大家谈论其他患者的八卦。

"保密性呢?"我问道。

罗里说:"在这里,没什么保不保密。"帕特丽斯和卡洛斯也用力点头,以示肯定。我脑海中闪过高中时我妈斥责我的画面。参加十二步疗法互助会时，我就打破了我妈定的规矩，让互助会成员知道了我的秘密，但当时他们好歹受到匿名性精神原则的约束。但是在团体治疗里连"保密性"都不存在，这些人又受何约束呢？

"那我们怎么能获得安全感呢？"

"那你为什么会觉得'保密'能让你有安全感呢？"罗森医生看上去很感兴趣，好像已经准备好对我说教一番。

"团体治疗都是保密的啊。"我之所以敢如此断言，是因为我有一个研究生时期的朋友，她在参加小组的时候就签了保密协议。"可能也是因为我不希望自己的小秘密尽人皆知。"

"为什么不能尽人皆知？"

"你不知道我为什么想保留一点隐私吗？"

大家都看着我，但无一例外，脸上都没有愤怒之情。

"你可能想知道自己为什么这么在意保密性。"

"这难道不是人之常情吗？"我反问。

"也许是，但是比起你的秘密尽人皆知，对其他人保守秘密更有害。保守秘密其实就是在保留羞耻感，你不应该这么做。"

在某种程度上，我知道他在说什么。有进食障碍的人参加互助会，在会上分享自己的故事，由此慢慢康复。讲故事时感觉很好，但每次互助会开始前，都会有人宣读一句话："把你在这里听到的一切都留在这里。"宣读后，大家会回道："这里！这里！"罗森医生作为我的治疗师，在道德上有义务保守我的秘密，但在场的还有另外五个人。而且，虽然不同小组在不同的房间，但并不影响我说的话传出去。如果未来有一天，我分享的内容是自己从就职的律师事务所挪用资金怎么办？如果是因为肠易激综合征而在密歇根大街上大便失禁怎么办？如果是我和不能正确使用标点符号的人上床怎么办？如果周三男性小组中的什么人知道我哪天想尝试高难度体位等细节时，我又该做何感想？

"我究竟要从中得到什么？"那时我还不知道这个问题会从我的嘴里冒出来很多次，以至于它变成了近乎一半口头禅、一半口号性质的存在。

"你会得到一个可以分享一切的地方，你也不需要为任何人保守任何秘密。绝不。"

治疗结束时，罗森医生双手合十，说："今天就到这儿。"所有人都站了起来。罗森医生对我说："我们结束治疗的方式跟十二步疗法一样，大家手牵着手围成一圈，平静祷告。但如果你不喜欢这个环节，可以不参加。"

我回了他一个"这不是我第一次结束治疗"的微笑。我刚经历了持续 90 分钟的小组，如果说有人需要最后的平静祷告，那一定是我。熟悉的祷告词不诉诸任何特殊的宗教传统，旨在帮助上瘾者获得更强大的力量："上帝啊，请赐予我宁静，以接受我无法改变的；请赐予我勇气，去改变我可以改变的；请赐予我智慧，能辨别这二者的区别。"

祷告结束后，每个人都会拥抱自己旁边的人。罗里和帕特丽斯，马蒂和埃德，卡洛斯和罗森医生。我看着他们，没有准备好上前去拥抱对方；但当帕特丽斯向我张开双臂时，我向前去接受了她的拥抱。我的两只手像空袖子一样垂在身体两侧。罗森医生就站在他的椅子前，等待小组成员的轮流拥抱。

我走上前，将手臂绕在罗森医生的肩膀上，然后迅速地抱了他。时间太短，以至于闻不到他身上的气味或记住我俩相拥的感受。这个拥抱结束得如此迅速，仿佛根本不存在，没有给我的身体留下任何印记。我之所以拥抱他，是因为我想融入团体，做大家都在做的事情，不要因为自己的特立独行而引人注目。多年后，我看到新来的人加入并拒绝拥抱任何人，尤其是罗森医生，我都会吃惊到张开嘴，意识到自己从来没有想过不去拥抱罗森医生。我这个人，从来不知道什么是"不要"，什么是"拒绝"。

治疗结束后，我搭上红线列车往北回学校。脑子里嗡嗡作响，都是今天见的新面孔、听的新词汇和打开的新世界。罗森医生表现得好像他对我无所不知，他自信肯定地对我下判断，比如"你根本不喜欢做爱"。好不自大！他是优秀的治疗师也不代表他什么都知道啊。曾经，我也一度乐在其中，如果他愿意问我，我会端正坐好，看着他和每个小组成员，好好地回复他们。

我还记得，第一次体验性高潮是在得州的一个春夜，当时天气宜人，我开着窗。

我有些失眠，所以打开了收音机，听到"您正在收听的是《两性夜谈》节目"。哇哦，这可不是小孩子能听的东西。我往被窝里钻得更深了。玛格丽特修女告诉我们，只有想生孩子的已婚夫妇才能做爱，否则，任何其他情况下的性爱都会让人下地狱，远离上帝、父母和宠物。有一天晚饭时，我妈证实了这种说法，她解释说，有两种罪过会让人收到通向地狱的单程票：谋杀和婚前性行为。

不难想象，当我调高收音机的音量时，就已经不再受上帝宠爱了。

一位听众承认自己无法与伴侣达到高潮，随后是露丝·韦斯特海默医生解释如何通过自慰来了解自己的身体。露丝医生通俗易懂地解释了阴蒂在哪里以及它有什么作用，就像知道自己正在和四年级的学生说话一样。

我可不能辜负这明智的建议。我的手在两腿之间滑动，碰到了那中间一点，有时候骑自行车骑太久，那里还会觉得有点疼。我慢慢地用手指移向那里，而后有一种感觉如温暖的海浪般一波波袭来，双腿也绷了起来。我幻想着电视剧《我的孩子们》中的塔德·马丁亲吻我的脸，并告诉我他爱我胜过派恩山谷的所有女人。我更用力。这额外的用力并没有让我感到任何疼痛，相反，我的身体朝着第一次光荣的性高潮攀登。然后，就像露丝医生所说的那样，我的整个身体都为之颤抖。这是我生命中的第一次性高潮，我不禁觉得自己的身体既脆弱又有力。

在我童年的卧室里，在那温暖宜人的私密空间里，在露丝医生的温柔指导下，我体验了何为性欲。我觉得自己已经长大成人，发现了成年的性事秘诀。触摸自己和强烈的身体愉悦一定是下流的事情，因为从没有人谈论过要怎么做。"自慰"是我所能想象的最粗俗的字眼，我永远也不会说出口。

到四年级时，我已经厌恶自己的身体好几年了。从四岁开始，我很喜欢的芭蕾舞老师就一直说我的肚子太大了。"克里斯蒂，"她说，"收腹。"这样我就不会有凸出来的肚子了。她喜欢那些就算穿紧身衣肚子也不隆起、大腿肌肉柔软的女孩。我最想成为一名芭蕾舞演员并受到老师的喜爱，但我的身材让这两个期望都落了空。我还觉得，当我在服装店更衣室里试新衣服时，母亲的叹息恰恰表明，她希望我是骨架纤细的女孩。我坚信像我妹妹或者像詹妮弗和梅利莎这样苗条轻盈的女孩子能过得更快乐，她们当然也收获了更多的喜爱。为了变成那种身材娇小的女孩，我同自己的食欲做抗争，试图午餐时只吃半个三明治或不吃甜食，但我的食欲总能占上风。每天，我都会带着一杯水和三块饼干去厨房，但最后还是会吃不少薯片，喝上半壶葡萄汁。为什么我就不能控制住自己的胃口？为什么我的身体总是阻碍我成为想成为的人？

我是一个敏感的孩子，为了摆脱暴食症，决心和自己的身体抗争下去。但是在黑暗的房间里，把手放在两腿之间时，我体验到了纯粹的、生理上的欢愉。在那几分钟里，我同自己的身体达成和解，然后进入梦乡。

罗森医生并不知道小克里斯蒂的这些尝试。当年的那个小女孩，可是胆大到打开收音机探索未知的人物。

食物

"克里斯蒂,不如你跟大家说说你昨天吃了什么?"罗森医生说道。

"不要!"我的声音大到可以掀开屋顶。我整个人从椅子上弹了起来,好像灭火似的在大家围出来的中间那块空地上跳来跳去。"不要,不要,不要!求你了,罗森医生,别逼我!"我像个孩子一样哀求。拜托,别让我做这个。我从未如此失态,毕竟从未有人要求我分享吃了什么。

"我的天,你这个女人,如果你继续这个样子,那你可就一定得告诉我们了。"卡洛斯说。

我们还没谈论过食物这个话题。我们一直在谈论罗里养的雪貂的治疗费用。

我已经参加团体治疗一个月了。连续四周的每周二。我跟其他成员已经知晓了彼此的底细。他们知道我是为了解决关系问题而参与小组的。他们知道了暴食症,也知道了露丝医生。但是告诉他们我前一天吃了什么？不可能。

我的进食障碍不再是我人生电影中的重头戏，我已经脱离了进食、呕吐的恶性循环，但我的饮食依然很古怪。每天早上，我会用一片卷心菜卷上马苏里拉奶酪，再把脱脂牛奶倒进一碗冻干苹果片里，我称之为"苹果杰克"。这样的早餐我已经吃了快三年，我不会吃香肠玛芬、巧克力羊角面包或格兰诺拉麦片棒[①]。如果不能独自在厨房里享用我的特制早餐，那我就不吃早餐。因为这种搭配很安全，从不会把我推向暴饮暴食。

在法学院的时候，我没法隐藏，所以朋友们每天都会看到我奇怪的午餐：一罐泡在水里的金枪鱼，金枪鱼下面是一层绿色的法式芥末酱。是挺恶心的，也很难想象会有人吃这样的东西，所以他们嘲笑我倒也无可厚非。午餐时，其他学生会在校园内闲逛，买点塞满了各种肉和芝士的三明治，再蘸上厚实的蛋黄酱，而我则坐在学生休息室为下节课做准备，活像只在棒球场上的兔子。他们不知道，在我恢复到正常的饮食行为之前，我对食物的欲望使我经常在进餐后蹲在地上抱着马桶呕吐——失控的食欲和饭后催吐一直困扰着我，上大学时甚至严重到我以为自己要死了。你可能会说我的午餐令人毫无胃口，甚至可能引起胃灼热，但它确实能帮我控制食欲，这是那些诱人的三明治所做不到的。

晚餐我常吃西蓝花炒火鸡肉、胡萝卜，或者是花椰菜加一汤匙

[①] 格兰诺拉麦片棒：配料有燕麦、亚麻籽、胡萝卜、葡萄干、坚果和杏仁黄油。

的帕尔马干酪。有时我也会用鸡肉代替火鸡肉。我也试过羊肉，但吃起来很油腻，而且膻味在公寓里经久不散。所以，开始正常饮食的时候，我挑了一些看似"安全"的食物，因为这些食物从未使我失控过。我真的没有勇气把这些安全食品换掉。

尽管如此，暴饮暴食还是会莫名其妙地突然出现，这是烂在我心里的秘密。每天晚上，我少说也要吃三到四个红苹果做饭后甜点，有时甚至多达八个。当我向卡迪暗示我吃太多苹果时，她肯定地对我说，只要我不吃白糖，一天吃一筐苹果都没关系。白糖，是很多人复健路上的毒药，把人引向甜甜圈的不归路。所以无论我每周吃多少苹果，卡迪依然允许将苹果列入"安全食品"名单。

我花在苹果上的钱，比花在电、天然气和交通上加起来的都多。我没有室友，因为我很害怕被发现自己一天吃太多苹果，但我又做不到每晚只吃一个苹果。

"告诉我们吧。"罗里轻柔地对我说。

我紧闭双眼，像卖牲口的拍卖师一样，飞快地报了一遍我昨天吃的东西："奶酪、白菜、苹果、牛奶、金枪鱼、芥末、橙子、鸡肉、胡萝卜和菠菜。这些我都各来了一个。"我顿了一下，不敢继续说下去。我无法想象告诉他们苹果的数量后会有什么反应，但是突然间，我觉得保守秘密难以忍受。他们或许会说我并没有恢复，我也没有好好执行十二步疗法，我根本就是治疗失败。我在心里面歇斯底里地尖叫，但不知何故，我竟脱口而出："然后我又吃了六个苹果。"

很难说清楚，哪种更让人羞耻：是饭后又吃了六个苹果，还是我吃的那些乱七八糟的东西。我参加了成百上千次的十二步疗法互助会，听过别人分享他们对樱桃芝士蛋糕、黑欧亚甘草或扇贝土豆做过的奇奇怪怪的事情。听的时候，我膝盖上还放着一袋苹果。

昨晚，照例又是苹果盛宴。我饭后吃了一个苹果，然后发誓说不再吃东西了，但是我的肚子还不安分，我在想是还没吃饱吗？是不是身体还需要更多的卡路里？我不知该做何判断。我认识的一位已经康复的女士总是说"如果你晚饭后还想吃东西，那就躺到床上去，直到你不想吃了为止"。我不是没这么试过，我盘腿坐在床上，听着窗外传来的街道上的声音，但对苹果的渴望分毫未减。我不得不下床，跑去厨房，从冰箱里抓一个苹果吃。六十秒不到就解决了一个苹果。一个人在公寓里疯狂吃苹果，用我在小组新学到的词来说的话，就是"羞耻"；在这种情绪的驱使下，我又吃了两个苹果。我到底在干吗？我不知道，但我又吃了两个苹果。当我终于爬到被窝里睡觉时，我能感到那些狼吞虎咽下去的、大的苹果碎块顶着我的胃，喉咙也因为苹果酸而感到灼热。

每天晚上，我都在重复这个过程，这样的我，还怎么自称"在恢复中"？谁会喜欢上一个像我一样疯狂进食的人？我已经这样很多年了。这样的暴饮暴食真的有终结的那一天吗？

罗森医生问我是否需要帮助，我缓缓地点了点头，害怕他会建议我像一个普通的寂寞的人一样，每晚吃牛肉汉堡、比萨或冰激凌，或者叫我不要再吃苹果了。后者比前者还要糟糕。

"每天晚上给罗里打个电话,告诉她你都吃了什么。"

罗里笑眯眯地看着我,我不得不移开视线,不然我会当场哭出来,就像之前我说我考了全班第一,罗森医生用犹太语对我说"恭喜"一样。这迎面而来的善意,就像加热灯一样温暖了我,让我忍不住落泪。

终于,我事无巨细地跟大家分享了我最后的癖好,感觉像是扒了一层皮一样。我吃东西的关键词就是"秘密"。上幼儿园时,我从零食箱里偷了饼干;高三感恩节周末,我偷偷吃了最上面一层山核桃派;我从每个室友那里都偷过食物……这些事情即使在恢复中,不再催吐,但我谁都没说。其他的暴饮暴食也是我的秘密。

"我不会让你别吃苹果。你想吃多少就吃多少。苹果不会废了你,但秘密会。关键在于,"罗森医生说,他向我这边靠了靠并压低了声音,"如果你能让小组成员了解你和食物的关系,你就能更好地与他人建立亲密关系。就从罗里开始吧。"

我看着罗里,想象着告诉她我都塞了什么到嘴里,整个身体都绷着,害怕,但也充满了希望。这是一个机会,让我的混乱饮食习惯重见天日。在此之前,我从未允许自己这么做过。

我的饮食问题和关系问题出自同一根源并不让我感到奇怪,让我惊讶的是罗森医生看透了这一点。"保拉·迪恩"从没看懂过,当时我还经常催吐来着。

"给罗里打电话就能让我戒掉猛吃苹果?"

"你不需要戒掉,你只需要一个见证者。"

我还挺想戒掉的，毕竟苹果卖那么贵呢。

大二的时候，我爱上了有甜甜酒窝的哥伦比亚男孩。在酒吧混到关门后，他会醉醺醺地给我打电话，然后我们会在体育用品店后面亲热。是他，教会了我什么是吻。在遇到他之前，我觉得接吻不过就是两个人嘴碰嘴，没什么大不了的，但当他柔软的舌头碰到我舌头的那一瞬间，我明白了什么是真正的吻。吻，会触及全身每个器官、每个细胞，会掠夺掉所有呼吸，让嘴巴变成神圣之所。是他的那些吻唤醒了我。

但同样，也是他的吻让我心碎。这个哥伦比亚男孩不仅酗酒，还有一个正牌女友。有一次，我在他那里过夜，他太醉了，把壁橱当成洗手间，在壁橱里小便。当他凌晨两点从床上爬起来，对着四英尺外的壁橱小便时，我在哪儿？我在他的厨房里，在吃剩下的生日蛋糕。几小时后，当我回到他房里时，我无视了撒落一地的黑饼屑和地毯上糖霜的污迹。

当他的正牌女友——有着一头飘逸秀发的希·奥梅加回老家圣安东尼奥看望父母时，我就是他的"秘密开胃菜"。有一次周末，他所在的兄弟会在加尔维斯顿举行春季正式礼拜，我还像一个令人毛骨悚然的跟踪狂一样特意跑去他的公寓，看到他和奥梅加在往他的福特车后备厢放一箱箱的啤酒。

他拍了拍她的臀部，她往后甩了甩头发。

这场景让我很挫败，我跑回了宿舍，在我们那小小的焦渣石砌成的房间里吃掉了所有食物：泰迪熊造型的饼干、椒盐脆饼、爆米花、水果蛋挞和室友壁橱里剩下的万圣节糖果。然后我来到走廊，从垃圾桶里翻食物，我找到了一点意大利辣香肠比萨饼，把它放进微波炉里加热了三十秒。在等待奶酪熔化的过程中，我又翻到了一个快递箱，里面装着一位母亲自制的燕麦葡萄干饼干，但已经过期了。

从七年级开始，我陷入了暴饮暴食和催吐的恶性循环，熟练到根本不需要用手抠，我只要弯腰对着马桶吐就行了。吐完后，我会赶在室友从学习小组回来前洗个澡。胃感觉撑到要裂开。水蒸气让小小的浴室烟雾缭绕，我趴在墙上，等着看是不是还想吐。眼前有黑点旋转，我滑落到地板上，一半身子被水淋着。在我昏迷之前，我想：就是这样了，缠着一个有女友的男生，吃到不省人事，总有一天会这么死去。

我拨通了罗里的号码。幸运的是，她不在家，电话转到了语音信箱。我用比耳语大不了多少的音量告诉她我吃掉了所有白菜，饭后还吃了五个苹果。挂断电话后，我狠狠地把手机摔在卧室地上，把它摔得四分五裂。"可恶！"我一边咒骂，一边拿枕头泄愤。过了一会儿，我想：我为什么要这样做？干吗这样折磨自己？然后又想，自己怎么没早点认识罗森医生。

第二天晚上，我又给罗里打了电话，可真不容易。依然用留言告诉她我吃了什么，说完后又把手机摔在地上，我的手还在颤抖。

我的手臂就像有幻肢痛那样隐隐作痛，仿佛我为保持自己的秘密而摔了一跤。第三天晚上，当罗里的语音信箱响起时，我差点脱口而出"同昨天一样"，但我还是强迫自己说出具体吃了几个苹果、多少白菜。

第四天晚上是最糟糕的。我吃了七个苹果，这都足以在州博览会上赢得大奖了。我想隐瞒自己吃了七个苹果，但我就好比走钢丝走到一半，必须坚持下去。或者我是不是能加速走完呢？但无论以哪种方式，我都希望走完这条钢丝。我告诉自己，如果只是应付了事，那没有意义。

深呼吸，我对着电话说："我吃了七个苹果。"

处方

罗森医生像个耍蛇人，他会一针见血地提出问题，把我们过往的秘密全都引出来。他会诱导罗里重述父亲在波兰死里逃生的细节，并强调要以她父亲那一辈人的方式讲述。在罗森医生的敦促下，"桑德斯上校"描述了自己从越南服役回国后，一位无执照医生诊断他患有创伤后应激障碍，并进行了很不专业的治疗；卡洛斯谈论了会在主日学校放学后虐待他的继兄；帕特丽斯则回忆了她那个在家族果园上吊自杀的兄弟。罗森医生能感知我们的羞耻和悲痛的伪装，也知道如何撕下这层伪装。至于我，他几乎每次小组都会让我谈论夏威夷溺水事件和暴食症。

每周二早上，我从公寓出发，坐十一站，在红线的华盛顿站下车，出站走到地面上差不多7点10分。距离小组开始还有二十分钟。从承诺加入小组的那天开始，我就不再能一觉睡到天亮。我在十点左右入睡，但是到了夜里两三点就会醒，之后怎么也睡不着了，所以我可以提前到市区。但我不想坐在摆着上瘾主题的图书的候诊室里等得焦心,我会在附近的街区溜达溜达,经过老海军门店,一直走到卡森百货,然后向东往瓦巴什高架列车站走。有时候,我会沿着这条路线遛上两圈,告诉自己,我不过是个准备接受治疗的女人,只需要跟大家围成一圈坐下来聊 90 分钟。仅此而已。

有时候,小组就像山姆会员店里的榨汁机演示场景一样充满激情。有一次,我们从头到尾只讨论了卡洛斯希望罗森医生签字的保险表单。还有一次,帕特丽斯穿了两只不同颜色的过膝袜,一只是靛蓝色,另一只是乌木色,我们就此辩论了十五分钟:这究竟是帕特丽斯的进步——严谨如她居然弄混了袜子,还是倒退——说明她又开始忽略自我。讨论了半天,最后也没有统一的结论,也没有提出任何解决方法。

这里有披露,有反馈,有关注,有爱与被爱。但这里没有答案。可我想要答案。

很多事情都是毫无征兆地突如其来。有一次,跟我同一天加入团体治疗的马蒂在描述他接近死亡的钥匙时,突然哭了起来。他的"死亡之钥"就是放在床头柜里的药片,当他想结束一切的时候,死亡触手可及。然后突然之间,话题变成了我上幼儿园时的蛔虫病。蛔虫是一种常见于儿童的寄生虫,会在夜间引起肛门瘙痒。我告诉大家,五岁的时候,我独自一人在房间里,像流浪狗一样不停挠屁股,一直挠一直挠,直到我父母看完《今夜秀》后睡下。

"你父母知道你有蛔虫吗?"罗里问道。

"等一下,"我边说边抬起手,"我们不是在讨论马蒂的氰化物吗？"怎么就变成谈论我五岁时的屁股了？

"小组讨论总能发现那些成员需要解开的心结。"罗森医生解释道。

罗森医生喜欢细节，所以我深吸了一口气，仔细描述我父母给了我一瓶护臀膏，但并没有减轻瘙痒。到了第二天早晨，臭白的糊状物到处都是，指甲缝、床单、睡衣、臀部和阴道口，蛔虫并不在这些地方，但昨晚我痒得到处抓，搞得乱七八糟。我感觉下体疼，护臀膏的味道闻着像肥料，我的屁股又痒到不行。但是比身体不适更糟糕的是，我知道有活虫在屁股里，太恐怖了。

"护臀膏通常用来预防尿布疹，对蛔虫这种寄生虫可没用，你需要的是甲苯咪唑。"罗森医生皱着眉头说，说话的方式很"医生"，很"哈佛"。我很想谈论别人的问题，但大家有很多问题想问我，比如，为什么我不告诉父母护臀膏不起作用。

"我觉得护臀膏不起作用是我的错。"他们告诉过我不要挠，但我还是挠了，还挠了一整夜。另外，谁会想说蛔虫的事呢？羞耻使我闭上了嘴，尽管我五岁时还不认识这个词。

"你从五岁开始，就一个人行动了。"罗森医生说得好像这是一个多大的发现似的，但我不这么认为。身体里有蛔虫，我觉得很尴尬，或者用罗森医生的话来说，很羞耻；我觉得自己很肮脏，弟弟妹妹都没有蛔虫，就我有，这说明我的身体有缺陷、有问题。罗森医生逼我描述了一个小女孩独自与肛门寄生虫做斗争时的感受。

我颤抖着，紧闭双眼。隔了二十多年的岁月，我好像还是可以闻到护臀膏的气味,感觉到双腿间的奇痒难耐。我从来没有和任何人讨论过蛔虫,更别说在六个人面前讨论了。

我闭着眼睛,毫不犹豫地告诉他们:"我感觉很羞耻。"

"羞耻只是表象,羞耻背后是什么?"罗森医生追问。

我双手抱头,意念搜索全身,试图找到答案。我掀起名为"羞耻"的一角,想知道藏在下面的到底是什么。我看到五岁的自己,一脸惊恐地在卧室里挠了整晚,不知道该如何寻求帮助。最后,我只好去看儿科医生,那个儿科医生是一个声音低沉的高大中年男子,大拇指又肥又大,我跟他说了我屁股的情况。在学校,我会偷偷用网球鞋的后跟去戳屁股来缓解瘙痒。我是有多脏:身体里有无数食物,还有让屁股痒的蛔虫。而我最害怕的是,别人都没有蛔虫,我的身体是有缺陷的存在。

"害怕。"我回道。

罗森医生点点头,以示赞同:"你离得更近了。"

"离什么?"

"和你自己,还有感受。"他双手一挥,继续道,"当然,还有我们。"

"回忆过去会怎么帮到我?"

"看着帕特丽斯,问她对你的故事有没有共鸣。"帕特丽斯一副吃惊的表情,摇摇头,仿佛在说"别看我",过了片刻,她开始讲有一次医疗灌肠出了岔子。马蒂讲了他小时候经历的顽固性便秘。小组讨论结束时,每个人都分享了一个关于屁股的故事。

这次小组结束几天后,我给父母打了个电话。我和我爸讨论了我那辆汽车的黏性制动器,预测得克萨斯农工大学在"棉花杯"橄榄球赛的成绩以及芝加哥异常凉爽的天气。然后,我好像被罗森医生附了身般破天荒地问我爸还记不记得我长蛔虫的事,还记得什么?他说不多。我找过他们几次?他说有几次。弟弟妹妹曾经有长过吗?他说没有。在电话那一头,我听到妈妈在问:"克里斯蒂为什么要问蛔虫?"我更用力地抓住了电话。"我加入了一个治疗小组",这句话在我嘴里百转千回,但一想到她知道我曾与一群人讨论我的蛔虫病史后心情会有多恐慌,我立刻打住。另外,如果我跟她聊罗森医生和治疗小组,那我还得承认:我既没有想"变快乐",又没有做到不向别人透露自己的事。

"为什么问这个?"我爸问。"没什么,问问。"我回道。

有一次在小组,整整90分钟没一个人说话。所有人都静静地坐着,听着外面高架列车经过轨道的声音、尖锐的汽车刹车声,还有某个房间的关门声。我们也没有看任何人的眼睛或是咯咯笑。在上半场,我把毛衣上的毛球一个个拽下来,拉了拉腿,还撕了点死皮。每三十秒,我就抬起头看一看时间。沉默让我无处遁形,坐立难安又无能为力。我本可以用这段时间看我的宪法作业。渐渐地,我沉了下来,转头看向窗外的密歇根湖。那是我们的安静之所,就像海洋或外太空一样广阔。房间里的灯光似乎很圣洁,一如我们彼此之间的亲密关系。罗森医生双手合十,说:"今天就到这儿。"

和小组成员一起穿过走廊,我依然保持沉静,但一到街上,我就猛摇卡洛斯的胳膊问:"刚刚大家搞什么鬼?"

不管是什么,后来整整一天,我都保持了那样的沉静,但也惊叹自己居然可以和六个人一起一言不发地度过 90 分钟。

罗森医生开了很多处方,但这些"处方"很少有药。他不是喜欢开药的人。卡洛斯拿到的处方是带上他的吉他,给大家弹奏一曲,以减轻他对外展示的恐惧;帕特丽斯得到的处方是把草莓碾碎在丈夫的肚子上,再把草莓舔掉,然后将结果报告给小组;至于罗里,罗森医生认为内科医生给她开的抗焦虑药物抑制了她的性感受,所以让她"在过夫妻生活时,在每两个脚趾间夹一粒药"。

我一直遵照罗森医生给我开的处方,每晚给罗里打电话,告诉她我吃了什么,已经持续好几周了。挂断电话后,我已经不会哭了,而且我每晚吃的苹果也减少到了五个。是时候换个处方了。

"我失眠怎么办呢?脑子稀里糊涂的。"我正在上第二年的法学课程,除了周二的团体治疗,我都在芝加哥最大的律师事务所进行暑期实习,希望实习结束后能转正。数周以来,我都睡不好,非常疲倦,难以保持清醒的状态应对课堂和面试。在温斯顿律师事务所,一位满头白发的合伙人正在描述他是如何在最高法院做辩护的,其间我一直掐着手臂内侧的肉来保持清醒。

之前我已经在大家面前坦白,我的饮食正处于水深火热之中。现在,我还得承认我睡不着。像是二十六岁的身体里住进了一个新的灵魂,我感觉自己重获新生。

罗森医生坐直了身子,像个疯了的科学家一样搓揉双手,然后说:"睡前打电话给马蒂,要一个肯定。"

"那是在我打电话给罗里之前还是之后?"

"都可以。"

"我今晚打算去剧院,所以记得七点前打给我。"马蒂说。

我上了一天课,之后还在众达律师事务所面试了五小时(面试的时候又是掐手臂内侧来保持清醒),当天晚上6点50分,我站在贝尔蒙特的列车月台上,感觉筋疲力尽。我拨了马蒂的电话,风一直把我的头发往脸上吹。

"是我,我来要一个肯定。"我对着电话说道,看着这趟向北的列车一路亮着灯进站。

"你有一双美腿,嘟嘟。"马蒂说话才不像"桑德斯上校"那样恶心。每次团体治疗时,但凡开口,他都会哭泣,当我们追问他为什么哭时,他总是带着一脸震惊的表情说:"不敢置信,真的有人在听我说话。"

我咯咯笑起来,笑声淹没在即将进站的列车轰鸣声中。我祈祷他的话能起到强力安眠药的作用,让我今晚睡个好觉。

第二天早上,我犹豫了一下,害怕睁眼后发现才凌晨两点,但我听到了属于清晨的声音:邻居正关上门,鸟儿在歌唱,有一辆汽车正在发动。我睁开左眼,看了看时间:5点15。足足睡了七小时!我像赢得比赛一样,挥舞着拳头。也许,罗森医生真的很聪明。

转变

芝加哥的冬天悄然而至，我开始试着在参加团体治疗时说一些鸡毛蒜皮的日常琐碎。有一次，尽管羞耻感自脊梁骨盘旋而下，我还是询问大家怎样才是一个聪颖的二十六岁年轻人该有的样子，比如，我应不应该动用一点应急存款，参加我的大学室友凯特组织的一次滑雪旅行。小组成员一致投票赞成我加入这次旅行，罗森医生也要我去，除非我能说出一个合乎情理的不去的理由。

"五对情侣档，就我一个人落单。"

"没什么大不了的。"罗森医生回道。

"天哪，你居然破天荒地参加活动！"当我接受邀请时，凯特感慨道。

在圣诞节和新年之间的那个周二早晨，我在克雷斯特德比特的一个小木屋里给罗里打电话。这是我第一次错过小组。

"早啊，亲爱的，等一下，我按免提。"一阵窸窸窣窣的声音后，罗里的声音还是有点闷闷的，我听到她说，"大家伙儿跟克里斯蒂打个招呼吧。"然后就是整齐响亮的招呼声。

"你们都在干吗呢？"我问，想象着他们平常坐的方位，还有窗外灰蒙蒙的芝加哥的天空。

"你不在，可无聊了。"卡洛斯说。

"你们都想我了吗？"我还以为，不用总是听我絮叨苹果和蛔虫，他们会高兴呢。

"每个人都在点头呢。"罗里说，"罗森医生也点头了。"

听了这话，我的心飘飘然跨过了落基山脉和平原，飘到了芝加哥那间十六平方米的屋子。那里，有小组里的大家，我平常坐的椅子正空着，成员们正挂念着我。

小时候，我和弟弟妹妹会轮流去看望祖母，她住在得州弗雷斯顿的一间黄色农舍中。我喜欢在祖母家的那几周，我可以在房子周围漫步，在小河旁寻宝，在牛墓地里捡骨头。有一次住在祖母家时，我鬼使神差地给家里打了个电话，可能是为了测试自己打长途电话的能力。电话一直响，但没人接，他们可能在邻居的游泳池或后院吧。当天晚上，我又打了一次，但还是没人接。他们去哪儿了？

周末，我爸给祖母打了电话，准备找个时间接我回家，我从祖母那儿把电话抢了过来，问道："你们这几天都去哪儿了？前天晚上我打电话，怎么一直没人接？"

"我们在俄克拉何马州待了几天。"

我不在，他们居然去度假了？我泪流满面，模糊了视线。我从没去过俄克拉何马州。突然间,我迫不及待地想要去俄克拉何马州,去看看他们看过的一切。在那里,女人们把黑色长发编成辫子,喜欢圆锥形帐篷等凉爽的物件;在那里,还可以看到高速公路上星星点点的石油钻机在运作。他们怎么能在我不在的情况下跑去那儿?显然,这意味着我并不是家里不可或缺的一部分,这一认知让我想蜷缩着号啕大哭。

在电话的另一端,我爸解释说,他们是去庞卡城的朋友那儿运一件古董衣橱回来。"豪生酒店的空调是坏的,你妈还因为在肯德基吃饭生我的气,我们在那儿的停车场看到一只狗在吃老鼠。"他把俄克拉何马州之行说得像场灾难,但我听了只觉得这一切既神奇又好玩。然后,我听到他说:"你从来不在意这些的,所以我们才没带上你就去了。"

多年来,每当提及俄克拉何马州之行,我妈都会浑身发颤。没有一张留念照片,也没人在周末回忆俄克拉何马州的快乐时光。然而,每当提及俄克拉何马州之行,我也会浑身发颤,因为它证明了我可以被抛下。

这个冬天,我还迎来了自加入小组以来的第一次约会。卡洛斯给我介绍了他的朋友萨姆。萨姆是一名律师,刚分手。第一次打电话,萨姆和我聊得很愉快。他坦言自己没看过电视剧《幸存者》,我承认只看了《哈利·波特》的第一部。最后当我表示我得挂断电话参加读书俱乐部活动时,他听起来似乎很钦佩一个忙碌的法律系学生还会花时间在阅读上。

我完全有理由相信我俩能成：我们都喜欢卡洛斯，对法律界也都看法一致。晚上八点整，透过窗户看到他把车停在我公寓前面，我无比雀跃。我在洗手间涂上了卡洛斯在巴尼百货为我挑选的口红。

当我打开门时，我以为我们会拥抱，但他只是伸出手，脸上挂着客套疏离的微笑，笑意不达眼底，然后马上转过头去，开始下楼梯，好像违规停车了一样着急。不过，我当时还没感到绝望。毕竟夜还长，还有无限可能，有身体上的接触也说不定。萨姆没有在餐厅订位，也没提议说去哪儿，车里弥漫着一片令人尴尬的沉默。然后我提议说，我公寓附近的欧文公园里有个古巴餐厅。车里唯一的声音是我在指路，我们在打电话时那么来电，难道都是我的幻觉？

在28号咖啡厅，萨姆也没取下脖子上的巴宝莉羊毛围巾，对服务员的态度也不好。等菜上齐的时候，显而易见，这次约会已经凉了。我失望地想把拳头砸进面前愚蠢的土豆里，然后把鲑鱼扔向房间的那头。我可是为了这次约会专门买了一支口红和一件毛衣。我也一直都去参加小组，打电话给罗里和马蒂，还照罗森医生说的"接纳团体"。结果呢？为什么萨姆表现得那么疏远，对我也不感兴趣。

回去的路上，车里又是一片杀伤力足以媲美核武器的沉默。萨姆没有送我到门口，甚至连引擎都没熄。可能他有示意过握手告别，但我在感谢了这顿晚饭后就转身离开了。回到公寓时，时钟刚好报时,才 8 点 50 分。

这次约会,连一小时都不到就结束了。

我拨通了罗森医生的电话,他是我通讯录上的第一个联系人,是我快速拨号的代言人。接通语音信箱后,我说出了结论:"治疗无效。明天请回我电话。我觉得自己完了。"我在公寓里转来转去,一直在纠结为什么萨姆没给我一个机会。照例给罗里和马蒂打电话的我告诉他们,觉得自己受到了羞辱。

"这压根就不是你的错,"他们肯定地说,"有的约会就是很糟糕。"

第二天,我做了一件上学以来从未做过的事情:我没去上课,窝在被窝里,放空发呆。没看电视,没读书,也没复习笔记。到了中午,我在法学院最亲密的朋友克莱尔给我的语音信箱发了一则留言,说:"嘿,今天怎么没来上课?给我回个电话。"

又是这种被卡住的感觉。我感觉,长这么大,我生命里的大部分时间都充斥着这种感觉,以至于所有其他想法、其他感觉都被拒之门外。这种感觉如疽附骨,阻碍了我的呼吸、血流和欲望。小组理应带来改变,让我敞开心扉。卡,卡,卡。在胸口某个地方正酝酿着一声哭喊,就像是飓风在远处积攒力量靠近佛罗里达海岸。这种被卡住的感觉好像是我的错。怎么才能改变?我一边数着泡沫天花板上的纹路,一边陷入自我憎恨中。如果我总是这样被卡住,那周二的小组还有什么意义?下午 3 点 15 分,手机屏幕一闪一闪,是罗森医生的来电。

"你能帮我吗？"我直截了当地问。

"但愿如此。"他回道。

"为什么我的约会糟糕得像场灾难？"

"谁说这是一场灾难？"

"这场约会才持续了五十分钟。我今天还没去上学，我现在就躺在床上。"

"恭喜。"

"恭喜什么？"

"你上一次像这样感知自己的感觉都是什么时候的事了？"

他知道，答案是"从未"。"你需要像现在这样去感知。"

"但是我该怎么做？"

"在我来电话之前，你在做什么？"

"就盯着天花板。"

"盯吧。然后参加明天的小组。"

"就这？"

他笑着说："Mamaleh[①]，足够了。"

我感觉还不够。但挂断电话后，我的身体放松了。脑子里充斥着理性的思考：萨姆不过是芝加哥成千上万个男人中的一个。我没毛病，这不过是一次蹩脚的约会罢了。没什么大不了的，没必要为此落下紧张症。

---

① 犹太语，"小姑娘"。

罗森医生保证,我只需要一直参加小组就好了。对他来说,我和小组成员们围坐成一圈一起度过的这90分钟,就是情感转变最紧要的部分,也是最圆满的结局。在他看来,小组成员们足以给我的心"刻痕",他觉得这样就够了。

但对我来说,这远远不够。我想换一个新的处方,要我去做点什么冒险、艰难的事,需要我用上所有勇气的事。罗森医生没有认真对待我的不安,他没理解我的感觉。我是一扇关上了的窗户,是一个再怎么用力往台面敲也打不开的罐头盖。

我得让他看到才行。

某一天,安德鲁·巴利突然给我打了电话。

我们是在一个假日聚会上认识的,我记得他是蓝眼睛,安安静静的,但我讲笑话时他会哈哈大笑。

我答应了与他共进早午餐。越过放在面前的鸡蛋和土豆,我盯着他粗糙的双手和梭鱼似的发型。我喜欢他吗?第一反应是否定。我们没有任何共同点,也不来电。无意讽刺,但我就是忍不住不去想他那20世纪80年代风格的发型。但我生生忍住,转而去想他的积极面:他很善良,乐于助人,不酗酒,还对我有兴趣。可要是他不喜欢读书怎么办?要是他对熊队超级碗前景以外的时事都不感兴趣怎么办?要是待会儿往他车子方向走的路上,他牵住我的手,我的身体因抗拒而哆嗦怎么办?

第二次约会,安德鲁提议去他家吃晚饭,他最近搬到了罗杰斯公园附近的一套公寓里。周五下午去他家的路上，往西边的路非常拥堵，我等了两轮红绿灯，车子却一点儿都没往前挪，太让人崩溃了。我猛捶方向盘，撕心裂肺地大喊了许久，嗓子还因此嘶哑了两天。我不想去他家，但我逼自己接受邀请，因为拒绝他就意味着我下意识地想孤身一人。安德鲁是个好人啊！我冲自己尖叫。给他个机会啊！我怎么能一边说自己非常孤独，一边拒绝和一个不酗酒的好男人约会呢？

在带我参观了他明亮、有品位的一居室公寓后，安德鲁烤了两块鸡胸肉，和着一袋生菜放到了陶瓷碗中。我对他的真诚和努力报以微笑，尽管对他的抗拒在肚子里搅动，叫嚣着想要破口而出。

我们坐在沙发上，盘子就搁在膝盖上，礼貌地谈论他的工作和我在得州老家的家人。从正面看的话，看不出他的发型像梭鱼，但我们聊天的感觉就像磨骨一样极不自然。我俩都不机智，也不迷人。干巴巴的鸡胸肉和一个几乎无法与之产生对话的好人，这可不是我想要的。

吃完饭后，我慌了。我已经找不到话说了，所以我猛地向前把嘴贴在他嘴上，希望接吻能激发点化学反应，让我想和他在一起。安德鲁的眼睛闪烁着惊讶和兴奋，他回吻了我，我变成了一个没有感情的机器娃娃。我想回家。我讨厌这个想回家的自己，我也讨厌因为发型之类的愚蠢理由拒绝安德鲁的自己。怪不得我孤身一人，我可真贱。心里叫嚣着拒绝，但我生生把它按住。坐在我面前的可是一个好人，如果我不喜欢他或对他没兴趣，那都是我的错。

"你这儿有安全套吗？"我问。或许做爱能帮我逃离这被困住的境地，或许做爱能让我喜欢上他。

我还穿着毛衣、胸罩、内裤、牛仔裤、袜子和靴子。安德鲁的红色法兰绒衬衫也还紧紧地塞在他系着皮带的牛仔裤里。他的鞋子也没解开。九十秒前我们还在纯洁地聊天，下一秒就开始翻云覆雨……这感觉就像抢劫拐角处的7-11便利店一样离谱。但我俩都不想，也不能慢慢来，我们想弄清楚现在到底是什么情况。

没音乐，没灯光，没情调，啥都没有，除非你心里默算时不时飘来的鸡肉烧焦的气味。安德鲁覆在我身上，我把牛仔裤挂在臀部，咬住下唇，呆望着他家的天花板。

我的脑海充斥着一个可怕的想法：这就是我能得到的一切，我再不会有任何感觉，我已经坏掉了。像当年做的那个杯子一样"刻痕不太对，没'联结'好"。我眨了眨眼，眼泪滑出了眼眶。我忍住不哭，在想我到小组里该怎么谈及这件事：看看我都做了些什么。

安德鲁努力地想要进入我。我挺起下半身，好让他能有一个更好的角度快点完事。三四轮冲刺后，一切都结束了。我能感受到的，只有自我憎恨，甚至连呼吸都没起伏过。

快结束时，他的电话响了，工作上有急事。安德鲁急急忙忙拽起裤子："抱歉，但我得走了。"我甚至还不知道他做什么工作。

回到车里，我拨通了罗森医生的电话。我给他留言，说了鸡胸肉、我的拒绝以及我挑头的做爱。"我需要你的倾听。请听我说。"

四天后，在小组里，我的目光紧紧锁定罗森医生。我的拳头因愤怒而收紧。我还得跟多少个男人发生关系才能让他真正地听我说话？怎么样才能撕下他脸上的笑意？

"你以为我看不到你？"罗森医生说。

"你知道我很痛苦吗？"

"克里斯蒂，我知道你很痛苦。"

"你能帮我吗？"

"是的。"

"我需要做什么？"

"你正在做。"

"这不够。"

"足够了。"

"我很受伤！"我一拳头捶在椅子的扶手上，"我很受伤。"

"我知道。"

"我再也不想那样跟人发生关系了。"

"你再也不必那样了。"

"只是这样还不够。"

"克里斯蒂，足够了。"

怎么可能足够？跟安德鲁共度的那一晚无论在哪方面都是一场灾难，而且是我的错。但我有一位厉害的治疗师和五个非常支持我的小组成员，按理说，我的生活应该朝着更好的方向发展。

"那我做这些努力有什么意义？就算我能跟人结婚，也不过是在经历更多垃圾性生活的同时,越发跟人失去内在的联系。"

罗森医生说:"你还没到结婚这一步呢,但是你已经在路上了。"

我在房间挥舞着手臂。"大家都准备好了,怎么就我没有?"其他五个小组成员都找到了人生路上的重要伴侣,每晚相伴而眠。"我还得花多长时间?"我想象着在等待小组奇迹般地改变我人生的漫长岁月里,自己变得衰老而虚弱。

"我也不知道要花多长时间。但你能不能庆祝一下自己到目前为止所做过的努力?"

不,我不能。在我知道还要做多少努力之前,我不想庆祝。意识到在实现心理健康这条路上没有捷径这件事把我给压垮了。我已经在小组里袒露了自己的孤独和进食癖好,一直以来,我都依赖这两样东西来应对外界。现在,每一次与人接触,包括每一次约会,我都必须放下最初的防御,这在理论上听起来是健康的,但在小组里知道这一点的那个上午,我却只觉得这会导致不可挽回的覆灭。猛吃苹果将不再有慰藉,我也无法再回到过去那密封得严严实实的生活。罗森医生和小组成员的目光让我所有的缺陷都现出原形、无处可躲。所以,我干脆全盘托出:我啜泣着,哭诉自己有多么孤独,多么害怕自己的生活永远不会真正改变,更害怕自己承受不了这真正的改变。如果小组不是九点结束,我肯定会一直哭到吃午饭。

绿茶

"你应该告诉大家吸烟男的事儿。"卡洛斯说。

在乘电梯上楼参加小组时,我跟卡洛斯说了吸烟男的事儿——这男的爱惨了香烟,而且抽烟的样子很性感——这就是我在法学院新看上的人。他有女朋友,叫温特,是个服务员,但从没见过他俩在一块儿。我曾经希望她长得不好看、不爱干净或者为人刻薄,但是当我终于在约翰·巴利康酒吧见到她为棒球投手服务时,不得不承认,她是个美女,身材苗条,神采飞扬,以真诚的微笑接待每一位顾客。我跟吸烟男的友谊始于学校的机房,我俩都在机房待了好几个小时,把课堂笔记敲进电脑里。第一次见面时,他想去外头抽烟,所以喊我帮忙照看下他的书。我欣然同意。我喜欢他在下午五点的影子、带着烟草味的毛衣、笑的时候会因害羞而转移视线。

"吸烟男?"罗森医生听完把头歪向一边。

"是我在法学院认识的。他有女朋友,抽烟很凶,喝酒也很猛,但我爱上了他。"

"不是个靠谱的人。"帕特丽斯说。

罗森医生顿了顿,用手捂住了嘴,换了个姿势,然后把手放在他椅子的扶手上,最后蹦出一句:"下次和他在一起时,告诉他真相。"

"什么真相?"

"你是个爱挑逗人的'绿茶',只撩不睡。"

我看着卡洛斯。罗森医生是认真的吗? 其他人都在摇头,仿佛在说:"不,罗森医生,她不能这么说。"罗里脸都红了,用双手挡着。

"你是让我告诉他,我之所以喜欢他,只是因为我是个爱挑逗人的'绿茶'? 然后呢?""绿茶"不应该是吸烟男吗? 他有漂亮的女朋友还和我调情。我的治疗师罗森医生人近中年,穿着棕色橡胶底鞋,对流行文化一无所知。如果有人在这次小组讨论之前问我,他知不知道"绿茶"是什么意思,我铁定会说他不知道。现在,作为我治疗的一部分,他让我对看上的男人说自己是个"绿茶"。

"到时候就知道了。"罗森医生回道。

两天后的晚上,我、吸烟男和他随和的好朋友巴特一起,坐着一辆黄色出租车超速去往西边的湖街。巴特是我们班上特搞笑的一个人。天气闷热,但万里无云,只有一轮银牙,仿佛在嘲笑我。我们摇下窗户,散散车里后视镜上晃来晃去的树形香包散发的浓烈味道。我探出窗外,脸转向漆黑的天空和那轮弯弯的月亮。我想笑,憋了几秒,放声大笑起来。听着动感的音乐,我抬头挺胸,坐直了身体，然后转向坐在我和巴特中间的吸烟男。

"我是个彻头彻尾的爱挑逗人的'绿茶'，只撩不睡。""彻头彻尾"是我自己加的，我可不是罗森医生说什么就做什么、没有自己想法的人。

吸烟男本来正在嚼他的烟后口香糖，听了这话停了动作，人都怔住了。而后，他帅气的脸上浮现出一抹微笑。他一直盯着正前方。看着他消化我说的话，我感到皮肤一阵刺痛。我想用双腿缠住他，让自己贴近他，还有他那李维斯牛仔裤。

巴特绕过吸烟男的胸膛，露出个头，看着我。

"你刚说什么？"

"你听到了。"我说，随即扭头对着窗户。

"没，我没听到。"巴特说。

"那你为什么这么想听我再说一遍……"

"因为……"

"因为你刚刚已经听到了。"

"你疯了吧。"巴特咯咯笑了起来，他的笑声被风吹起，消散在这片黑夜中，一同消散的还有我的骄傲。

吸烟男一直保持着微笑，用手指在他长长的、结实的大腿上敲打。意识到吸烟男不会勾搭我，我逐渐萌生一种被羞辱的感觉。他会和我和巴特一起出去玩一小时，然后回家，在被子里翻来覆去，等待温特轮班结束回家，然后做爱到天亮。我掠过密尔沃基大街沿线的建筑物：家具店、炸玉米饼店和书店，还看到有人在排队等待去地下室看某支乐队的演出。他们都不知道我刚说了什么。在羞辱之下，我感到有东西在发芽：我做到了罗森医生让我做的事，我为此而自豪。说这些话就像是高空跳水，需要用上全部的勇气。几分钟过去了，我意识到说这些话使我更接近罗森医生和小组成员。四天后，我会跟大家围成一圈回顾这个夜晚：今晚，我战胜了自己，做出了更好的判断，那就是听从罗森医生的建议。

到了巴克敦酒吧，我们发现室外露台已经没位子了，吸烟男去人行道上点了一根烟。九重葛长出了篱笆，散发着淡淡的甜味。

"来一根？"他掏出一包万宝路。

啊，我多想说"来一根"啊，这样我们就可以像电影里的帅哥美女一样共度一段完美的时光。没有精神健康问题，没有性障碍，没有进食障碍，没有蛔虫。如果我说"来一根"，他会倾身靠近，为我点燃一根烟，他身上的烟草和口香糖的味道，都会成为我今夜的记忆。

但是我不可以。最近，罗里说到自己烟瘾又犯了，罗森医生解释说，抽烟会让她自我憎恨。

"不了，谢谢。"我说。

周二如期而至，太阳刚上枝头，我照例坐红线提前到达市区。尽管前一天晚上有打电话给马蒂，但我还是四点就起床了，并决定到市中心咖啡店坐坐。

我点了一杯茶，看向窗外的麦迪逊大街。一个明亮的黄色背包吸引了我的目光，背着它的男人走路比其他人慢半拍，仿佛正在游览英式庭园。他身材偏矮，跟我差不多高，嘴唇在嚅动，像是在自言自语。我以为他是个观光客。我把茶包从杯子里捞出来，直到几乎看不到他的身影，我才突然反应过来：那不是罗森医生嘛！

绝对是他。那一头不服帖的头发，略微耸起的肩膀。他怎么这么瘦小？在小组里，我恳求他给我开处方、告诉我解决方法和答案的时候，他看起来那么伟岸——比生命还高大。

我一直看着他，看着他优哉游哉、喃喃自语，直到看不见为止。

他怎么走得那么慢？他是在上班的路上，正准备在我的小组里现身，而不是去梅久戈耶朝圣？他为什么喃喃自语？他那个糟糕的背包又是从哪儿来的？

等到我喝完茶，动身去参加小组时，我意识到一个更棘手的问题：我的治疗师这么奇怪吗？那我为什么听取他的建议对吸烟男说那些话？我又为什么赋予这个奇奇怪怪的小个子男人那么大的权力？

走去小组的路上，我祈祷：杀了这尊佛吧。

拒绝

其他成员都得到了一份专属的性爱任务。"桑德斯上校"要按摩妻子的背部，而且不能迫使她跟他做爱；帕特丽斯要用上一些性爱玩具；卡洛斯要每天晚上一丝不挂地抱着他的未婚夫布鲁斯十分钟；马蒂应该邀请住在一起的女性朋友贾宁和他一起泡澡。罗森医生也更新了给罗里的处方：在进行夫妻生活时每两个脚趾间夹一粒阿德拉药。

我听了羡慕不已："我也想要性爱任务，可我没有伴侣。"

罗森医生搓了搓双手，好像他已经等我问他问题等了好几个星期了："我建议你把帕特丽斯当'书挡'。"

我揉了揉太阳穴，紧闭双眼："什么意思？"

"打电话给她。"罗森医生假装拨打电话，然后像握住听筒一样握住他的手，"你就说，'嗨，帕特丽斯。我现在要去自慰了。我打电话是希望你支持我的性欲。之前我的进食问题就得到了很大的改善，所以现在我想把同样的方法用在性欲上'，然后，等你自慰完，再给她打电话,说'谢谢你的支持'。"

"不要,"我站了起来,"绝对不要。"

从理智上讲,我明白自慰没什么错,是露丝医生教会了我这一点——不用因愉悦而羞耻。理论上是这样的,但在实践中,我只能偷偷地在黑暗的夜里,藏在被子下面取悦自己。我从来没有,也永远不可能,把自慰摆到台面上讲。修女们的话阴魂不散,一直萦绕在我耳边,我只能为了生育和我的天主教丈夫做爱。在六年级的健康课上,卡拉汉修女花了几分钟的时间解释说,自慰是一种"严重的罪过,因为每一个浪费的精子本来都可以成为一个新生命"。但她没有提到女孩也可能自慰,这似乎证明了女孩们从来没有,也不应该自慰,自慰是不可言说的。

像我这种情况,有一个专业术语:性厌食症。大多数人所熟悉的厌食症表现为严格限制饮食。但我的性厌食症则是指我要么追求那些不靠谱、爱"劈腿"、不会与人建立亲密关系的酗酒男,最终导致没有性生活;要么强迫自己跟不喜欢的人发生性关系。这个标签让我很感兴趣,当我还是个胖小孩时,我就渴望自己身上能有个像"厌食症"这样时髦的标签。现在,我不确定自己是否还喜欢这个标签,但至少它让我感觉不那么孤单。如果能有一个名字来形容我和我的病情,那就意味着我不是一个人。

我不可能给自慰找个"书挡"。我盯着罗森医生,摇了摇头。

"但你肯给我打电话说苹果的事啊。"罗里说。

"这不一样。"

"怎么不一样呢?"罗森医生说。

"你不知道苹果和自慰的区别吗?"一想到要给帕特丽斯打电话,我就害怕得直缩脖子。打电话给帕特丽斯谈论这件事无异于在我的内心点燃一场大火,叫嚣着:去他妈的!我现在就要去自慰了!这不仅违反了天主教会禁自慰的教规,也和我妈妈"不要告诉别人你的私事"的教导背道而驰。这个处方太离谱、太变态,我不可能这么做。

"你想知道我怎么想的吗?"罗森医生说,"饭后吃十个苹果……"

"我已经减到四个了……"

"好吧,四个,但是吃这么多苹果并不令人愉快。你想戒掉,但停止一种消极的行为与在他人的支持下开始一种积极的行为是截然不同的。你更抗拒愉悦,所以我才给你开了这个处方……"

"但我做不到啊。"我应该退出小组。

"你还有其他选择。"罗森医生说。

罗里用她的靴尖戳了戳我的脚,建议我选个不这么猛的。我深吸了一口气。

我是会在绝望中淹死,还是去索要我需要的东西?

"你能把难度降低一点吗?"我低声问。

罗森医生笑着,想了一下:"那就在准备泡澡和洗完澡的时候都给帕特丽斯打个电话,怎么样?"

"不要求我做什么、摸什么,或搓什么吗?"

"你这也太功利主义了。"

"成交。"我整个身体都放松了，我可以洗个该死的澡，我又可以继续参加小组了。

罗森医生盯着我看。"干吗？"我问。

"你最后一次告诉别人，你还没有准备好接受他们要求你做的事情是什么时候？"

高中毕业那年，我在跟迈克约会，他是学校的篮球明星，每天都抽大麻。他是我第一个真正意义上的男朋友，我很想当一个好女朋友，不管这意味着我要付出什么。在跟我好之前，迈克在和一个啦啦队队长约会。他俩玩得很开，我却不行。我想我不是个好女朋友。

本科时，我的室友切丽比我早一个学期毕业。无拘无束的切丽给自己在读硕士前的这段日子定了很多计划，比如，去科罗拉多当一回沙发客。她让我毕业后开着她的捷达去丹佛，我应该拒绝的，因为那个时候我应该在达拉斯探亲，在商场打工。开车带着切丽、她的自行车和装满扎染衬衫的行李袋去有着"一里高城"之称的丹佛，既不方便，也很费钱。但我答应了，因为一想到要说"不"，我的胃就战栗。我想做一个好朋友，好朋友从不拒绝。

在搬到芝加哥读研究生之前，我在大学城的服装连锁店找了一份工作——向"姐妹会"的女生兜售短裙裤。几个月后，我升职为经理助理。我的上司来上班时，她的前臂上经常有长长的、血淋淋的抓痕，如果不是因为野猫，那就是她自残得很厉害。每个月，她都会让我代班几次，这意味着我必须连续工作十小时。经理助理不可以在店里没人的情况下走开，甚至都不能去快餐店买点吃的。我的上司在家里做着不为人知的事，而我只能让一个看仓库的小哥帮我看一下店里，好去上个洗手间。但我从来没有想过拒绝，因为我想成为一名好员工，好员工从不拒绝。是的，我认为我应该做一个好女朋友、好朋友、好员工，在这个世界上，我应该做一个好女孩，然后是一个好女人。别人让我做什么我就做什么，从来没想过自己是不是饿了、怎么去丹佛，宁可自己恶心不舒服也要迁就男朋友到底值不值。

我告诉罗森医生，我没有拒绝别人的习惯。他问我是否知道这让我付出了什么代价，我摇摇头。什么代价？大家喜欢我就是因为我是个不会拒绝的女孩。如果我到处拒绝人，会是什么现状？他们会生我的气，会对我失望，会不开心。

这是我无法忍受的。只有不被感情束缚的男人和辣妹才敢拒绝别人。

罗森医生说："在任何一段关系中，如果你不敢说'不'，那你就无法与人亲近。"

"再说一遍。"我一动不动，任由每一个字渗过皮肤和肌肉，深入骨骼，直抵内心。

"如果你不敢说'不'，就不可能有亲密关系。"

人们总是对我说"不"，但我仍然爱他们。

难道这就是大家上高中时学到的道理吗？而那时的我正在狂

吃女童子军薄荷饼干,制作莱昂内尔·里奇和惠特尼·休斯顿的混音带。

当我旧旧的爪脚浴缸里盛满了泡沫丰富的薰衣草味泡澡水时,我给帕特丽斯的语音信箱留言,完成了第一个"书挡"。我故意拨打她的手机,因为她手机晚上都是关机的。我屏住呼吸,滑入几乎滚烫的水中,泡泡发出细小的沙沙声。我把头靠在坚硬的瓷器边缘,呼出一口气。我喘不过气来,这暗示着我可能会哭,但我闭上眼睛,摇了摇头。我不想在这件事上哭泣,我想做一个正常的女人,洗个澡放松一下。两分钟后,我不想泡了。我已经按照处方抓了药,也吃了药,现在我有事情做了,比如给三个不同的小组成员各打一个电话。

但随后我用手掌捂住心口处,深吸一口气,泪水不断上涌,我任由它们滑落眼眶。我感到强烈的、持续的、纯粹的解脱。或许,我也可以说出"不"了。

其他人都能说"不"。我的本科室友凯特是个直率、活泼、很有安全感的人。在大学里,有个帅哥对她毛手毛脚,她当场叫他"滚蛋",她不会焦虑到觉得自己必须顺从这个要求。在我五岁时,我倔强的弟弟和父母对峙了一小时,坚持不吃一口金枪鱼三明治,他赢了,而我则强迫自己把那个可怕的、涂满蛋黄酱的东西一口一口吃下去,一点不剩。卡洛斯会反抗罗森医生,说自己永远不会带着吉他在大家面前唱歌。

与此同时,我还在考虑退出小组,这样我就不必看着罗森医生说"不"。

我用手舀起一捧水,然后看着水从指缝里流出。我一直讨厌泡澡。泡澡除了瓷砖墙和自己掩在肥皂泡下的身体,还有什么可看的呢?我讨厌看自己的身体。我总对自己评头论足:腿毛没刮,脚指甲没做美甲,胸部扁平,大胃王,大腿也不细腻光滑。所有这些审视和羞耻淹没了我本应从泡澡中获得的乐趣,按理说泡澡可是所有女性都喜欢的消遣方式。

斑驳的红色指甲油、毛茸茸的腿、坑坑洼洼的肉,都在眼前挥之不去。我仍然感觉到热辣辣的羞耻感刺痛着皮肤。但除了羞耻,还有一种更轻盈、更酷炫的东西,我隐隐约约地意识到,我可以有跟以往不一样的关系,先是同自己的身体,再是同别人。

等泡澡水冷却到室温时,指尖的皮肤也皱了起来。从水里坐起来,一股寒意顺着我的脖子倾泻而下。我用一条粉白相间的条纹沙滩毛巾裹住自己,坐在浴缸边上。

我给帕特丽斯留言:"我泡完澡了,晚安。"接着,我又给罗里打电话报告我都吃了什么。

最后,打电话给马蒂,收集我要的肯定。他用格劳乔·马克斯的口音说:"孩子,你能行。"

我笑了出来。泡完澡后,我的脖子和肩部肌肉感觉温暖又放松。我有一种昏昏欲睡的感觉。拿着电话的手还是皱巴巴的,"我爱你"这句话就这么自己溜了出来。

"我知道你爱我,亲爱的,我也爱你。这可真逗。"

我笑了。我不会用"真逗"这个词来形容我胸前蔓延的暖意,但我也想不到一个更好的词。

躺在床上,我想象出一幅画面:就像童年游戏"悬浮聚会"那样,小组成员们的手托着我的背,他们齐心协力召唤任何能帮我身体向上的灵魂。我能感觉到罗森医生的手托着我的头,卡洛斯和"桑德斯上校"托着我的肩膀,帕特丽斯和罗里托着我的臀部,马蒂托着我的脚。我真的很爱他们,感谢他们的出现、他们的努力,以及他们托着我的手。他们已经深深地烙印在我的生命里。

这让我激动不已,让我想放声大哭,也把我吓得要死。

骸骨

到了春天，在一次小组上，硕大的泪珠顺着马蒂的脸颊滚落下来。他腿上放着一个银色的罐子，大小和形状像一个小鼓或饼干桶。他说他厌倦了所有形式的死亡，他不想再留着这个罐子了。

这对马蒂来说是件好事。虽然他表面上看起来很好相处，一切都正常，但我们都知道他在床头柜里藏着氰化物。罗森医生几乎在每一次小组都提到这一点，并敦促他把氰化物带来。

"看起来你已经准备好放手了。"罗森医生指着罐子说。

"这里头是啥？""桑德斯上校"问道。

马蒂把罐子顶在心口："一个孩子的遗骸。"

我把脚后跟戳进地毯里，把椅子往后一顶。婴儿应该长着胖胖的脸颊，大声地咕哝着、尖叫着、哭喊着，他们不应该在密封的罐子里。

马蒂解释说，这个不到一个月大就死去的婴儿，是他从业后第一批治疗的一个病人的儿子。几年前，为了忘记悲痛，这位病人曾请求马蒂代为保管这具遗体，但后来病人自己也去世了。现在，马蒂问罗森医生该如何处理这件遗物。

罗森医生喜欢挑起每个人对死亡的情绪，如果给小组里的话题做一个饼状图，就会发现最大的两个部分分别是性和死亡。如果小组成员经历过死亡带来的创伤，那么罗森医生会至少每两个月让他给大家讲一次。罗里每两次分享就得谈一次纳粹大屠杀，即使20世纪40年代欧洲犹太人遭遇屠杀似乎与她花旗银行卡的逾期无关。当帕特丽斯为工作中的复杂问题而苦苦挣扎时，罗森医生转而提及她兄弟的自杀。自然，他也让我谈论夏威夷事件。通常，我会提醒他把注意力放在我的性生活上，而不是我十三岁时在海滩旅行中目睹死亡的巨大不幸。

马蒂把罐子递给罗森医生，罗森医生仔细检查了一下，然后用犹太语说了几句话。罗森医生告诉马蒂，如果他准备好放下对死亡的执念，他就能更全面地拥抱自己的生活，也会与他的长期伴侣贾宁变得更加亲密。

一片沉闷的寂静笼罩着小组。夏威夷的记忆又在我脑海里闪现，一种感觉如潮水般涌上心头，但被我压制住了。我告诉自己，这只是我对小组情绪产生共鸣的表现。

与此同时，我很想无视规矩，跷起二郎腿。罗森医生能给我什么神奇妙招？我有没有在衣柜里藏些什么能带给大家看的东西？我准备好与人亲密无间了吗？马蒂和我在同一天加入小组，现在他已经跑到我前面去了。长久以来，我打心眼里觉得自己孤独，我来找罗森医生是因为我渴望死亡的降临,但马蒂可是在床头柜里放着氰化物,有可能主动求死的状态,他怎么就跑到我前面去了呢?我心头涌起嫉妒和愤怒,但什么也没说。

小组只剩下十五分钟了,罗森医生把注意力转向了马蒂的罐子,说:"找个人帮你拿着吧。"马蒂环视大家时,我凝视着污迹斑斑的地毯。他肯定会选帕特丽斯,因为她就像我们的妈妈一样。

"克里斯蒂。"

去他妈的弗洛伊德"移情法"。我眯起眼睛看着马蒂,我既害怕又恼火,他抱着的这个婴儿永远不会长大,皮、肉、骨头都被密封在一个银罐里。

我怒视着罗森医生,就是他搞出来的事。我想站起来,用拳头捶打自己的头,尖叫到喉咙撕破:"我不是为了死亡、骸骨而来的!我是为了活下去而来的!我要活下去!"

我不过是马蒂偶然在小组里遇到的一个女人,突然就被指定成这个罐子的保管人,这是什么道理?难道这个婴儿不应该由深爱他或他父母的人保管吗?这种偶然令人无法忍受。

罗森医生让马蒂看着我,问我是否愿意保管这个罐子。当我和马蒂对视时,我看到了他的痛苦,但我无法忍受保管这个罐子。

我转向罗森医生,问:"要不我来保管马蒂的氰化物,怎么样?"

"不怎么样,"罗森医生停顿了一下,然后说,"你不必这么做,你知道的。"

"什么？"

"当你害怕、沮丧或生气的时候，你就会开玩笑，转移话题。"

"那不然这样，去死吧，罗森医生。"

罗森医生用手掌抚着心口，我见过他做这个动作。他曾解释过，当有人直接与他分享他们的愤怒时，这其实是出于爱，而他会把这种爱收进心里，当作是一种祝福。

"好一些。"罗森医生回道。

"好吧。"出于愧疚，我低声说道。

我问马蒂这个婴儿的名字是什么。

"杰里迈亚。"

我不能抛弃小杰里迈亚。他的骸骨还在那个罐子里，我不能背弃他。我自私自利，以自我为中心，但我还没变成一个十足的怪物。我伸出双手去接罐子。

罗森医生把罐子递给帕特丽斯，帕特丽斯再递给我，我稳稳地把它拿在手里。

我不想感受罐子里的东西。当我把罐子放到腿上时，我想象里面装满了小贝壳，我真的很努力不去想里面装着骨头。我抱着罐子边摇晃边抽泣的画面在我脑海里闪过，但心里对罗森医生的一股怒意生生扑灭了那份温柔的悲痛。

"我想知道，"我对罗森医生说，"如果马蒂放下杰里迈亚，就能跟贾宁更亲近，那我接管杰里迈亚，又会对我产生什么影响呢？"

罗森医生对着天花板思索了一下，说："对你来说，这些骸骨代表着你对小组成员的依恋。你需要小组的支持才能靠近死亡，停止逃避死亡。"他身体前倾，好像怕我听不见似的，"你想往前走吗？那就开始感受吧。"

"我不知道。"我紧握着罐子的双手颤抖着。

"你不知道什么？"

"如何感受。或者说，我能不能感受。"

"Mamaleh，你已经在感受了。"

两周后，马蒂把黄色圆药片倒在手掌上递给罗森医生，罗森医生站起来说："我们要举行葬礼了。"

我们跟着罗森医生来到房间门口的小卫生间。罗里握着马蒂的手，直到他准备好放下这些药片。罗森医生宣布，他现在要主持祷告。

"我们该哀悼什么？"我问。

"马蒂的自杀之心。"

"L'chaim。"卡洛斯说。

"希伯来语，意思是'为了生命'。""桑德斯上校"向我解释道，一边把一只皱巴巴的手放到我肩上。

"我看过《屋顶上的提琴手》。"我一边说一边把他的手从我身上移开。

马蒂把药片扔进马桶，看着它们打着转被冲走。"的确，L'chaim。"罗森医生喜气洋洋地对马蒂说。

冲走马蒂的药片后,我们回到座位上。

罗森医生盯着我。

"准备好了吗?"他问。

"准备好什么?"

"你知道的。"

"我不知道。"

"我知道你知道。"

我当然知道。

回放

我的行李牌上写着"克里斯蒂·泰特·雷蒙"。詹妮的爸爸大卫一边把行李递给我一边说:"我一直想要两个女儿呢。"他抱了抱我,然后催我和詹妮上了候在车道上的出租车。我们一行五个人:詹妮、詹妮的爸爸大卫、詹妮的妈妈桑迪、詹妮的哥哥塞巴斯蒂安,还有我。这时离我们升入高一还有六周。

当我们抵达火奴鲁鲁时,看到机场所有人都穿着花衬衫,用夏威夷语高呼"欢迎"。在开车去酒店的路上,我们一遍又一遍地重复着这句话,就像是一种祝福。

在三天的时间里,我们探索了郁郁葱葱的主岛,在路边为山墙上冒出的瀑布而惊叹,品尝了夏威夷果,拍了黑色沙滩。第二天晚上,我们参加了一场不得缺席的夏威夷式烤野猪宴,在宴上捣了芋泥,戴上了新鲜的兰花花环。

第四天,刚吃完午饭,大卫拿着毛巾和滑板,带着我们几个孩子一起坐进了租来的轿车,我们要前往高速公路尽头那个幽静的黑色海滩,桑迪则留在公寓里洗衣服。

当我们沿着紧靠山坡的弯曲道路行驶时,大卫高呼着:"冲浪,冲浪,冲浪!"

塞巴斯蒂安把一盒磁带塞进磁带机,调大了音量。"治疗乐队"忧郁地唱着关于海滩和枪的歌谣。我们摇下窗户高声歌唱,微风吹进喉咙。

大卫把车停好,朝一条阴暗小路走去,小路上有一个铁栅栏,上面挂着一块"禁止擅入"的牌子,被开花的藤蔓遮掩着。我顿了一下,恐惧爬上了脊梁骨。我们没有遵守规则。大卫继续吹着口哨。头顶的蓝天预示着到达海滩后迎接我们的会是新鲜空气和清爽海水,有这么多花的地方可不会发生什么坏事。

我们排成一条直线鱼贯而入,我走在后面。当我沿着陡峭的山路往下走时,脚上的人字拖使劲拽着我。

当小径变得平坦、通到一片野草地时,我们已经可以看到海浪向岸边翻涌。黑色的沙粒在阳光下闪闪发光。大卫找了一块平坦干燥的地方,好让我们放东西。海滩上没有其他人,没有救生椅,没有摆放整齐的沙滩毛巾,没有其他任何生命的迹象。这片广阔的天堂完全属于我们几个人,这感觉自由自在。我脱掉T恤和短裤,调整了一下连体式泳衣的带子。塞巴斯蒂安已经开始冲浪了,詹妮和我跟在他后面小跑。

"我在下面等你们,待会儿见。"大卫弓着腰,拿着一瓶旅行装生理盐水往他的隐形眼镜盒里滴。

海浪看起来很平缓,不像墨西哥湾沿岸的帕德雷岛那样波涛汹涌。天空依然像个蓝色的碗,温润无害。我最大的烦恼是怎么能像詹妮一样苗条。

蹚得够远的时候,水到了我大腿中部,一个海浪过来把我给掀翻了。我整个人都在水里,暗流在把我往下拖。我挣扎着站起来,但每当我刚从水面冒出头,就又来一个浪把我淹没,我整个人就在海浪里打滚。咸水刺痛了我的双眼,也不停地灌进鼻子。感觉沙子下面有一股无形的力量在把我往下拉,挑衅我。每次从水里冒出头,我都试图换口气,但总是还没来得及让肺里充满新鲜空气,就又被海浪冲倒了。我竭尽全力让自己挺直身子,但都没成功。

我疯了似的挥着胳膊,蹬着腿,但暗流还是不断把我卷回海里。终于落到可以站起来的地方时,我气喘吁吁,咳嗽不止,精疲力竭地弯下腰来。与大海的搏斗让我头疼得厉害,我摇摇晃晃地从水里走出。

到了岸上,死里逃生的我大口喘着气,胸口起伏不定,胳膊也因为试图在水中抓出一条路而感到疼痛不已。这时,詹妮出现了,她向我走来。我们一致认为日光浴更好些。

"我爸呢?"她一边说,一边巡视着水面。

我把手抵在额头上,也巡视水面,向左,向右,再向左,都没有大卫的踪迹。恐惧再次像针扎一般顺着我的脊梁骨往上,一直到脖子根部。

"我的天哪!"詹妮直指前方,跳入水中。

在我们前面十米的地方,一个橙色的东西漂在水面上,那是大卫的冲浪板。冲浪板下面还漂着个大大的、白白的东西。

是大卫脸朝下泡在水里。一个浪打来,把大卫冲向了我们这边,水面差不多到我们的胫骨。我们把大卫翻了个身,他的眼睛直愣愣地看着天空,眨也不眨,水从大卫的鼻子和嘴里涌出,好多好多水,就好像他身体里有半个海洋那么多的水。

詹妮和我一人抓着他的一只胳膊,把他拉到岸边。我们谁都不知道怎么做心肺复苏术,但我们假装自己会,用力地按压他的胸膛,我们尖声喊着塞巴斯蒂安。每一次按压,就有更多的水从大卫的嘴巴和鼻子里涌出。他依旧直愣愣地看着天空,眼睛眨也不眨。

我的牙齿不由自主地打战,胳膊也抽筋了。没有按压着大卫的胸腔的时候,我就在原地急得跑来跑去。什么都不做的话,大卫睁大的眼睛和不断从嘴里涌出的海水就会在我眼前挥之不去,我知道这意味着什么。我脑海中浮现出谎言:他会没事的,不会有人死在休假中;我们会在回家的路上吐槽夏威夷恶劣的海浪,我还会听到他吹口哨的声音。如果我们能从他身上按压出足够的水,他就能坐起来,拼命咳嗽。

"我的天哪!"塞巴斯蒂安终于来了,浑身湿透,气喘吁吁。他张开两只手,用力按在父亲的胸膛上。

"我去找人帮忙。"我说着,赤脚跑了起来。我还在发抖,但我的腿拼命想动起来。在一片寂静中,死神步步紧逼,我加快步伐在山上全力奔跑。三十分钟前,大卫还在小路上吹着口哨,口哨的声音仿佛还萦绕在每一级台阶上。跑到一半,我被树根绊倒了,摔了个狗吃屎。膝盖上拉出一道长长的口子,应该很疼,但我什么也感觉不到。我心跳加速,惊慌失措,仿佛灵魂已经出窍,在山上乞求遇见个人帮帮我们。"不!不!爸爸!别死!"我听到塞巴斯蒂安和詹妮在海滩上哀号。我从地上爬了起来,我必须继续跑才能逃离这令我无力承受的哀戚之音。每次停下来喘口气,我都能听到他们的哭声,想象着他们两个孤单地在海滩上,旁边是他们父亲一动不动的躯体,这幅画面驱使我不停地往山上跑。

爬到山顶时,我扑倒在四个上了年纪的高尔夫球手的脚下。我看着他们的白色钉鞋和格子裤下沿,其中一个弯下腰,把脸贴在我的脸上,问:"你还好吗,小姑娘?"

"有人溺水了,但他没死。"我坚持说。对我来说,溺水和淹死是有区别的。"他的两个孩子还在山脚下,跟他在一块儿。"

他们四个慢吞吞地走开了,留下我一个人靠在一块巨石上。

"他没有死。"一声尖叫、一声耳语、一声求救,都发自我颤抖的心。

寂静令人毛骨悚然,我挣扎着站起来,跑上新铺好的公路寻求更多的帮助。小鹅卵石划伤了我的脚,但没有刺穿我的皮肤。我跑得更快了,在路边发现了一间废弃的小屋。没人应答,我破门而入,尖叫着说:"电话!电话!"但在昏暗的房间里,只有一张木桌、几把椅子和一个结实的书架。没有人,没有灯,没有电话。

回到路上,我已经看不到海滩了,也听不到詹妮和塞巴斯蒂安的声音。我穿着泳衣站在那里，等待着有什么事情发生。我浑身发抖，无处可逃，喉咙里溢出低沉的呻吟，胡言乱语地说着"不，不，不"和"拜托，拜托，拜托"。我双手抱头，仿佛一松手头就会裂开。

来自堪萨斯州的一家人，一对父母带着十几岁的儿子，在瞭望台停了下来。我挥了挥手喊："救命！拜托！"好消息是，这位父亲是心脏病专家，他带着儿子消失在小路尽头。孩子母亲递给我一罐根汁汽水，让我坐在车里。我喝了一口含糖的饮料，身体还在抖，努力消化着这个可怕的事实。

一位高速公路巡警开着一辆黑色卡车经过，这位母亲跳下车拦住了他。警察把头探出窗外，她低声对他说了些什么。

他盯着我看了看，然后准备找人来帮忙。

不知从哪里冒出来厚厚的灰色积云。雨点砸在车上，而后又变成了冰雹。冰雹不断地打在车窗上，我整个人缩得更紧了，还在浑身发抖，磨牙磨到感觉臼齿都要从嘴里掉出来了。我屏住呼吸，想让身体消停几秒钟，但就在我喘口气的时候，身体又开始颤抖。

头顶上，直升机的叶片忽隐忽现，像一只巨大的金属鸟滑向海滩。孩子母亲瑟缩了一下，抓住了我的手，她知道这意味着什么。高尔夫球手出现在小路的最前面，尽管前面的两个人摇了摇头，但我还是满怀希望地从车里冲了出来，听到来自海滩的消息。

不，他没能活下来。

不，他已经死了，没希望了。

"孩子们就跟在我们后面。"

希望，消失殆尽。

天灰蒙蒙的，什么也看不见，但我还是能听到直升机的嗡嗡声。直升机从山里升起，腹部挂着一根长绳，绳子的末端是一个黑色的尸袋，像一条沉重的尾巴一样摇摆着，它划过天空，直到变成远处的一个小黑点。

释怀

一口气说完所有可怕的细节，我感到如释重负。我相信，让别人知道我都经历了什么就是我需要的所有治愈。现在我的小组成员们知道了"治疗乐队"的磁带、大卫的隐形眼镜、贪婪的海洋、赤脚跑在小路上的我、根汁汽水、雨天和直升机。

一周后，从电梯走进小组的房间时，我想象着罗森医生会明里暗里地表扬我上周向大家吐露夏威夷事件。这是一个愿望：我终于让大家见证了我在那个令人痛苦的夏天看到的可怕景象，我想被嘉奖一朵小红花。但等我到了房间，却陷入了另一种情绪——罗森医生即将休假所带来的焦虑。他将在接下来的两周休假外出。如果没有这个每周一次的小组，我觉得自己会被命名为"孤独"的海浪所淹没。想到两周没有小组，我就感到窒息。在焦虑的背后，我也感到愤怒，他怎么能抛弃我们整整两周呢？

小组十五分钟后，我跟罗森医生说了我对他即将缺席的感受，于是他建议我"趴在地上，抓住卡洛斯的腿"。抓住卡洛斯的腿应该是为了抚慰我,让我冷静下来,但根本没有起作用。

从一开始,小组的能量就是完全不集中的,我们从卡洛斯的病人跳到马蒂的婚礼计划再到罗里的性生活。每次交换话题时,都会出现各说各话的情况,分散了主要讨论的内容。罗森医生坚称这是接下来两周将不能见面所导致的团体性焦虑。

当马蒂谈论自己扔掉药片后的生活时,我正用右臂搂着卡洛斯的小腿,左手不停揪着毯子。突然,我想用尽全力地尖叫,我能感受到力量从我的胃慢慢地爬上来,穿过我的胸骨,一直到我的喉咙边缘。这种感觉太强烈了,就像想打喷嚏或高潮一样无法抑制。尖叫声从我的身体里飞了出来,房间里的一切活动都戛然而止。啊啊啊啊啊啊!这就是我内心深处的声音,连墙都在震动。

"什么鬼?"卡洛斯说,向下看着我。

"我也不知道。"我说。这一声号叫毫无预兆和理由,也无从解释,让我感到些许尴尬。

罗森医生不慌不忙地说:"你当然知道。"

我听到直升机在嗡嗡作响,感知身体因惊慌而瑟缩。灵魂飞到了夏威夷,就在那海浪和黑沙之上。

罗森医生问:"你以为我要去哪里度假?"

我:"不知道啊。"

罗森医生:"你脑子里已经勾勒出画面……"

我:"'度假'是一个词,而不是画面。"

罗森医生:"我会去滑雪吗?"

我:"现在是7月。"

罗森医生:"那么我会去哪里呢?"

我脱口而出:"墨西哥。该死的普拉亚德尔卡门。"

罗森医生:"墨西哥有什么?"

我:"比索。"

罗森医生没有让步。

正确的答案在我脑海中响起:"海滩。"

他拍了拍手,"啊"了一声,问道:"你对我去海滩有什么感觉吗?"

参加小组第一年,夏威夷的回忆就已经渐渐涌起,所以有了上一次的滔滔不绝。每次提起这个话题,罗森医生都督促我表达自己的感受,但我拒绝了。我为自己的情绪辩护,坚称也没那么严重,大卫毕竟不是我爸爸。

事情过去很久了,我觉得那件事很戏剧化,而且不知怎的,也没有影响我对夏威夷的感觉。我有很多不去谈及这个话题的理由。另外,我不想谈论自己穿着泳衣独自跑上坡寻求帮助,也不想谈论我挂彩的腿,大卫空洞的眼睛和从他鼻子、嘴巴里涌出海水。所有这些描述都不足以表达我当时感受到的恐惧,也不能抑制我的悲痛。

从夏威夷回家后,詹妮和我升入了乌尔苏拉学院读高中。六周前,我们还在黑色沙滩上眼睁睁看着装着大卫的尸袋吊在直升机下摇摇摆摆,六周后,我们穿上了红蓝配色的百褶制服裙和乐福鞋,拖着脚步去上代数、世界历史、体育和英语课。代数课上，看着帕洛维奇女士把复杂的方程式写在黑板上。午餐时，听其他女孩讨论去看迈克尔·杰克逊演唱会时穿什么。谁在乎呢？人终有一死，眼下这些都无关紧要。刚回到家的头几个月，有一半的我还在夏威夷，等待大卫咳嗽后苏醒，之后我就可以恢复正常的青少年生活，痴迷于歌星乔·莫尼科，或是纠结要不要剪刘海。放学后，我会睡好几个小时，父母开始担心我的精神状况。当我晚饭后把沉重的头靠在手掌上时或是下午瘫在沙发上时，他俩都盯着我看，但我们从未谈论过"夏威夷事故"。一天晚上，父母敲了敲门，发现我躺在床上听收音机，他们试图和我闲聊家庭作业和一场即将进行的主场橄榄球比赛。从我妈抓住门把手和我爸靠在梳妆台上的样子能看出来，他们正努力做一些实质性的事情。我妈站在我的卧室门口说："你能帮我们一个忙吗？"她的眼睛是和我一样的棕色，我从没见过她这样恳求一个人。

"应该可以，什么事？"

"你能试着表现得正常一点吗？为了爸爸妈妈，就试一下。整天闷闷不乐对你不好。"

"好。"我知道她的意思。从夏威夷回来后，我就筋疲力尽了。从上高中起，我比以前更嗜睡，对所有新机会都毫无兴趣。对爸妈来说，我的无精打采看起来就像是孩子气的"郁闷"。我可以，也应该振作起来，以免虚度整整一年的时间。他俩坚信只要我自己下定决心想变得幸福就能幸福。

我现在明白了，当年他们提供给我的，是他们自己所依赖的工具：意志力、乐观和自力更生。但这些工具不适用于我，所以我伸手去找更好用的暴饮暴食和催吐方式，来压制那些试图表露在外的情绪。父母和我都希望我能恢复正常，我比他们更渴望一个"正常"的我，我们都知道我这不是"郁闷而已"，但都要掩饰我的情绪，却不知掩饰的代价会更高。他们还委婉地要求我把夏威夷和在那里见到的所有可怕景象都埋在心底。这个要求在我看来，就是这样一段潜台词：不要去想，不然你会心烦意乱；不要沮丧，否则你会落下很多一个正常少女该做的重要事情；不要谈论，不然你会抑郁沮丧，而我们也会不高兴。我想做一个孝顺女儿，所以我尽可能地把它埋在了心底。

"不是每个人都能回家。"我的声音嘶哑了。罗森医生问我能不能再叫几声，我认为我做不到。但后来我弯下腰，把额头靠在僵硬的地毯上，来自十年前的呻吟从喉咙里传了出来，像波浪一样一声又一声。

"直升机把大卫的尸体运走后发生了什么？"罗森医生问道。我从未提及离开海滩后发生的事。在我看来，当吊着黑色尸袋的直升机从视野中消失时，故事就结束了。

我抖了起来，就像在那个堪萨斯女人的车里那样。

"你在警察局觉得冷吗？"

"我光着脚踩在地板上，地板很凉，我连一件衣服也没有。一位警官给了我一条蓬松的黄色毯子,另一位警官把我带到一个单独的房间,让我给父母打电话。我父母当时正和朋友一起看电影,所以我把发生的事告诉了我弟弟。"

"你们是怎么离开警局的?"罗里问道。

"塞巴斯蒂安开车回的公寓。大概有一个多小时的车程。"

在路上,塞巴斯蒂安错过了一个转弯,导致多开了好几英里[①]的路。我们沿着这条双车道的高速公路开车回去,没人说一句话。我独自坐在后座,凝视着窗外愚蠢的大海和灿烂的夏威夷日落,水天之间交织着紫色、粉色和橙色。"治疗乐队"的磁带一遍又一遍地播放,一面放完后,嘀嗒了几声,然后开始播另一面。磁带翻了好几面,我们才回到公寓。

"警察让你们三个单独离开了?"罗森医生问道。

"塞巴斯蒂安快十八岁了。"

"但他刚刚失去了父亲,"罗里说,声音哽咽,"你跟另外一个女孩子还只是孩子。"

"警察应该照顾好你们的。"帕特丽斯伸出手来拉着我。我抓住她的手,她紧紧地回握住,就像她在第一次互助会结束时祈祷那样。

"回到公寓后呢?"罗森医生问道。

"我们不得不告诉桑迪。钥匙丢了,我们只能敲门。桑迪透过

---

① 1英里约为1.6千米。

猫眼往外看的时候,她算出了这道可怕的数学题。我们少了一个人。她开始尖叫'不！不！不！'。"

"天哪,克里斯蒂。"卡洛斯低声说。

我推开他们,从门口跑到浴缸里躲了起来,浴缸里没水,这样我就不碍事了。在浴帘后面,我抓着腿上结块的干泥和血迹,试图承受他们的悲痛。他们一直待在门口,抱在一起抽泣着,直到最后一缕光线消失在黑暗中。

"他们怎么哭的？"罗森医生问道。

我张开嘴模仿他们的哭声,但什么声音都没发出来。再试一次的时候,声音仿佛在我体内冻结了,我的悲伤也被封在喉咙里。

"一分钟前,你哭喊过。因为你记得它是什么样子的。"罗森医生说。

我记得,他们三个悲痛地抱在一起,但是没有发出任何声音。那种恐惧和悲伤是我身体的一部分,像一个器官,像皮肤或头发,像一块污渍,我不知道怎么放下。我勉强发出了几声低吼,摇摇头说:"我学不来。"

很久以前,我就接受了这样一个事实:夏威夷发生的事将伴随我一生,每次想到海洋的时候,那些尖叫和紧绷的肌肉就会在脑海里浮现。这是我作为幸存者的代价。我被治愈后会是什么样子？我无法想象出一个不再被大卫的死相困扰的自己。

罗森医生建议进行一项实验:"跟我念:'大卫不是我杀的。'"

我摇摇头,说:"天哪,罗森医生,我不认为是自己害死了他。

这又不是美国广播公司的课后特别节目。"

"但你觉得自己对他的死负有责任。"

"这么说太蠢了。我当时才十三岁……"

"那块牌子,你提过很多次了,亲爱的。"罗里说。

"什么牌子?"我的目光在房间里飞快地巡视着。

"那个'禁止擅入'的牌子。"罗里说。

我瘫倒在椅子上,好像被撞了一样。我真的认为这是我的错吗?这就是我这么多年来一直背负着的东西吗?

"只是其中一个。"

我们本不应该出现在那片海滩上。

"你本可以阻止这一切",这句低语自1987年以来一直在我耳边回响。我本可以阻止的,虽然我当时只有十三岁,但我识字啊。我知道我们没有遵守规则,我也知道"禁止擅入"是什么意思。

"跟我一起念,准备好了吗?"罗森医生说。我点点头。

"看着罗里,说:'大卫不是我杀的。'"

"大卫不是我杀的。"

"他的死不是我的错。"

"他的死不是我的错。"

"我不需要责备自己。"

"我不需要责备自己。"

"这不是我的错。"

"这不是我的错。"

"好，现在呼吸。"罗森医生说。

肺在肋骨下扩张，呼气时，感觉呼吸呈锯齿状，被十三年来积累起来的阻力钩着。

"这么说，这么多年来，就是这个创伤让我孤身一人？"

"你把情绪埋在心底，这导致你无法与人亲近。"

"为什么？"

他靠向我，慢慢说道："如果你进入一段亲密关系，你强烈的感情就会像今天早上一样流露出来，你会依恋对方。"他指着自己，"他可能会去海滩。他可能不会再回来。爱，会让你余生的每一天无数次回到那个海滩。"

"我永远也忘不了这件事。"

罗森医生摇了摇头，说："克里斯蒂，你永远不会忘记这件事。"

罗森医生像往常一样结束了治疗，帕特丽斯和罗里都转向我，把我抱在怀里。

卡洛斯就站在一边，等着轮到他，马蒂和"桑德斯上校"也是，每个人都紧紧地抱着我，罗森医生还比平时多抱了我几秒钟。我仍然可以感觉到在衣服下颤抖的身体，因为我依然记得海浪席卷着的黑色沙滩。

我配

2002年8月,加入小组已经一年了。我与其他法律系的同学一起守在学生休息室,焦急地每隔三分钟就用食指刷新电子邮箱。我在律所完成了为期十周的暑期实习,人事说,他们会在实习结束当天给我们发电子邮件,确认是否可以转正。整个夏天,我写过备忘录,研究过合同法,有好几次在办公室待到晚上九点多,都是为了证明自己想要转正的决心。我还在小熊队的比赛中欢呼,和大家一起喝俱乐部汽水庆祝,就是为了证明我有能力在未来的工作中与蓝筹股客户社交。但现在,我需要的是一个工作机会。

4点30分的时候,我按了一下鼠标。我的目光锁定在公司发来的邮件上:委员会还没有投票。过去,每两年一次,所有实习生都会在俯瞰芝加哥市中心的会议室举办的酒会上获得毕业后的转正机会,而今年,我们只能拘谨地喝着蔓越莓汁,吃着烤杏仁,听一位执行合伙人笑容僵硬地谈论低迷的经济。现在,这封邮件证明了整个夏天让我们紧张害怕的谣言是真的:律所没法让所有实习生都转正。

我刚上法学院的三年级，距离毕业只有九个月了。互联网泡沫破灭，律所通常不会雇用三年级学生，而会雇用那些整个夏天都为他们工作的实习生。一些律所正濒临倒闭，可能昨天还在，今天就倒闭了。

我读的是洛约拉大学的法学院，属于第二梯队，要和来自芝加哥大学和西北大学的学生竞争，后两者都是全美排名前十的好学校。毕业时，我的债务总额将超过十二万美元。如果我没有一份好工作，那我怎么支付房租，偿还助学贷款和团体治疗费用呢？

我急匆匆地走到学校的就业服务中心，看到几个学生正在翻阅白色的大活页夹，上头列着工作岗位，一块公告牌上贴着少得可怜的几家机构以及面试三年级学生的时间安排。有人涂鸦："我们他妈的完蛋了。"有两家机构正在面试三年级学生：美军军法署和世达律师事务所，后者是一家顶级律所，以起薪最高而闻名全美。不去应聘美军军法署是因为我不想向联邦政府透露我的心理健康治疗情况以及抽过三次大麻。至于世达律所，它是一家实力雄厚的律所，雇用的都是常春藤名校出身的学生，他们的律师通常每周工作六十小时。世达律所就是律所中的哈佛，他们绝不会雇用我。

我努力忍住吐在白色活页夹上的冲动。

我在法学院最好的朋友克莱尔并不把我的担心当回事，她说："你是我们班级的第一名！你已经做得很好了。"是的，作为毕业生发言代表，我会找到一份工作，但如果这份工作只给我三万美元，我将被债务压得喘不过气来。我申请了一笔利率为10%的私人贷款，用于支付罗森医生的治疗费用。我在法学院欠了一大笔债。如果我得花更长的时间才能找到一份好工作，我怎么办？要搬回在萨克雷6644号的得州老家吗？

小组里，罗森医生坚持道："去世达律所面试看看。"

我很纠结，我觉得自己只是一个出身二流院校、中等水平的律师。我念的法学院是第二梯队，我实习的律所也是二流律所。而世达律所的合伙人，可是在最高法院辩论的人物，还负责过复杂的商业诉讼案，《华尔街日报》多篇文章都是讲这些案子的。他们穿着定制的西装，搭配意大利皮鞋，而我，是个肚子里有蛔虫的小女孩，差点被催吐害死的大学生，痴迷苹果且几乎没有缓解迹象的年轻女人。

"哈佛高才生，世达律所可不是我能去的地方。"

"你可以。"

他懂啥？他整天和心理崩溃的病人坐在一起。世达律所会期待我像其他人一样表现出最高水平，不同的是，其他人以优异的成绩从普林斯顿大学毕业，从始至终都是最高水平，而我，不过是洛约拉大学法学院的学生。

"你是一个才华横溢的年轻人，世达律所会雇用你的。"

"才华横溢"是用来形容居里夫人、史蒂夫·乔布斯或雪莉·安·杰克逊这些人，而不是用在我身上的。我像头老黄牛一样拼命努力，就为了成为第一名，用这些荣誉掩盖个人生活的千疮百

107

孔，我才不是担得起"才华横溢"这个形容词的人，看我法学院入学考试的成绩就知道了。

帕特丽斯轻推我小臂，然后像罗森医生在别人称赞或侮辱他时总是做的那样，夸张地揉了揉胸口。我心不在焉地跟着做了这个动作，但"才华横溢"这个词，还是有一部分渗透到我胸骨的正下方，栖息在愿意接受它的那份柔软之上。

在家里，我打开衣柜，盯着我的蓝色卡尔文·克莱恩套装和可汗平底鞋，我当然也会涂卡洛斯为我挑选的口红。至少，我能穿一身对的行头。

一周后，我坐在一个六十多岁的秃顶白人男子对面。他穿着袜子，没穿鞋，靠在橡木书架上，书架上放着厚实的银色相框，相框里是他的孩子们微笑着的照片，他是世达律所诉讼部门的负责人。他眨了眨眼睛，问我五年后自己会是怎么一副光景，然后就咯咯地笑着，好像这个问题是胡说八道。我坦诚地告诉他："能成为合伙人。"我没有特指律所合伙人，尽管他可能只会这么理解。

下一位面试我的合伙人穿着我见过的最华丽的炭灰色西装。我仔细观察了一下，之后才好跟卡洛斯描述。在长达三十分钟的谈话中，他卷起了五条不同的苏格兰胶带，胶带有黏性的一面朝上，粘在看不见灰尘的桌子上。谈话结束握手道别时，他说："我保证，我们能提供令你振奋的工作内容。"

这些男性合伙人的办公室里都放着一些奇奇怪怪的物件：框起来的小熊队赛季服、戈尔巴乔夫摇头娃娃、有音乐人布鲁斯·斯普林斯汀签名的专辑。他们当中并没有人看起来精神错乱,也都能谈论自己工作以外的生活。面试时,只遇到一位女性,她叫莱斯利,笑得开朗又随和。我以一种在男性合伙人办公室里所没有的方式坐在她办公室的椅子上。我请教她,一个女人是否有可能在世达律所取得成功,她缓慢地点了点头说:"是的,我想是的。"

午餐时,两名初级律师豪尔赫和克拉克叫了一辆出租车,带我去埃米利奥餐厅吃塔帕斯①。豪尔赫举止威严,打着蝴蝶结,系着袖扣。克拉克长着娃娃脸,略微蓬头垢面,最近刚结婚。我们一入座,豪尔赫就建议我们每人点四盘共享。我从来没有吃过塔帕斯,也从没吃过意大利香肠和曼彻格奶酪,我也没有在找工作时和两位异性分享十二盘菜的经历。

食物端上来时,我平静了下来,把每个盘子里的小吃都尝了一口:有点缀着烤山羊奶酪的土司、西班牙香肠、泛着油光的三色橄榄、炒蜗牛和烤土豆。美味的食物顺着喉咙滑下,我的肚子因喜悦和震惊而颤抖。这跟卷心菜、金枪鱼和芥末差太多了。我担心弄脏白色亚麻餐巾,还想到稍后跟罗里报告我的午餐美食,她会多心花怒放。

即使没有得到这份工作,这顿饭也是一个奇迹。

他们向我保证,世达律所的人都有工作以外的生活:豪尔赫有未婚妻,克拉克则对玩一局就要好几个小时的扑克游戏情有独钟。

---

① 塔帕斯:西班牙食物。

咀嚼最后一口食物时，我萌生出一个愿望：我也想在世达律所工作，我想像克拉克和豪尔赫一样，感受一下高级律所的高高在上。

我们在餐厅门口分手，我沿着俄亥俄街朝密歇根大道走去。转过密歇根大道，经过蒂芙尼、卡地亚和内曼·马库斯时，我那双漂亮的海军蓝鞋子在人行道上踢踏作响。我的双脚踏着完美的节奏，腰背挺得笔直。这可是法学院的第一名在大步流星地走呢，虽然是一所二流院校，但也只有一个第一啊。"第一"的名号开始在我的身体里嗡嗡作响，终于有了抽离或羞耻以外的东西——能量，而且这份能量是属于我的。

拿钥匙开门时，我相信我值得拥有一个在世达律所工作的机会，不仅因为我是第一名，也因为街那头有一个出身名校的古怪医生，他说我"才华横溢"，即使我不相信自己，我也要相信他。

最终，我斩获了两个工作机会：我实习过的律师事务所与世达律师事务所。克莱尔说我应该去小公司，因为在世达律所，我会累死的。我加入团体治疗不就是为了阻止自己从事一份耗尽生命的工作吗？我不想让生活被工作消耗掉。我最喜欢的法学院教授告诉我应该去世达律所，因为我这么年轻，精力充沛，不能错过这个好机会。距离做决定还剩二十四个小时，我让小组成员与我一起商讨如何做决定。

同豪尔赫和克拉克共进午餐后，萨拉诺火腿让我心满意足，确信自己能在世达律所取得成功，但与此同时，疑虑也悄悄涌上心头。世达律所会用加班把我榨干吗？如果工作忙到让我没空处理自己的人际关系，那世达律所可能会让我噩梦成真。

罗森医生不认同我的看法，他说："与其他同样才华横溢的人共事会轻松许多。"

出现了！"才华横溢"。

"你可以现在就打电话，接下这份工作。"

告诉学校里的帅哥我是个只撩不睡的"绿茶"是一回事，把我职业生涯的起点交由罗森医生定夺又是另外一回事。

我说我需要几分钟来考虑一下。罗森医生一副"随你便"的样子耸了耸肩，然后把注意力转向了其他人。

距离小组结束还有十五分钟，我胸中的欲望和野心又回来了，我像个半透明泡泡一样颤抖着，一触即发。记忆飞回法学院第一年课程结束后，在我第一次打电话给罗森医生之前，我下载了西北大学法学院的申请表。以我的年级排名，我本可以转到西北大学法学院，进入全国排名第八的法学院学习。我填好申请表，把纸放进一个厚厚的马尼拉信封里。但站在法学院图书馆前的邮筒前，我甚至抓不住上面的小金属把手——肘部无法弯曲，肱二头肌也无法收缩。在邮筒的另一边向我招手的未来是我不能承受之重。我不属于那里，我是个二流人物。我朝图书馆走了几步，把信封扔进了垃圾桶。

世达律所声名在外，我不知道自己是否属于那里，但突然间，胸口涌现的强烈渴望胜过了对自己不够格的恐惧。以没有安全感和恐惧为理由放弃世达律所能提供给我的一切，似乎是很荒谬的一件事。另外，世达律所给的工资还足够我负担房租、助学贷款和治疗费用。

小组结束了，我凝视着几个街区外烟尘缭绕的马歇尔·菲尔德大厦的最高处。我一动不动，担心这个全新的愿景烟消云散：厚厚的白色名片、五位数奖金、新的衣柜、图米公文包、案子和客户。我可以拥有所有这些吗？我能试试吗？

我想试试。

我像举火把一样举起了手机，说："我想去世达律所。"

罗森医生做了个"去吧"的手势。

我翻开手机开始拨号，但在按下拨通键之前还是犹豫了一下。帕特丽斯把椅子挪到我跟前，伸出手来，我把手放在她的手上。

接入了人事的语音信箱，"哔"声后，我看向罗森医生寻求信心，他点点头。

我迅速地吸了一口气，呼气时，我踏进了未来。

"我希望你知道自己在做什么，"当我挂掉电话时，我对自己说道，"这就是我的生活。"

"也许你会在那里遇到未来的丈夫。"罗森医生得意扬扬地笑了。我把手从帕特丽斯那儿抽回来，对罗森医生比了比中指，我工作可不是为了找丈夫。他津津有味地边笑边揉着胸口。

我有了一份新工作，就要搬去新家了。

几周前，克莱尔打电话说："亲爱的，我需要一个新室友。"我以为她会让她的男朋友、我们的同班同学史蒂文一起住，但她说他们还没有准备好同居。

克莱尔的黄金海岸公寓有大理石花纹大堂、24小时门卫和游泳池，走几步就能到学校，离罗森医生那儿也只有三站路。她的起居室里挂着用金色天鹅绒扎带系着的深紫色窗帘，公寓有健身房，也有停车位。受到这样的邀请，我高兴得浑身颤抖。她还说只收与我上一个房子相等的租金，而我之前租的房子只有破旧暖气片、沾满水渍的天花板和用了几十年的老旧厨房电器。我怎么能拒绝？十分钟后，我翻阅了黄页，雇了一家搬家公司。

接受世达律所工作机会的那天晚上，我躺在床上审视自己的生活：一份新工作，一个新家。如果我死了，克莱尔可以通知警察或者门卫，我不会孤身死去了。

愤怒

小组里的卡洛斯是我第一个男性好朋友。他会在去健身房的路上打电话给我,咆哮着说他的"未婚夫"贾里德在意大利鞋子或古董亚麻布上花了太多钱;他会开着他的银色小宝马"咻"地把我带到餐厅,给我介绍我从未吃过(比如泰式沙司、鲟鱼)或听说过(比如砂锅、沙瓦玛)的食物。如果没有卡洛斯,我永远不会尝试西班牙烤肉,也不会去巴尼百货。加入小组的第二个年头,我和卡洛斯的友谊是我稳步成长的人生中最耀眼的亮点之一。当我在小组中吹嘘我和卡洛斯从未发生过任何冲突时,罗森医生大声说道:"祈祷你俩能吵一架吧。"

"为什么?"

"因为你想要一段真正亲密的关系。"

"那就得吵架吗?"

"你都不愿意吵架,怎么能亲密呢?"

小时候和我弟弟用遥控器指挥玩具摔跤算不算?我在记忆中搜

寻着，有没有漂亮地跟人来次老式吵架，比如"砰"的一声摔门、握紧拳头、咆哮到喉咙发炎。但我什么也没找到。高中时，我的朋友丹尼斯从我家溜出去，去卡鲁斯公园和她那个上高年级的男友卿卿我我。我没有因为她从我房间的窗户跑出去可能给我带来麻烦而生气，她轻敲窗台时，我忍住怒火，又让她进来了。大一时，趁我在图书馆，我的朋友安妮邀请我当时的约会对象和她一起看电影，我一句话也没说，相反，我两个月后搬了出去。还有一个朋友，泰拉，因为我在她演出谢幕前就离场而与我对质，当时我感觉一腔怒火"噌"地蹿上来了——她无视我送的鲜花，我一直待到她说完所有台词，最后我因为肠胃炎只好离开。我想站起来冲她恶毒地说："你能不能想一下别人！"然而，当时的我反而向她道歉，还保证不会有下一次。

名为"生气"的情绪涌现时，我会咽下、假装、忽视和退缩。我对吵架一无所知。

在我加入团体治疗十三个月后的一次小组里，罗森医生对卡洛斯说："我认为你应该参加周一的男性团体，这能帮你做好步入婚姻的准备。"

我问罗森医生，我是否也应该加入第二个小组，他摇摇头说我还没有准备好。这种羞耻把我钉在椅子上，在小组剩下的时间里，我一言不发。我不知道自己是否想加入第二个小组，但这不是重点。罗森医生给了卡洛斯一些东西，却没有给我。我的脑海里滚动着一些毫无益处的想法：他喜欢卡洛斯胜过我，我做得不对。

小组结束后，我一言不发，气鼓鼓地离开了。我也没接卡洛斯的电话，首先因为我嫉妒他比我受宠，然后是为自己这样发脾气感到羞耻。直到周日晚上，我才跟卡洛斯说话，承认了自己对他的嫉妒。"犯不着嫉妒这个，妹子。"他说，"参加第二个小组只会花更多的钱，带来更多麻烦事。"

那天晚上，我给罗森医生留言，让他在下一次小组前给我打个电话，我好跟他说我对卡洛斯受邀加入第二个小组的强烈反应，很想得到他的反馈。罗森医生经常在治疗间隙给我回电话，我以为这次也不例外。

周一一整天，我都把手机抓在手里，就像一个等待捐赠者的出现好完成心脏移植手术的病人。日落时，我失去了希望。在克莱尔公寓的高档灶台上烤鸡胸肉时，我给玛妮打了个电话。她还在接受罗森医生的治疗，我想她会理解我的感受。

我还没来得及开口说话，她就又接到了一个电话："嘿，是罗森医生打来的，我待会儿再回你电话。"玛妮挂断了电话。

我抓起煎锅把手，热铸铁烫伤了我的手指。"该死的！"我握着烫伤的手指，一边疼得跳了起来，一边低声咒骂。我坐在厨房中央，不停地前后摇晃，鸡肉和油在锅里嘶嘶作响。

五分钟后，玛妮回了电话。我深吸一口气。罗森医生给她打电话，也许是因为她流产后又怀孕了，也许是因为她最近很不顺利，也许是因为她抽筋了，或者从医生那里听到了坏消息。

"一切都还好吗？"我问道，真的很担心。

"没事，是我们的承包商太蠢了，把材料弄错了。我们买的是橡木，他给我们送的是红木，罗森医生就教我明天怎么跟他沟通。"

这番话气得我弯下了腰。我拿冰块按敷烫伤的手，而怀孕的玛妮却容光焕发地在她四层楼的房子里讨论如何坐在铺着定制软垫的长椅上对工人发号施令。

为什么罗森医生帮她却不帮我？

当我拨通他的号码时，我浑身发抖。语音信箱"哔"声后，我怒喊："你这个骗子！浑蛋！是你一直在教我要寻求帮助，要伸出手求助他人，要'接纳你和小组'，但你却没有回应我的求助，去你的！"我双手颤抖着，对着罗森医生的语音信箱大喊大叫。

我一直喊到留言信息的长度上限，罗森医生的语音信箱又"哔"了一声，说完后，我把电话摔在地上。我想砸碎每一样东西：克莱尔漂亮的李子色的陶仓盘子、角落里的冷酒机、干花花瓶、桌子上框起来的爵士音乐节照片。一切都在跳动：我的头、我的心、我的喉咙，还有我的手。我讨厌罗森医生的一切：他沾沾自喜的脸、他愚蠢的咯咯笑，还有他傲慢的处方。去他的罗森医生，去他的 18 楼办公室里的一圈椅子。

在小组开始的几分钟里，我避免与每个人进行眼神接触。我双手交叉放在大腿上，凝视着地毯上一块椭圆形的污渍。马蒂向我们介绍了他母亲的髋关节手术情况，罗森医生照例巡视了一圈所有人。

"你给我留言了吗？"我抬头一看，罗森医生正盯着我。我点了点头，感到头晕目眩。

"你想告诉大家这件事吗？"他笑容满面地看着我，就像罗里说她完成了论文的一章时的样子。房间里，一张张迫切的面孔映入我的眼帘。

"我很不高兴，说了一些不太好听的话。"

"不太好听？别谦虚啊，根本是恶毒！"罗森医生用双手比画着，好像要从座位上跳下来。他揉了揉心口，闭上眼睛，好像在品尝一顿美餐，"我们都应该去办公室，听听看。"

每个人都站了起来，去实地考察！这是我加入小组后第一次去罗森医生的办公室。看起来一如往常：框裱的哈佛毕业证书、刺绣、靠墙的整洁书桌。

当罗森医生拿起话筒，输入语音信箱的密码时，卡洛斯低声说："你到底说了什么？"

罗森医生按下扬声器，传出了我的声音，尖锐而清晰。"你一点也不关心我！玛妮什么都有！我呢？"我的声音持续了三分钟，大家都挤在电话旁。

我的声音终于消停了，罗森医生关掉了电话。"你能为此庆祝一下吗？"他把每个单词都说得清清楚楚，就好像我刚学英语似的。

庆祝愤怒？这比吵架还罕见。印象中，我从未因为任何事情对我父母大喊大叫，即使在十几岁的时候也没有过。我们都不是大喊大叫的人，我们都是冷处理的类型：我们只会气鼓鼓地叹息或安静地在怒火中燃烧。高二时，我父母曾因为担心我未成年饮酒而不让我参加特洛伊·塔布奇举办的新年派对，我只好躲在房间里录制悲伤歌曲的混音磁带。当他们告诉我必须在得州老家上大学时，我扔掉了几周来一直在翻阅的、折了角的达特茅斯学院宣传册，假笑着说"我没事"。其他人或许用哭来消解情绪，而我则是大吃大喝。但现在，这个人把我的咆哮当成肖邦奏鸣曲。

"庆祝？"

罗森医生瞪圆了双眼，说："太美了！"

"太恶心了。"

"在说谁？"

"自怨自艾，就为了一件事……"

"才不是，这明明是诚实的、真实的、发自内心的声音。这是你的感受，谢谢你同我分享这些。"他用手掌抚摸心口，"好了，发火吧，Mamaleh，这会对你有益。"

这是第一次因为我的丑陋、无礼、小气、鲁莽、恶毒而受到表扬。我从来没有听说过这样的事，如果我是治疗师，我会告诉自己不要再说那些浑话，但罗森医生却像不用工作的人在街上跳舞欢呼庆祝停战日一样庆祝这些话。

"别担心，"他说，"你才刚刚开始哩。"

春梦

　　一年多来,我第一次在连续睡了八个小时后醒来不太确定自己在哪里,但我知道双腿之间有一种温暖的感觉。我做了一个春梦,一个生动热辣的春梦,梦里有 R＆B 歌手路德·范德鲁斯。梦里的男主角路德摸着我的脸,深吻着我,我俩唇齿交融,然后,他用舌头在我的肚子上做了一件事:在外围旋转一圈后吮舐肚脐眼,我的意识飞到了九霄云外。当他柔软的嘴唇在我两腿之间耕耘时,我像一只刚出生的小猫一样发出呜呜的声音。

　　我在浑身湿热和心满意足中醒来。

　　那天早上,在去参加小组的列车上,我哼唱了最喜欢的路德·范德鲁斯的歌《此时此刻》。噢,是的,路德,确实是,此时,此刻。列车笨拙地驶过贝尔蒙特昏暗的同性恋夜总会和时髦的精品店,我很高兴,就像我可以像逃逸的气球一样飘向天空。我的内心,并不像我担心的那样死气沉沉。这个梦也证明,无论是我潜意识的哪个部分把范德鲁斯先生带到床上,让他的舌头在我身上游走,这时的我是鲜活的。这时的我饿了,一个性厌食症者正努力走向自助餐餐桌。我梦见并感觉到性爱是炎热的、狂野的、嘈杂的和潮湿的。那是完全专注于我自身的快乐,是没有禁忌的性爱,没有吓唬人的修女,没有只将性行为与婚姻联系在一起的父母,没有担心怀孕、长胖或"做得不对"。在梦里,只有我的身体、一个极品男人,还有快乐本身。

在小组的前十分钟,我把一切都告诉了大家:"他在取悦我,他的背部皮肤光滑,肌肉发达,我在睡梦中达到了高潮。"

"持续了多久?"

"你看过他的演唱会吗?"

"他就是那个和夏卡·康合唱的人吗?"

一直默默听着的罗森医生终于开口了:"这个梦是关于我的。"

你甚至可以听到大家脖子转向他而发出的声音。

"再说一遍,弗洛伊德?"我笑着说。"无意冒犯,但你和一个赢得几次格莱美大奖、和奥普拉是朋友的性感黑人毫无相似之处。你嘛……"我指着他头顶的一簇簇头发、身上的棕色绞花针织毛衣和脚上的厚底棕色鞋子,"我是说,看看你自己吧。"

罗森医生傲然地摇了摇头。我皱起了眉头,如果真的如他所说,那为什么出现在梦里的不是达斯汀·霍夫曼或者亚当·桑德勒?

"啊哦。"卡洛斯说。

"什么?"我问。

卡洛斯和罗里交换了一个心照不宣的眼神。然后卡洛斯对我说:"你不知道吗?一旦你开始心理治疗,你所有的春梦都与你的治疗师有关。"

罗森医生点了点头:"范德鲁斯,听起来像'罗森'。"

"天哪,差不多是押韵的。"我翻了个白眼。无论在哪个时空,我那苗条、秃顶的犹太人治疗师都不像我梦里的主人公路德啊。罗森医生举起双手耸耸肩,他不会尝试说服我,这反倒是让我怀疑自己的最快方法。

"为什么你要把一切都说成是以你为中心?"我喃喃道,"变态。"声音刚好够他听得见。然后,我无视他揉心口的动作,好像我在称赞他是一位杰出的治疗师。我不再看他,于是大家转到另一个话题上。

"你知道自己为什么会做这个梦吗?"小组还剩两分钟时,罗森医生转向我,我摇摇头。

"两周前,你直截了当地对我发泄你的愤怒,然后你做了一个关于我的春梦,你认为这仅仅是巧合吗?"

我没有理会他将我的愤怒和性欲联系在一起,并抨击了他坚持说梦是关于他的说法。

"你为什么要毁了这个梦?"

"为什么对象是我会毁了这个梦?"

"你是我的治疗师啊。"一想到这儿,我的脸都扭曲了。

"然后呢?"

"你不是喜欢让我'庆祝一切'吗?"

"我在庆祝啊，我可不是拼命抗拒的人。"

"抗拒"是我不能接受的一项指控，这是最严重的违背治疗的行为，在其他小组成员身上看到这一点时，我很害怕。

罗森医生一直在敦促罗里去申请收入更高的民权组织的工作，这些组织会给她带来最好的福利，但她坚称只有威斯康星州的法律诊所才会雇用她，而这些诊所的规模都很小。凭借她的资历，她本可以在芝加哥地区的任何地方工作，但她却继续往返于芝加哥和威斯康星州的沃潘，每当我们敦促她去找更好的工作时，她都会生气。

抗拒改变，抗拒享受，抗拒缩短通勤。抗拒，阻碍了我们获得真正想要的东西。我不会承认这样的指控，我宁愿一拳打到罗森医生自鸣得意的小脸蛋上，也不愿承认我的梦里有他下垂的屁股。

"好吧。"我悄悄地走到座位边上，坐直了身子。我抓住椅子的扶手，用唱歌般的声音低声说："罗森医生，你可要多卖力，直到我到达高潮。"我还稍微呻吟了一下以达效果。

"真要命。"卡洛斯喃喃地说。

"桑德斯上校"的眼睛瞪得像卡通人物的一样大。罗里"唰"地脸红了，眼睛死死盯着窗户。

罗森医生眨了两下眼睛，然后他说："你已经准备好加入第二组了。"

每个人都等着我说话，但我无话可说，只有各种感官体验在激烈地碰撞：火辣的路德在我两腿之间；对罗森医生的恼怒在我肚子里翻滚；消化他说的话引发的恐惧情绪。小组结束了，我喃喃地念了祈祷词，便云里雾里地跟着卡洛斯走了出去，他搂着我的肩膀说："我早说了吧，你会有机会参加第二个小组的。"

当然，现在我有这个机会了，但我也在质疑它，我真的想要参加第二个小组吗？一周来市中心两次，挖掘记忆里的蛔虫，按照处方给小组成员打电话倾诉我基本的人性行为？为什么我会这么想要这个呢？我原以为这会让我觉得自己是被罗森医生选中的，是一个受宠的孩子，但现在这个邀请让我感到羞耻，肯定是病得很重才需要加入第二个小组。

接下来的一周，我用一个尖锐的问题开始了小组："为什么是现在？"

罗森医生甚至还没有就座，他正在摆弄房间另一头的百叶窗。

他坐下来，考虑我的问题："因为你现在愿意跟大家分享那个梦，为那个梦而自豪，这意味着你已经准备好了。"

"准备好什么？"

"准备好更多。"

"更多什么？"

"更热烈，更亲密，更强烈，更多性爱。"

"这会对我的人际关系有帮助吗？"

"肯定有。"

"所以现在，小组就像百思买[①]商场？"

[①] 百思买是美国一家主营家用电器和电子产品的公司。

我开始在其他地方辨认出谁是罗森医生的病人。在一次十二步疗法互助会上,我听到一位女士说:"我叫金妮,我那疯狂的治疗师让我告诉你们,我正沉迷于山寨奥利奥。"还没等她再说一句话,我就意识到我在卡洛斯那里听说过她:她在和男子组的奇普约会,但因为在性事上他不愿意取悦她,差点分手。在另一个互助会上,一位女士坐在正中间,大口大口地吃着汉堡王巨无霸,在我因进食障碍而参加互助会的十一年里,我从来没有见过任何人在互助会上吃这么多。大多数互助会都有一条明确的规矩:任何人都不应该提到任何具体食物的名字,因为这可能会引发某人暴饮暴食的欲望。所以看到某个人狼吞虎咽掉巨量食物,就像看到月亮从天上掉到你腿上一样令人震惊。玛妮俯身低声说:"她一定也在看罗森医生。"后来证实,罗森医生给她开了一张处方,让她在互助会上狼吞虎咽地吃快餐,而不是在家里一个人偷偷地吃。

更多地参与"罗森圈"怎么就同我作为一个半正常的人的日常生活联系在一起了?作为一名法律系学生,要让我的公共职业轨迹与我的"非正统"治疗生活相协调是一件棘手的事情:把小宝宝杰里迈亚关在我的衣橱里,每晚都给罗里和马蒂打电话,告诉吸烟男我是个只撩不睡的"绿茶"。我想加入第二个小组的部分原因与我加入第一个的原因相同:我很好奇。好奇小组里都有谁,好奇我的生活会因此发生怎样的变化。现在的五位组员和罗森医生都知道我饮食、睡眠和性生活的所有细节,如果加入第二个小组,我还能做什么？

在考虑是否要加入第二个小组时，我回顾了自从加入第一个小组以来我感情生活的发展——继和萨姆的五十分钟约会和安德鲁烧焦的鸡胸肉这两次失败的约会后，我只有一次正式约会。那是在和安德鲁"发生"关系两周后，我在一个家庭聚会上遇到了格雷格，他要了我的电话号码。药物导致他昏迷了一年，他最近才苏醒。第一次约会时，从寿司店出来后，他忘了自己住在哪里。我"可能"还没准备好谈恋爱，但他"绝对没有"。

格雷格之后是泽维尔，我大学时的前任，他是我甩掉的"好男人"之一，因为他坚定的忠诚之心直让我恶心。我在得州看望家人时和他差点重修旧好。我们在沃思堡国际机场附近一个简陋街区的昏暗停车场碰巧遇上了。开始亲热时，我能看到天上恒星和星系的模糊轮廓。两唇相接唤醒了我，他的手放在我的大腿上，就像打开一把锁的钥匙，让我想要更多，想一直走到安着闪烁的"可支票结算"霓虹灯牌的旅馆。当然，当年在一起时，我从来没有对他有如此强烈的渴望，为了避免跟他亲密接触，我会借口说头痛或是商场兼职要清晨轮班。

当我掀起裙子时，泽维尔却走开了。

"康妮的航班要着陆了。"他说。

我目不转睛地盯着他，他继续说："我知道你在想什么，但我和你勾搭，并不是因为我害怕自己对康妮太认真。"

我的心往下一沉，"傻瓜"这个词在我脑海里闪过。几天后，我回到芝加哥参加小组谈起他，大家都说这个男人不靠谱，但这正是我被他吸引的原因。

现在泽维尔订婚了，我的大学室友吉、法学院的两个朋友和我的两个堂兄弟也订婚了。罗森医生让我加入第二个小组感觉像是我应该抓住的一根救命绳。

"好，我决定参加第二个小组。"

"我建议你加入一个全是女性的小组。"

"为什么？"

"这就是你下一步该做的。"

我的眼睛抽了抽。

他建议我加入周二中午的小组，这意味着，我在一天内要接受长达180分钟的治疗，每周二要往返华盛顿和瓦巴什两趟。疯了吧。另外，玛妮在周二中午的小组，我提醒罗森医生我跟玛妮是朋友，我的眼睛又抽了抽。

"对你来说，的确有社会性风险。"我紧闭双眼，想起排挤我的大姐大比安卡和五年级坐一桌的女孩们。从那时开始，我一直害怕，只要跟一群女人在一起，最后我一定会被背叛，沦落到躲在厕所里吃饭。但是，忍受一些友谊的摩擦会不会比孤独终老、没有人爱、没有人碰、心像黑曜石一样圆滑要好点？

我回道："好。"

第二部分

容忍

第一次参加第二个小组的那个星期二,我自以为是地认为自己已经知道小组的套路。据我统计,在过去的十三个月里,我花在团体治疗上的时间足足有5265分钟。截至当时,我的心有了几道刻痕,虽然只是浅浅的、形状雷同的刻痕。

克莱尔没有接受过心理健康服务,我本来没打算告诉她我要在一天内参加两个小组,但有一天下午,在上完家庭法的课一起回家的路上,这件事却脱口而出了。她顿了一下,然后露出一个她为我感到骄傲的微笑,说:"亲爱的,周二一定要吃点零食啊,真是漫长的一天。"她借给我她最喜欢的安家牌毛衣,让我在第一次参加两个小组的那天穿上。

周二当天,在第二个小组开始前三十分钟,我昂首阔步地走出刑事诉讼程序课,赶着去参加第二个小组。我早到了七分钟,但我还是按了一下小组所在房间的按钮,虽然这个按钮的作用是让罗森医生知道有迟到的小组成员想进来。

我心里想着："猜猜是谁？罗森，现在你觉得我怎么样，一天两个小组？"

我找位子坐了下来，很快，艾米莉也进来坐下，她在"罗森圈"很出名：在她开始接受治疗时，她那住在堪萨斯州的瘾君子父亲非常生气，又是发邮件，又是打电话，咒骂、威胁罗森医生。

艾米莉和玛妮关系要好。我们在小组开始前闲聊，我才意识到闯入"她们"的小组有多奇怪。我打消了这种恐惧，向一位戴着草帽的高个女人打招呼。"我叫玛丽。"她边说边坐在我旁边。我从玛妮那里听说过玛丽，但我记不清她是玛妮喜欢的还是讨厌的小组成员。

到了中午，罗森医生打开候诊室的门，向我们每个人致以微笑。在场的人都还没落座，泽尼亚就讲了起来。她身材丰满，有一头桑葚色的头发和一双巨大的棕色眼睛，能随时流露出惊讶的表情。她分享了自己高潮迭起的周末，提到了一位从未谋面、住在克罗地亚的女朋友。

我在这个房间里已经待了5000多分钟，其中90%是在三小时之前的第一个小组。一切看起来都别无二致：转椅、书架、廉价的迷你百叶窗、又坚持了一个季节但蔫蔫的复活节百合。然而，这一切都感觉很陌生，就像做梦一样。你在你的房子里，但那不是你的房子，门的颜色不对，而且现实只有一层楼，梦里却有两层楼。从能量和粒子的层面来看，有些东西是完全对不上的。

罗森医生看起来像一个不友好的陌生人：嘴唇紧闭，手臂看起来僵硬不自然，我们之间的氛围既不温暖也不熟悉。我的心，因想念周二早上的小组而缩紧。

泽尼亚容光焕发地谈论她与来自克罗地亚的格蕾塔的关系，她俩共同享受的网络亲密时光，以及如何攒钱去布鲁塞尔参加一个游戏集会。泽尼亚每隔几分钟就对我微笑一次——我理解为盛情欢迎——然后自然巧妙地转向罗森医生，问他如何治疗她的一名病人。

"病人？"我大声说道。

"我是一名医生。"泽尼亚说道。

罗森医生又对着我傻笑。那个浑蛋在嘲笑我！噢，看看，那个孤独的、谈性色变的女人就坐在一位事业成功、和女友享受虚拟性爱的女医生旁边！我眯起眼睛，怒视着他，他笑得更欢了。我没期待他会溺爱我，但我也没想到他会坐在"宝座"上嘲笑我。

玛丽则说起她那个从小就威胁要杀了她的虐待狂哥哥曾打电话向她要钱。雷吉娜是一位按摩理疗师，穿着看起来像两条黑色披肩一样的衣服和一条飘逸的尼龙裙。她进来的时候，泽妮亚正在高谈阔论。她用悲哀但平静的语气告诉玛丽，她那有精神病的表弟拔出一把刀指着她，所以她提交了临时限制令。

罗森医生误读了我的病史。当我意识到这个小组不适合我时，分外恐惧。我想抓住他挺阔的棕色衣领提醒他，夏威夷那场事故的确给我留下创伤，进食障碍很折磨人，但我绝没有卷进过这种谋杀未遂的事件。我的确是完美主义者、性冷淡和边缘性无性，但他怎么会认为我属于这里呢？我的问题不过是些轻量级的、琐碎的事情，我总是哀叹"希望我有一个男朋友"，但和在座这些更勇敢、更有趣、更有成就的女人在一起，我既荒唐又普通。

二十分钟过去了，玛妮怎么还没来？她本应在场支援我才是。

小组开始三十分钟后，玛妮到了，她随意地把橙色皮包扔在地上，重重地倒在椅子上。我想引起她的注意，但她不肯看我。她下颌绷紧，棕色的眼睛迅速溜了一圈，她在寻找猎物。

"我他妈太累了，累到想死。"她说。六周前，她刚生下一个漂亮的女婴。"帕特每周都要出差，宝宝晚上又不睡觉。我不能……"在拿出一瓶芙斯矿泉水时，她的手在颤抖。当天早上，我还和她聊天，但她没有表达出一丝一毫这种痛苦。现在，她似乎假装我不在这里。这种刻意回避只能意味着一件事：她在生我的气。意识到这一点后，我什么都听不到了，我陷入恐慌之中，不知如何才能平息玛妮的愤怒。我以前见过玛妮气到发疯，那很狰狞。

门铃响了。一位女士走了进来，手里拿着装饰有皮革流苏的巨大钱包和塑料食品容器，房间里的气氛骤然一变。这一定是娜恩，玛妮提到过她，但没有告诉我她是如此容光焕发，像光一样散发着能量。虽然她快要退休了，但皮肤看起来跟年轻女人别无二致，微笑时，两颊都有酒窝。我无法将目光从她身上移开：她的银色凉鞋，把钱包放在椅子后面时叮当作响的钥匙环，坐下时冲罗森医生的狡黠一笑，在玛妮说话时低声咕哝的嘴。她迅速向我点头致意，我回了她一个微笑。

"TA 今天又来了，"娜恩说，"TA 想要我死。"

我看着罗森医生：TA 是谁？他看着我，但什么也没说。如果我想知道娜恩在说什么，我得问她本人。

娜恩拿起塑料容器，掀开盖子，只见里面分成两格，装满了通心粉和奶酪，就是那种酱汁近乎橙色的肘形意大利面。她一边吃着东西，一边不停地说话。"我根本不饿。"她声音嘶哑地说。她看着我，解释说"TA"代表"内在"以及"压迫她一生的种族诽谤"。她明确表示，有且只有她可以说出"TA"背后的含义。上帝保佑，我可不会违抗她。我点了点头，感谢她的解释。

"娜恩，我在说话。"玛妮说。我知道这个语气。我曾目睹过玛妮和帕特吵架，她当时就是这种语气，我身体又缩了缩，屏住了呼吸。周遭气氛紧张，夹杂着暴力的火星，我不想吸入这样的空气。

娜恩用叉子指着玛妮，说："你他妈等一下。"

我倒吸了一口气憋在肺里。

玛妮扭了扭水瓶盖，说："你他妈的等轮到你了再说。"这听起来像是一句警告，一句呵斥。

第一个小组的成员可不会这样剑拔弩张，不过是帕特丽斯对"桑德斯上校"发火，或是卡洛斯为了让罗里准时到场而争吵。但在玛妮和娜恩之间，我感觉到一种更重、更有形、更不稳定的东西。她们的话发自内心深处，而不是经大脑思考的结果。她们会动手，还会破口大骂。空气中夹杂着热气和一些可怕的东西，发出"嘎吱嘎吱"的响声。

娜恩放下了食物，我以为她会站起来，卷起袖子，但她从钱包里抓起一张餐巾纸，慢慢地擦了擦嘴，像西部片里被惹毛的治安官。我大气都不敢出，一次又一次地小口吸气。她们不停地咒骂：玛妮是个"瘦弱的白人婊子"，娜恩则是"拒绝帮助的戏精"。罗森医生看起来很警觉，但并不惊慌。娜恩用叉子指着罗森医生说："你得帮我。"

不经意间，泪水已经顺着她的脸颊滚落下来。她低着头，好像在处理她的剩饭："请帮帮我。"我想走到对面，搂住她。但我并没有这么做，我只是在撕右手拇指上的翘起来的死皮，破口深到冒血，我的胃抽搐了起来。

"我很想帮你。"罗森说，他微笑着，坐着，像个一直在等待大型独角戏的演员。

"这是我所知道的全部。"她用餐巾纸抹了抹眼泪。

娜恩转向我，讲述了自己充满暴力和毒瘾的童年：继父情绪不稳定，在整夜赌博后用枪指着她；有躁郁症的兄弟用拳捶墙，还打碎了传家宝。"残暴，这是我所知道的全部。"

玛妮把椅子移向娜恩，摸了摸她的胳膊说道："这也是我所知道的全部。"玛丽和艾米莉也眼含泪水。我不停地抠着已经露出来的亮粉色的肉，一滴血盈满了甲床。

在我认识玛妮的五年里，她每次情绪激动时的坐姿都会带着一种强硬的挑衅，就是那种很有男子气概的意大利人"你是在跟我说话吗"的样子，是我既害怕又敬佩的强横。我目瞪口呆地看着娜恩和玛妮,这两个我以为肯定会大打出手的女人,现在却融入了一幅互相伤害后又愈合彼此的拼贴画中——玛妮抓着娜恩的左臂。

我从未见过两个人吵架或和好。我的拇指隐隐作痛,我咬着嘴唇,强忍着不让泪水夺眶而出。随着时间的流逝,我幻想着自己失去皮肤、肌肉、骨骼和细胞,只剩下旧转椅上的一堆衣服。

罗森医生再一次看向我时,我用口型示意:"救我。"

"你说啥?"他一边说,一边把手拢在耳边。

我没有出声,但一直默声说"救我"。一遍又一遍,"救我"。

大家的注意力从娜恩和玛妮转移到了我身上,我无法抬眼看任何一个人,也发不出任何声音。

"你的问题是什么?"玛妮终于全神贯注地看着我问道。

我摇摇头,盯着罗森医生。

"认真的吗?你他妈到底有什么问题?如果你想团体治疗起作用⋯⋯"她看了罗森医生一眼,探着下巴继续说,"你必须直言不讳,而且到目前为止,还没人问我对她[①]加入这个小组有何感想。在这里,我们都直抵内心。"

我只想回家,想回到第一个小组,想回到那些认识我、爱我的人那里。

我求助罗森医生说:"你为什么把我带到这里来?我不适合这里。这里每个人都直面过刀子或可怕的暴力,而我不过是想要生活

[①] 指克里斯蒂,即本文的"我"。

中能有一些人,也许是一个不会酗酒致死或情绪低落到性无能的男朋友。我想吐……"

"想吐……"

"是的,想吐!"我浑身发抖。我搓着手,就好像在试图擦干那些想吐出来的东西。我想摆脱这种恶心的感觉,尽管它源自我内心。

"不。"

"好吧。我为闯入玛妮的小组而感到羞耻,害怕在这里的所见所闻,也为你让我加入这个小组而生气。我永远不会在这个小组里占有一席之地,我真不应该加入第二个小组!"

"很好!"罗森医生竖起大拇指,好像我的不安是他刚看过的一部电影,而他正在向他的观众推荐这部电影,"已经在奏效了。"

"什么?"

"这个小组。"他的脸上浮起无比绚烂的微笑,手臂绕着在场的成员画了个圈,如精灵般雀跃。

"Mamaleh,亲密的一部分就是学会表达愤怒。你已经通过第一个小组取得了很大的进步,但是亲密还有另一部分,就是学会容忍别人的愤怒,第二个小组会帮你实现后者。"他看着玛妮,玛妮目不转睛地盯着他。"已经奏效了。"罗森医生用人本主义心理学大师罗杰斯先生的口吻解释说。我对别人愤怒的恐惧正是我与他人发展亲密关系路上的又一个绊脚石。当然,我现在可以和法学院的朋友一起在熟食店吃午饭,给我的泡澡找"书挡",对罗森医生咆哮,但总会需要更多——这是一个西西弗斯的陷阱。

"那我要对玛妮做什么?"

"你可以庆祝她的愤怒。"

我翻了个白眼,然后我问他怎么做。

"看看玛妮,"他指挥道,我转动椅子,凝视着玛妮愤怒的眼睛,"告诉她你爱她,她的愤怒是美丽的。"

"玛妮,我爱你,你生气的样子真美。"

我的话在小组里回荡。每一种本能都迫使我偏离罗森医生为我写的剧本,转而扑向玛妮脚边,承诺离开小组或整夜帮她看孩子,我愿意做任何能让她不再生气的事情。但我继续深呼吸,把自己从令人疲惫的旧日冲动中拉出来。

"现在深呼吸。"我睁大眼睛看了看钟,但罗森医生让我用眼睛盯着玛妮,"告诉她,你欢迎她的愤怒,你愿意接受更多。"

我照做了,玛妮什么也没说。

"感觉怎么样?"罗森医生问道。

"害怕,怕到腿脚颤抖。"

"很好。如果你能学会忍受这种恐惧,不再试图消解她的愤怒,你就能开始一段亲密关系了。"

"我以为我要做的就是跟罗里说我吃了什么、给我的泡澡找'书挡'、保管杰里迈亚宝宝、告诉吸烟男我是个'绿茶'。"

"这些肯定都是你要做的,现在该做下一件事了。"

到点了。罗森医生以熟悉的方式结束了小组。大家开始轮流拥抱，我看着玛妮，看着她拥抱艾米莉、玛丽和泽尼亚。请抱抱我吧——我在房间的另一头许愿，我把背包挎在肩上。

"嘿，你这家伙。"玛妮说，轻轻推了一下我的肩膀。

"嘿！"我说，我瞄了她一眼后迅速转移视线，盯着地板。

"你今天做得很棒。"

我们都笑了。

"感觉不太好。"我说。

"我知道。"

她向我张开双臂，我走上前去抱住了她。她对着我的发丝说了些什么。

"你刚才说什么？"我问。

"你知道，我生你的气，但这不影响我爱你。"

不，实际上，我不知道。我一点也不知道。

约 会

我穿上了克莱尔的一件黑色连衣裙和一双新的黑色系带凉鞋。玛妮要为帕特举办四十岁生日派对,而我奇迹般地有了一次约会。我会和一个我喜欢的人约会。几年前,我是在法学院的一次聚会上认识杰里米的,聚会上全是参加十二步疗法互助会的人。我被他的金属框眼镜、温柔的绿色眼睛和富有洞察力的评论迷住了,原来,他也是卡洛斯参加的第二个小组的成员,所以我时不时会听到一些关于他的小道消息,比如,他最近分手了。

在帕特生日派对前一周,我站在富勒顿火车站站台上看见了在车厢里的杰里米。当时,他正全神贯注地看着一本厚厚的、令人印象深刻的大部头《修昔底德》。他的卡其色裤子下沿卷得恰到好处,蓝色羊毛衫衬得他的绿色眼睛熠熠生辉。我穿过一大群正在下车的人挤到他身边时,他抬起头来。

"嘿。"他一边说,一边折起书页的上角,然后把书合上。

"我没看错,是你。"我伸手去握他正握着的列车扶杆。他问我法学院的事,我问他工作的事,以及他为什么在读《修昔底德》。

"好玩罢了。"他说。他的微笑让我感觉很舒服,就像我们坐在火炉旁,而不是挤在一辆摇摇晃晃的高架列车上,身边挤满了脾气暴躁的上班族。

当我知道我们的住处仅相隔两站时,我问:"我怎么从来没在这列列车上见过你?"

他发出一声短暂的、不愉快的笑声:"我之前常住在女朋友家,她住巴克敦那边。但现在我们分手了。"

"我听说了。"我笑了,希望自己可以自然地眨眨眼。

他歪着头。

我继续说道:"我在接受罗森医生的治疗,是周二早上卡洛斯那组的。"

他靠向我,我们靠得很近,我能从他绿色的眼睛里看到金色的斑点,他低声说:"我听说了。"

"说得好。"

看来有人在传"罗森圈"里的八卦。我们都笑了,笑声笼罩着我俩还有旁边那些全神贯注地玩手机、读书和报纸的人。我心里萌生出一种渴望,渴望这个面带微笑又有文化的男人能触碰我握着扶杆的手指,顺着我的手臂,滑过我的胸部、腹部,最后停留在我的两腿之间。

接下来,邀请他参加帕特生日派对的话脱口而出,好像我向来喜欢与热爱哲学的单身汉约会一样。他当场接受了邀请,并把自己的地址写在一张充当书签的便笺纸上。当列车猛地转头驶向南港站时，我们的手碰到了一起，一股新的欲望从我体内生起。

周五晚上，我停车时，他在外面等着，穿着和昨天在火车站相逢时一样的衣服，这让我感到很放松。我们谈论的第一个话题是罗森医生。我们打趣他糟糕的衣品，一致认同罗森医生觉得团体治疗一定可以治愈任何情绪障碍的想法完全是离谱的乐观主义。

"他真的喜欢团体治疗，"杰里米笑着说，"也是真的喜欢棕色毛衣。"

当我们谈论接受治疗的共同点时，我感到轻松自在，没有第一次约会时惯有的僵硬，也没有出现想要控制自己某一方面的冲动。没必要，因为他也在找罗森医生做治疗。

当把车停到玛妮家时，我发现杰里米一生中唯一缺少的是一个情感丰富的女人的爱。找到一杯苏打水和一个酿蘑菇时，我就决定，我要做那个女人。

"来一下，我想给你看点东西。"我领着杰里米上楼，来到玛妮女儿兰丁的婴儿房，黄油色的墙上挂着手工雕刻的鸭子。我淡定地打开每个抽屉，爱不释手地摸着小兰丁的尿布、小得令人难以置信的袜子和柔软得像雪猫头鹰的粉红色睡袋。

我拿起一件带兔耳朵的连帽小浴袍时，杰里米说："很可爱。"杰里米一直回头看着门，好像我们在犯罪。我给他一顶婴儿帽让他贴贴脸，但他后退了一步。

"给我看这些衣服，这是罗森医生给你开的处方吗？"

我摇摇头，把一件羊绒毛衣贴在脸颊上。

"也许我们该下去了。"杰里米退到走廊，等着我把兰丁的衣服放好。

回到楼下，他与帕特、玛妮以及他们住郊区的朋友聊天。十一点后，我开车送他回家，我依然感到轻松自在。

每当我们的谈话偏离罗森医生时，我都会注意到一些粉红色信号，而不是红色的警示信号。

我问他是否会在小组以外的时间和小组成员一起出去玩，他说："我有点独来独往。"我在想，这一点会不会反噬我。"孤家寡人"可不在我想要约会的男人类型中。

他还提到他的车坏了，但他买不起要换的零件。钱的问题让我有点心痛，卡洛斯曾告诉我，杰里米和女朋友分手与他向她借钱有关。我紧握着方向盘，试着放松一点。他会讨厌我很在意经济能力这一点吗？他是反资本主义者吗？作为一个三十六岁的熟龄男人，他依然在事业上和经济上处于迷茫状态吗？如果答案都是肯定的，我会介意吗？

有一点介意，但他戴眼镜的样子太可爱了。

"我想我对你的工作了解不多。"我说，希望他对工作的描述能缓解令我窒息的紧张情绪。

"我在西区一家小型工业清洁公司做前台。"这样的描述无济于事，我还以为他是市中心一家大公司的 IT 经理。我又紧紧握住了方向盘。

所以我们是截然不同的人，但这又有什么大不了的。很多夫妇都是出了名的不同，比如阿诺德·施瓦辛格和他的妻子玛丽亚·施莱弗、荷马和玛吉①。也许我们不会一起见证银婚，但至少肯定可以有第二次约会。

夜幕降临，车到了他家楼下，我把右手从方向盘上拿开，垂在身边。

"周一晚上有一部好评如潮的波兰电影上映。你想看吗？"我点了点头，像只约克夏小狗一样急切。他下车时，意味深长地捏了一下我胳膊。

第二次约会！我在空中挥舞着拳头。掉头准备回家的时候，我撞到了马路牙子，剧烈的颠簸害我扭到脖子，水瓶也被撞出饮料架，但我几乎感觉不到。我开心到爆。

"多说说这个杰里米呀。"第二天吃晚饭时，克莱尔对我说。我告诉她，我带他参观了兰丁的婴儿房，她把头埋进张开的手掌，叫道："亲爱的！你怎么在第一次约会时带男人去看婴儿房呢！"

但我并不觉得羞耻："别担心。他也在看罗森医生。我不需要对他遮遮掩掩的，我可以做真实的自己。"她抬起头，表示怀疑："不过这听起来真的有戏，亲爱的。这就是你加入第二个小组的回报！"

---

① 荷马和玛吉是美国福克斯广播公司动画情景喜剧《辛普森一家》(*The Simpsons*) 中的夫妻。

那天晚上,我在一张纸的中心画了一条线。我不再需要做任性浪漫的蠢事了,我可是正在接受治疗的人。我从"优点"一栏开始落笔:不可否认,杰里米很聪明,谁会拿《修昔底德》读着玩呢?他很清醒,他不会半夜尿在我身上;他养了一只猫,懂得如何"照顾";他的眼镜、微笑、全神贯注地倾听,我都写下来了。然后我写下他最大的优点:他也在由罗森医生治疗。

和有治疗师的男人约会,无论他的治疗师是谁,对我而言,都是理想之选。治疗让人更敏感,更有自知之明,它给人提供了经营一段关系的工具。见一个和我看同一个治疗师的男人,也是建立一段坚不可摧的关系的一条路子。总的来说,我信任罗森医生,我知道他的作品,我就是他的杰作。杰里米和我会有很多共同点,我们不会陷入无话可说的尴尬。除此之外,我们还可以进行免费的情侣咨询,只不过是在不同的时间和不同的人一起见治疗师。

第二次约会,我们坐在拥挤的音乐盒剧院凹凸不平的座位上,看一部波兰电影。这部电影讲述了两个悲伤的人一起走过一个城市公园的故事。我跷二郎腿时,杰里米用肘部推了我一下,低声说:"伟大的团体治疗说了不能这么做。"我们都笑了。他把手放在我的手上,一直到电影结束,我心中都是沉甸甸的暖意和实实在在的愉悦。

在回他住处的路上,我们抱在一起,风从我们身边刮过。我们告诉彼此自己最艰难的处方。我说了"绿茶"处方,我从未想象过会在第二次约会时讲这件事。他告诉我,他还没有实施他最艰难的处方,当我问那是什么处方时,他把视线移开了。

走了几步后,他说:"罗森说我应该请求前女友让我不用还她钱。"他做了个鬼脸,低头看着自己的脚。他的起居室里放着一张棕色沙发和配套的咖啡桌,桌子和电脑放在厨房的窗边,浴室虽然有点漂白剂之外的臭味和杂乱的毛发,但给我的整体印象是挺干净的。他的银壶和一堆茶让我印象深刻。

一只橙白相间的、胖乎乎的猫在他脚下咕噜咕噜地叫着。

"这位是布尔乔亚先生。"

"这是它的名字吗?"

他点了点头,笑了笑。

"看到你的书架,我也就不惊讶了。"马基雅维利、萨特、柏拉图、苏格拉底、海德格尔、康德……书架上连最容易读的都是圣奥古斯丁。

我脱掉鞋子,对他说我讨厌新小组。

"为什么?"他坐在沙发上,在我旁边问道。他的膝盖碰着我的膝盖。

"这个小组太不加掩饰、太剑拔弩张了。每个人都尖叫着、吃着,然后哭着、拥抱着,而且玛妮并不为我加入她的小组而激动。"

"你觉得罗森为什么让你去这个小组?"

"其实……"

"什么?"

"他认为这能帮助我敞开心扉接受一段亲密关系。"我尴尬地说道，打翻了茶杯。

他握着我的手说："我也讨厌我的第二个小组。每一秒都如此。"

"那你为什么要留下来？"

"我想知道这些感觉意味着什么，它们从何而来。"他耸耸肩。

"现在我来了。"

我的心跳到了胸腔的边缘。他靠向我。

"我可以吻你吗？"他问。

我感到胸腔里涌出一股热潮，一种新奇的安全感慢慢化作欲望。我点了点头，我们吻在了一起，是菊花茶的味道。当他把手放在我的脖子上时，我抓住了这个亲密的机会，靠在他身上。我已经快两年没有真正感受过男人的嘴唇了。和安德鲁在一起时，我忙着拉开距离，感觉不到任何东西；和泽维尔在停车场里，我只感受到自己迫切的需求；现在，杰里米和我唇齿交融，他的山羊胡挠得我上嘴唇发痒。欲望几经撩拨燃烧起来，我两腿之间的压力，是愉悦也是痛苦，是欲望也是压抑，是满足也是饥渴。我感觉自己活了过来。

这就是我一直在等待的。

汇报

"我已经和杰里米约会了两次",我在小组里抛出这个爆炸性消息时,罗森医生一如既往地建议说:"没有秘密。你和杰里米之间发生的任何事情,无论是情感、亲密还是性,都要在两个小组分享。"

"经济也是如此。"卡洛斯说,因为他知道杰里米过去的问题。

快速做一道数学题:我参加的两个小组加上杰里米参加的两个小组,一共大约有二十个人,这二十个人都会知道我们AA制吃饭、给了对方备用钥匙,或者在我来例假的时候做爱。我犹豫不决,举起双手问:"等等,难道每周向所有人事无巨细地吐露,不会让这段关系丧失热情吗?"

"我的建议是,没有秘密。"罗森医生重复道。

"你的建议太差劲了。"

"迄今为止,照你自己的想法做,效果很好吗?"

第三次约会时，杰里米和我一起照看了玛妮的女儿兰丁几小时，这样玛妮和帕特就可以有空出去吃周年纪念晚餐了。孩子睡在我怀里，杰里米在窥视橱柜里的东西，盯着克莱尔的盘子，或是站在阳台上欣赏风景。

玛妮和帕特接走兰丁后，我提议去跟克莱尔和史蒂文会合，他俩在贝尔蒙特的一家酒吧听现场音乐。他接受了我的提议，我目瞪口呆。真的有这么简单吗？我所要做的就是问一下？

"你想带东西去我那儿过夜吗？"他问。

我无法掩饰激动的心情，在房间里左跑右跑，把隐形眼镜护理液和一件新毛衣塞进一个袋子里。

到了酒吧，我们才发现，这可以说是兄弟会小年轻和上了年纪的小熊队球迷的洞穴。塑料杯里的饮料疯狂地洒出来，这不是杰里米喜欢的那种酒吧。酒过一巡，杰里米小声说可以走了。我闯了红灯，无视停车标志，我浑身颤抖，迫不及待地想把自己的身体贴在他的身上。

黑暗中，我坐在杰里米的床上，他在喂布尔乔亚先生。他坐在我旁边，我靠在他身上，他把嘴唇贴在我的嘴唇上问："可以吗？"我点点头，把他拉向我。我紧贴着他的身体，他紧紧地抱着我，亲吻我，越吻越深。他轻轻地把我推开，仰躺着，他说："我还没准备好做爱。"短短八个字，大方承认，但我却从未听任何人说过，包括我自己。这是罗森医生给他开的处方吗？

"没关系。"这是实话。我想要的是一个与人亲近的机会，不一定非得上床，上床也不一定非得在今晚。

大家把话摊开了，我的身体更放松了。此刻，我躺在他的床上，依偎在他旁边。今晚，将由亲吻开始，又以亲吻结束。他滚向我，把我紧紧抱在胸前，肚子贴肚子，大腿贴大腿。

"也许我们可以好好睡一觉。"他说。

"当然。"

我们融入彼此，呼吸加重了。

"你总是穿这么多衣服睡觉吗？"他对着我的脖子低声说。

我还穿着牛仔裤和T恤，唯一脱掉的是一件轻薄的羊毛衫。

"是的。"实际上我总是穿着胸罩睡觉。从九年级刚发育开始，到D罩杯，我都喜欢把胸部束缚住，塞进钢圈和蕾丝里睡觉。和前任们上床时，我会脱下胸罩，但到了睡觉的点，我又会穿回来。从来没有哪个男人注意到或者愿意问我这件事。

第二天早上，细碎的光线从杰里米家遮光窗帘的边上射进来，布尔乔亚先生坐在床沿上凝视着我。我慢吞吞地走进客厅，发现杰里米坐在他昏暗厨房的小桌子旁，敲着电脑键盘打字。

"嘿。"我走进冰箱和食品储藏架之间的空当。我双臂交叉，环抱着自己。一阵尴尬的沉默后，我清了清嗓子问："你今天有什么计划？"我们会不会带着昨天晚上那种朦胧的亲密感，一边吃早午餐一边走在街上？我们会回到床上吗？

他把大部分身体转向电脑，我把右腿跨在左腿上。

"赶赶进度，然后今晚要参加戒酒互助会，你呢？"

"看一点网课的阅读材料。克莱尔和我可能会看一场早场电影。"我停顿了一下,我应该邀请他吗?他看着电脑屏幕,一个由英镑符号、圆点和百分比符号组成的网格点亮了黑色的背景。"那是什么?"我问。

"这是一款名为《迷宫黑客》的电子游戏。"他脸红了,看着自己的脚,"我有点上瘾。"

电子游戏?上瘾?

"我们之间,没有评头论足。"我对他笑了笑,但我的身体飞快地响起警报。一个成年人坐在昏暗的房间里玩电子游戏?联想到幽闭恐惧症的画面让我喉咙发紧。

"话是这么说,但我可能会玩上一整天……"盈满他绿色眼睛的阴影是一种我能认出的东西:羞耻。

"如果它能给你带来快乐,为什么不呢?"违心的话说出口,听起来很刺耳。他的表情放松了,但我却把自己抱得更紧了。当意识到有种想要逃跑的冲动时,我说:"我准备走了。"

把车停好后,我拨通了罗里的号码。

"我不太确定他这个人。"我说。

"亲爱的,他才刚结束上一段恋情,给大家说说这些吧。"

周二早上,帕特丽斯、罗里、马蒂、埃德和罗森医生为杰里米直言不讳地吐露自己的性界限而欢呼。当我和杰里米在一起时,他承认自己还没有准备好上床,这让我感到安慰,但现在他们的欢呼声让我感觉很幼稚:他们是成年人,有正常的火辣性爱,而我和杰里米只是困在亲吻和拥抱里的孩子。我讨厌他们的乐观,也讨厌自己同意向大家披露一切。

下午的小组则没有传递这样的积极信号。玛妮认为,杰里米在性方面的沉默,表明他还没有准备好谈恋爱。"我不喜欢这样的。"她摇摇头说。娜恩和艾米莉想知道他为什么不请我吃早餐,玛丽想知道为什么他没有一个合适的食品储藏室,只有一个金属架子。我耸了耸肩,咽下了一阵阵的羞耻感。

"罗森医生,第一组肯定了杰里米的一切,而第二组给的都是否定。到底该听哪一组的呢?"第二组尖锐的批评吓到我了。

"两个小组反映了你自己的内心冲突。你不知道杰里米的这种步调到底是上天赐予的礼物,还是会导致你在这段关系中得不到满足。他是电子游戏成瘾者,还是只是喜欢电脑的内向人士?"

"我怎么才能知道哪一个是真的呢?"

"答案会慢慢浮现的。"

"在哪方面?"

"所有方面。"

我尽职尽责地向两个小组汇报,每次小组都会更新情况。我的十个小组成员都知道,我和杰里米出去吃饭大部分时候都是我用夏天攒下的钱支付;他的车还没修好,所以去哪里都是我开车;我们大部分时间都在他的住处,当他第一次摸我胸部时,我颤抖着,感受到一种近乎恶心的喜悦,好比蛋糕太腻、夕阳太艳。"这样可以吗?"杰里米问道。每当他"解锁"我身体的一部分时,比如吻我的肚子,或是摸我的大腿,他都会先问我。第一个小组欣赏他这种得到同意再行动的态度,但第二个小组觉得这样"别扭"。

碰巧的是,我们的性生活进展缓慢确实是罗森医生导致的。一天晚上,在床上亲热时,杰里米承认,罗森医生提醒他不要着急。"他说我应该慢慢来,否则我最后会恨你,就像恨我的前任一样。"显然,杰里米和前任关系破裂,不仅是因为悬而未决的经济矛盾,还因为他们在性方面的进展超过了他情感上的准备。

我用毯子裹住自己,觉得自己暴露了:我才是那个想要更多身体接触的人。这感觉就像被他拒绝了,让我想要遮住脸,不让他看到,不想让罗森医生看到,也不想让二十多个知道我想和他做爱的人看到。

电台的一项民意调查显示,大多数情侣在第三次约会时都会"一路到底"。我在第一个小组上抱怨,自己远远落后于全国标准,但罗森医生坚持说我们俩都还没有准备好。我看到了一种利益冲突,真的,是杰里米还没有准备好,但罗森医生坚持自己的立场。

"你急什么?"罗森医生问。

"我迄今为止的人生都在忍受失败的恋情和性压抑。"

"又不差这一阵子。"

和罗森医生争论是行不通的。想要他点头同意我和杰里米上床,就必须调整策略。几分钟后,我靠向罗森医生,用我最理性的声音说:"我们能谈谈杰里米吗?他在用电子游戏逃避。你是不是得给他开一张处方,让他跟身心都准备好的女朋友多相处相处。"

"咳,咳,咳!"罗森医生夸张地清嗓子,可以理解为"满脑子胡言乱语,我懒得理你"。

"他表现出典型的回避迹象,他害怕亲密无间。"罗森医生咳得更厉害了,然后问道,"那你呢,Mamaleh?"

"我?我完全准备好了。"我张开双臂。

我十分坦荡。整个房间的人都笑了。

"有什么好笑的?"

"认真的?"罗森医生说。

我点点头。

"你穿了几件胸罩?"

"完了。"卡洛斯低声说。

我迷惑不解地看着自己的肩膀,背心下面交错着三条胸罩肩带。我在参加小组前跑步了,一件运动胸罩无法保证 D 罩杯的胸部不晃动,所以我穿了两件胸罩,有时还会穿三件。

"你讨厌你的胸部吗?"罗森医生问道。

我当然讨厌我的胸部,它们是挂在我锁骨上的两袋脂肪。于我而言,它们意味着笨拙,而非性感。这两袋脂肪在其他人(男人)看来有多么重要,在我看来就有多么笨拙,太可怕了。穷尽一生,我都渴望能有平坦的胸部,就像冰川擦过的地面,就像芭蕾舞女演员、模特或小女孩的胸部。

"讨厌。"

"所以你想让它们变小。"

"我在运动啊,我又不用赢得花花公子兔女郎大赛的冠军。"

"你认为对自己胸部的讨厌会影响你们的性关系吗?"

正确的答案是肯定的,但我不想说出来。我以前从未和任何人讨论过我对胸部的感受。我坐着摇头,努力忍住不哭。我讨厌自己的胸部,但在此之前,这个想法从未让我感到难过。

"杰里米什么反应?"

"我敢肯定,他觉得我穿胸罩睡觉很奇怪。"

罗森医生疯狂挑眉,其他人都倒吸了一口冷气,就好像我刚刚承认谋杀了幼年大猩猩一样。

"你想知道自己为什么穿着胸罩睡觉吗?"罗森医生问道。

我气死了:"我知道你在干什么!这种时候就要说,是不是我父亲、叔叔或者什么变态体育老师对我做过什么不可描述的事情。但都没有啊,我的经历都是普普通通的啊。"

罗里说:"你的夏威夷之行听起来可一点都不普通。"

"疯了吧!我穿这么多胸罩才不是因为大卫溺水。"

"你想知道自己为什么穿着胸罩睡觉吗?"罗森医生从容不迫地重复了这个问题。

"背后没什么故事。我曾经想变瘦,是因为大家都喜欢身材苗条的女孩。我喜欢跳芭蕾,芭蕾是一种建立在厌食症基础上的艺术形式,但胸部可不是,里面是满满的脂肪,让人很难在优雅精致的品牌店买到上衣,让我觉得自己很胖。"我调整了一下背心,把所有的胸罩肩带都放好,"这就是美国女人的体形。"

"你需要帮助吗?"罗森医生静静地坐着,活像只猛禽。

为什么我没有选一位女性治疗师呢?我不相信男性治疗师能理解我和胸部的关系。当然,他的进食障碍正在康复中,但他从来没有和他的祖母在得州的商店购物时无意中听到女售货员说"她的胸部让她看起来比实际更'丰满'";当他开始发育时,也从来没有芭蕾舞老师建议他吃鸡蛋节食,早、中、晚各吃一个鸡蛋,其他什么都不吃;他从未在休斯敦市中心街头被调戏,也从未忍受过醉汉偷看他的胸部的困扰。即使他在哈佛大学的每一门课都取得了满分,对群体动力学有着天才般的理解,但一个男人终究无法体会作为一个女人行走在这个星球上的感觉。但我点了点头,是的,我需要一些帮助,因为从我的男性治疗师那里得到一星半点的帮助总比什么都没有强。

"在你的肚子上文一个海娜手绘,就写'我恨我的胸部'。"

"恨?我以为我们的目标是'爱和接纳'。"

罗森医生摇了摇头:"首先要接受'恨',别再试图逃避了。"他指着我的肩膀和胸罩,"让杰里米陪你去。"

文身

我和杰里米把车停到了拉辛街和格兰德街拐角处一座摇摇欲坠的工业仓库大楼前。我按下了写着"大厄尼"的蜂鸣器。大厄尼在《芝加哥读者报》上宣传自己是一名魔术师、遛狗师和海娜手绘艺术家。通过蜂鸣器,他叫我们上楼。我们走上二楼,一个留着黑色马尾辫、穿着黑色哈伦裤的男人在公寓门口迎接我们。他可能有三十岁或五十岁,不好说。他温暖的微笑抚慰了我,小复式公寓里十五英尺高的天花板让我觉得自己就像玩偶屋里的道具。砖墙被漆成了白色,他让我们先在客厅坐一下,他去准备指甲花染料。我坐在沙发上,杰里米蹲在壁炉边,一百台糖果自动售货机排列得井井有条,就像军队墓地里白色十字架的五颜六色卡通版。

上一次参加第二个小组时,我犯了穿两件胸罩的错误,一结束,我就联系了大厄尼。这一次,我把罗森医生给我开的处方都告诉了各位女士。在我描述自己对胸部的厌恶以及与其他人分享自己的故事时,大家频频点头。最近,娜恩在马歇尔·菲尔德百货买口红时被男的袭胸；泽尼亚从小到大都在听父亲念叨她的胸部；玛丽为自己的胸部太小而感到羞耻；艾米莉说她和丈夫在看《每日新闻》时，丈夫开玩笑地抓住她的胸部，俩人大吵一架。听着大家的分享，我用手捂住嘴巴，忍不住哭了起来。

十六岁参加高中毕业舞会时，我穿了一件 10 码[①]的劳拉·阿什利无肩带黑色连衣裙，心形领口装饰着一朵巨大的粉红色加里尼花。在过去四周的时间里，我每隔一天就去做一次日光浴沙龙，又在棺材形状的日光间里待了太久，导致皮肤呈现出一种不自然的棕橙色调，还时不时感到刺痛。当时我的约会对象叫马特，但我俩是被人甩了后在一起的，彼此互不熟悉，几年后，他还宣布了出柜。在交换花束和晚餐后，我们一群人跑去一个公园，尽情喝着从父母酒窖里偷来的啤酒和葡萄酒类果汁饮品，后者的甜蜜气泡在我胃里晃动，让我头晕目眩，脚下不稳像在水床上行走一样。我记得自己站在贾里德·米彻姆的黑色切诺基旁边，周围有十个男生。

我们都在哈哈大笑。乌云飘过，每隔几分钟就会把月亮遮住。

贾里德不怀好意地走近我。我的手垂在身体两侧，一只手抓着一个空啤酒瓶，另一只手拽着裙子好让自己站稳。我闻到他嘴唇上的啤酒味，看到他的下嘴唇上有一堆凸起的酒渍。当他把两

[①] 美国尺码 10 码为 167～172 厘米，相当于我国常见的 M 码。

根手指伸进我的裙子领口,夹在我的胸部中间时,我正笑个不停。我笑完了,好像什么都没发生过,因为我不确定它是否真的发生了,有发生过吗?他很快就走开了,我只能怪自己不争气的胃和意识模糊的大脑。我的胸部被紧紧地包裹在裙子里,挤得都有点麻木,记忆也很快消失了。

我举起手中的啤酒瓶,舔掉了瓶沿上的最后一滴酒。

下一个是斯宾塞。他动作很快,避开了我的视线。他不算厚脸皮,羞红了脸,但仍继续和另外两个男生低语。而那两个男生像高塔一样站在我面前,在我的双乳中间滑动两根手指。我看着树梢在微风中摇晃,夜色寂静浓郁,弥漫着晚春的湿气。我的手紧紧地抓着裙子和瓶子。

云彩依旧从月亮前面溜过。

其他女孩在哪里?我的约会对象呢?为什么我还在大笑?表现得好像我和这些与自己一起长大的天主教乖孩子共同度过了此生中最快乐的时光。我一直渴望他们中的任何一个邀请我约会、邀请我跳舞、打电话给我、亲吻我、渴望我。可是他们中的每个人都在和我的某个朋友约会,这是他们第一次触碰我。

贾里德又来了。这一次,他把整只手伸进我胸部中间。直到那时,我才退后一步;直到那时,我才感觉到羞耻的压迫感从周围的嗡嗡声、从礼服和哈哈大笑中扑面而来;直到那时,我终于明白,他们是在嘲笑我。

我继续大笑。

笑，笑，笑。笑声可以遮盖太多东西，这虚假的音符遮盖了整个得州的天空，也掩盖了我的恐惧。

当我说出那些高大的天主教男孩的名字，以及他们湿乎乎的手在我衣服下的感觉时，小组成员们都静静地坐着。

现在，大厄尼柔软湿润的刷子刷在我裸露的腹部上，很痒，但我没有笑。我盯着天花板，紧握着杰里米的手。一种不由自主的感觉刺痛了我的喉咙。是想哭还是尖叫，我分不清，但不论是哪一种，我都不会让它出现在瑜伽熊和宝石人糖果贩卖机前。我目不转睛地盯着天花板，从不往下看。

回到杰里米的住处，我站在浴室里查看我的文身，最外面一层壳已经被我剥掉了。光滑的焦橙色旋涡和花边在我的肚脐上起舞，装点着"我恨我的胸部"几个字。老实说，它看起来像地狱，也让人感觉是地狱。尽管如此，打电话给罗里和马蒂时，我还是用手摸着它。

我脱下胸罩，然后穿上杰里米柔软的黑色T恤，胸前印有拉丁文"科技艺术"的字样。杰里米发现我盖着被子缩在床上后，他问我能不能进来。

我往边上挪了挪，给他腾了点位置，同时也舒展了一下身体。他脱掉牛仔裤，穿着平角短裤和T恤上床。我滚到他怀里，但双臂仍然以保护性的"X"形姿势摆在胸前。我深吸一口气，然后又吸了一口。我舒展双臂，放在身体两侧，泪水从我胸口的柔软处涌出，那里曾被对胸部的恨霸占多时。

"你在哭什么？"他问。

"我一直很害怕。"

"我也是。"他用手掌来回摸着我的后脑勺。

"我不知道我在做什么。"

"我也是。"他把我抱得更紧了。

我不停地哭泣着，想象着肚子上的染料渗入皮肤，进入血液。

失望

杰里米埋头读一本破旧的尼采的书,在法学院图书馆的大厅里等我,我牵起他的手说:"我们往密歇根大道走吧。"我一直梦想着两个人手拉手,走在密歇根大道上。密歇根大道因其琳琅满目的商店和餐馆而被誉为"壮丽一英里"。每年这个时候,灯柱上都会挂着圣诞彩灯,救世军志愿者打扮成圣诞老人的样子在百货公司前面敲响钟声。我憧憬着一顿丰盛的晚餐,然后在我的住处享受鱼水之欢。整个星期六,我都躲在图书馆学习刑事诉讼程序。虽然是十二月初,却是最后一战了:我在世达律所的工作已经板上钉钉,大家都说我三年级成绩如何无关紧要,但我想保持自己第一的排名。虽然掌握了有关逮捕和拘留的法律,但我的背也因为勾腰看书而感到疼痛。我决定,也是时候掌控自己的亲密关系了,我受够了罗森医生控制我的感情生活。这段亲密关系需要一个人来牵头,而我已经准备好扮演这个角色了。亲吻和轻柔的抚摸令人满意,但我渴望更多,甚至可以说是如饥似渴。

湖边的风直往胸膛里撞，我把外套裹得更紧，往杰里米那边靠得更近了。人行道上满是游客，他们手里拿着巨大的节日购物袋，这是他们从迪士尼商店和拉夫·劳伦门店血拼的战果。杰里米的大腿被一个超大号的克拉特·巴雷购物袋撞到了，他皱着眉头，加快了脚步。为了跟上他，我加大了步幅。

"我们要去哪里？"

"我受不了这么多人。"他拐出了密歇根大道。

我把失望咽进肚子。我憧憬的，是在密歇根大道上，在节日的灯光下，在人声鼎沸中，感受活力和欢乐，而不是在小街小巷。

一直走到半个街区外，他躲进了一家加州比萨厨房。我继续咽下失望——我绝对没有憧憬走进一家挤满了郊区青少年的比萨连锁店。

"想一起吃比萨和沙拉吗？"我问。

"算了，我去买一个香肠烤馅饼。我自个儿就能吃掉。"我使劲点了点头。我点了一份加州素食一人份比萨和一份意大利调味汁沙拉。

杰里米一整天都在玩电子游戏，我用力压下一些轻蔑的想法：他是一个马上四十岁的男人，却花了一整天时间在玩《像素地下城》，而我跑了四英里，参加了一个十二步疗法互助会，还为刑事诉讼考试准备了四小时。

我们陷入了沉默，无话可说。女服务员送餐时，我真想对她做出"救命"的口型。我用心灵感应的方式告诉她，我快窒息在和男朋友的死亡空间里了。我们在一起快两个月了,但他还没准备好做爱。

杰里米戳破了他的馅饼,冒出一股蒸汽。我把西红柿片从盘子里的正午位置移到了 6 点 30 分的位置,想着该说些什么才能让他想把我搞上床。

"想尝尝我的沙拉吗?"

回到我的住处时,克莱尔和史蒂文正准备去林肯公园听现场音乐。"你们也来啊。"克莱尔一边说,一边把外套披在肩上。

我还没来得及开口问去哪里,杰里米就说:"我准备睡了。"他向克莱尔和史蒂文敬礼,然后径直走进我的卧室。

克莱尔低声说:"亲爱的,尽情享受哦。"然后暗示性地抖了抖眉毛。

我配合她回道:"早上不要叫醒我!"

当我关掉起居室的灯,走进卧室时,杰里米已经在打呼噜了。我粗鲁地坐在床上,希望把他吵醒。我靠在枕头上,凝视着墙上的一个影子。我想知道,到底是什么让我与克莱尔如此不同,克莱尔的男朋友整晚都想爱抚她,跟她谈心。是因为我多年来的暴食症吗?我是不是下意识把杰里米推开了?我知道我依恋着罗森医生和我的小组成员,为什么我不能这样依恋一个男人呢?我并不像罗森医生所说的那样害怕做爱,我现在就想和杰里米做爱。

8 点 45 分,比我和萨姆那次约会还要早五分钟结束。我涌出无尽的失望和愤怒,对杰里米,对我自己,对罗森医生,对小组,以及这个愚蠢的夜晚，连手指都在抽搐。我大声叹了口气，杰里米毫无反应。我爬下了床，在厨房水槽下面的橱柜里找到一个盒子，里头放着我从旧公寓带来的不成套的盘子和玻璃杯。克莱尔和我在杂货抽屉里放了一把"王"牌五金锤，想着在家居装修的时候能派上用场，但实际上我们从来没用过。我拿起盒子和锤子，用胳膊肘推开了阳台的门。

举起锤子，胸口起伏。粉碎。碎玻璃散落在阳台上，赤裸着的膝盖刚蹭到了混凝土。粉碎。粉碎。粉碎。我的脸颊因用力和寒冷而感到生疼。

罗里和卡洛斯倒吸了一口气。

"你有保护自己的脸吗？"帕特丽斯问道。

我就想粉碎，我当时怒不可遏，身体根本不受控制，无法把锤子放下。我只知道，如果我不砸掉那些盘子，我就会把锤子砸在自己身上。

"你是想叫醒他吗？"帕特丽斯问道。

"我想是的。但是打破东西完全是物理上的，比如打喷嚏或者……"

"呕吐。"罗森医生说。

"是的！就像感觉身体里有什么……"怎么说来着？

"有毒素？"

"没错！一些身体不得不排出的东西。"

"呕吐就是你的身体为了防止死于食物中毒而做出的反应。"罗森医生说,"你的这种愤怒由来已久。过去,你都是用呕吐来发泄它,但它一直都在,并没有消失,而通过回避亲密关系,你就能回避感觉到这种愤怒。"

"我一直在生你的气。还记得你带我们去你的办公室听我给你的留言吗?"

"我们之间不牵扯到性。"

"你说得对。"我明白其中的不同之处。我把我的身体献给了杰里米,我想要他的身体作为回报,但事与愿违,"那我现在该怎么办?"

我能接受的答案是:和杰里米分手。但罗森医生建议我继续表达愤怒,并邀请杰里米加入我,说得好像杰里米会因为我和锤子做出改变似的。

"问题是你是否愿意开口去问。"

这有什么好处呢?我摔倒了,但罗森医生似乎对绊倒我的障碍物视而不见。

"你真的觉得我应该继续这段关系吗?"

"它在变好……"

"但它完全是不正常的。"

"并不完全是。"

"你听到我说的了吗?半夜三更,我在二十八楼的阳台上,用锤子砸碎打折买来的高脚餐具!"

"你刚说是九点钟的时候。""桑德斯上校"坐在对面得意地笑。

我叫他滚,唾沫星子四溅开来。我重重地拍在椅子扶手上:"救我!"

"我完全支持你的愤怒。"罗森医生平静地说。

"我想从你那里得到更多,说点有用的。"

"买副安全护目镜。"

三小时后,我怒气冲冲地加入第二个小组,对着罗森医生说"去他的"。

我在说盘子、罗森医生和他的安全护目镜时,大家都靠了过来。玛妮向罗森医生侧目,指责他没有帮助我,艾米莉建议我和杰里米分手。

"我需要你提供更多帮助,罗森医生。"

我又在敲打当天早上被我虐待过的椅子扶手。

罗森医生什么也没说,只是像往常一样扫视房间,没有理会我对他的大喊大叫。

我滑到地板上,对着地毯尖叫。一遍又一遍,重复着无意义的愤怒言辞。撕心裂肺的喊声砸在地板上,涸到其他女人的脚边。我越大声叫喊,越用攥紧的拳头捶地,就越陷入绝望的黑洞。汗水顺着脖子滑落,头发贴在额头上。

三年级还是四年级的时候,爸妈计划全家一起去帕德雷岛度假。我爸开着我们家云蓝色的旅行车,车上装着木筏、防晒霜和沙滩毛巾，向南驶向海边。八小时的车程刚过半，天气预报带来了一个坏消息：一场飓风改变了路线，正向帕德雷岛迅速移动。爸妈说太危险了，去不了帕德雷岛了，接着他们制订了一项新计划：入住休斯敦的一家假日酒店，然后和我妈的高中朋友一起玩，也许会去参观一下美国国家航空航天局。第二天早上，我的弟弟妹妹都在酒店的游泳池里嬉戏，而我则待在浅水区百无聊赖。去吧，克里斯蒂，到游泳池里去，吃点花生吧，或者去大厅那头的制冰机买点什么。但我不会，或者说，我不能。我脑子里全是自己在堆起来的沙堡周围挖护城河的画面，而现在，自己却在一个潮湿的混凝土城市，在一家愚蠢的酒店里的游泳池旁，这跟我的预期差了十万八千里。我的弟弟妹妹可以转移注意力，调整心态，在绕道中找到乐趣，可我做不到像他俩一样。我只能无声地愤怒，被内心的狂暴和失望吞噬。我的家人不知道怎么靠近我，最后让我自生自灭。没有人给我提供帮助，不管是后来我没有争取到芭蕾舞独舞的机会，还是和男朋友分手，抑或是我没有进入我想参加的研究生项目。至于愤怒，我要么咽下一切，要么一吐为快，而现在，却是倾巢而出，又乱又吵。

在这里，在芝加哥市中心的这个房间里，我用拳头攻击着粉红色地毯上烧焦的条纹。我瘫坐在地板上，试图让自己的呼吸平静下来。看着我的每一双眼睛都充满了同情，除了罗森医生。他的眼神依旧洞悉一切但岿然不动，几乎对他那不断下沉、下沉、下沉又装腔作势的病人感到恼火。

"你！你！你！"我用双手抓起自己的头发，使劲拽，头皮疼得发麻，但我又拽了一次，再来一次。

有人说了什么，但我听不见。我坐了起来，仍然抓着头发，好像要以此勒索赎金似的。

"可怜的孩子，"娜恩声音颤抖地说，"可怜的，可怜的孩子。"她的声音仿佛催眠曲让我的身体松弛下来。她当即走近我，拍了拍我的背。我松开头发，爬到座位上。我的头皮和双手随着心跳而跳动，散乱的头发缠绕在我的指间，我甚至都不敢看罗森医生。女人们带着慈善的笑意看着我，但这像是怜悯一样刺痛着我。

我有一个男朋友、十个小组成员，还找医生做了近乎两年的治疗，却一如既往地感到被困在原地。

操纵

"碎盘之夜"后,罗森医生教我如何向杰里米开口要自己想要的东西。罗森医生扮成我的样子说:"杰里米,亲爱的,我想你今晚带我出去吃饭。"或者说:"我想我们脱掉衣服,在床上拥抱对方。"罗森医生和我一样坐得很高,脸上露出灿烂的笑容,他让开口说要这件事看起来很简单。

回归现实,轮到我问的时候,我像一台老旧割草机一样支支吾吾道:"我想……你觉得我们是不是可以……你愿意……我不知道……什么时候和我一起离开公寓去转转?"

杰里米甜甜地笑了,问:"你想去哪里?"

"街那头的寿司店?"

他犹豫了一下,然后说:"好啊。"

周二早晨,我收到了一张处方,内容是:邀请杰里米到我住处,让他持续吻我五分钟。

我对杰里米是否会努力让一个吻持续五分钟表示怀疑,但罗森医生说关键是我是否愿意开口问。

我把杰里米领到卧室,站在壁橱和床之间的地毯上,我们都咯咯笑了起来。在走廊尽头的客厅里,电视机大声播放着《幸运之轮》,史蒂文和克莱尔在做饭。

夜色就像一床黑色的毯子笼罩着窗户。杰里米拨弄着他的手表,他把手指放在计时器的按钮上,朝我走来。

"准备好了吗?"

我深吸了一口气,发出一阵颤抖和一声细小的尖叫。我想要打破规矩,说这个练习很愚蠢,然后挑起一场战斗。我振作起来,紧闭双眼,抚摸着自己的另一部分:那个愿意接受这个吻的自己。

"准备好了。"

嘟嘟。

他一只胳膊搂着我的腰,一只胳膊托着我的后脑勺,轻轻地吻了我。我满脑子都在担心计时器,担心要不要伸出舌头,担心自己是否从这张处方中得到了最大的好处。不过我马上把注意力集中在嘴上。我慢慢地走近杰里米,我的脚趾尖碰到了他的鞋子,我把自己紧贴在他身上,试探着。他能承受我的重量吗?他身上有汗水、咖啡和薄荷糖的味道。时间快到了,在最后几秒钟,我把他拉得离自己更近。

嘟嘟。

"不错。"他一边说,一边摆弄着手表上的按钮。他把背包带套在胳膊上,准备离开。我感到平静安心,就像一个被紧紧裹在被子里的婴儿被人抱在怀里。杰里米和我告别,他抱着我多拍了一下。他的身体稳稳地抵着我的身体,似乎能支撑我很长一段时间。我站在门口,看着电梯到了,看着他消失在银色的电梯门后面。那个吻填满了我,我希望这个亲吻能满足自己。

我坚持和杰里米在一起,我坚持去看罗森医生,我坚持参加两个小组。我坚持,是因为我相信坚持做这些虽然痛苦,但对我的心有用。我认为"离开—想要离开—真的离开"会证明我不适合真正的亲密关系,而我必须向自己证明,我可以忍受恋爱关系带来的任何痛苦。我可以不逃避,挺过这份灼热。我可以依恋他人。

圣诞节早上,杰里米还在睡觉,我出门和朋友吉尔喝咖啡。当圣诞颂歌在拥挤的星巴克响起时,吉尔哭着说自己单身,除了去看望她的虐待狂父亲,整个假期没有什么可安排的,我则为这段恋爱的无性状态而泪流满面。回到杰里米的公寓时,他把我叫回床上,"脱掉牛仔裤吧。"他说。

圣诞快乐!

我喜欢他的主动。

他在旁边的枕头上放了一个避孕套,我饥渴的身体猛地扑向他。一种振奋的坦诚占据了我的身体。他每冲刺一下,我的身体就感受到一次高潮,我立刻哭了起来。"怎么啦?"他问。

在所有沮丧和愤怒的背后,是一片伤痛和悲伤的海洋,一波又一波的孤独向我袭来,正如罗森医生很久以前预测的那样。"为什么这么难呢?"我说了一遍又一遍。为什么,为什么,为什么?

爱我和爱我的身体有那么难吗？为什么我们不能一直保持这种身体上的亲密呢？几周来，我一直在追逐杰里米的爱和关注，这让我更加担心我爱与被爱的方式出了问题。那些情感亲密被忽视的经历进一步确认了我在依恋能力上的缺陷。我之所以会选择一个又一个不能给予我持久的爱和关注的男朋友，是因为这就是我唯一能忍受的，尽管我想要更多。我就像一个厌食症患者，尽管梦想着菲力牛排和黄油烤土豆，却只能继续吃年糕和芹菜。

随着2003年的到来，我顺利地进入了法学院的最后一个学期。杰里米仍然需要大量的时间独处，而不是和我在一起。他偶尔会在没有任何解释的情况下关机玩消失，他对电子游戏的热情也让我无语。但我不再打碎家里的东西，而是给罗里、马蒂和卡洛斯发"我好寂寞，他在玩电子游戏"这样的短信。在杰里米主动提分手之前，我们像罗森医生承诺的那样，慢慢地向前进。

但罗森医生还没有处理好冲突，他到底在我这边，还是杰里米那边？

一个周四的晚上，杰里米参加完他的小组，回来问我是否愿意给他订一份《金融时报》并买一双跑鞋。我可以从他询问的方式上看出来这是罗森医生给他开的处方。

"你是要我包养他吗？"在小组里，我对着罗森医生大喊大叫，"你应该帮我，而不是利用我来资助他的爱好。"

"我在帮你。"

"胡说八道。"

"你对杰里米最不满的两个地方是什么？"

我提过，杰里米的事业似乎被困住了。他是门萨会员，读一些我都读不下去的希腊哲学家的书，但他现在的工作没有前途，也不能应付他的开销。他恨极了他老板，觉得自己在浪费自己的潜力。他提过想上法学院，而我对他久坐不动的生活方式表示担忧，怕这会对我们刚见起色的性生活产生负面影响。

"读《金融时报》也许能帮助他集中注意力。买了跑鞋他会更有活力，也许你们可以一起跑步，然后来一发。"

伟大的木偶师罗森医生拉动了提线：一边让杰里米问我要这要那，一边说服我付钱。他知道我有钱，因为上周我带来了世达律所寄给我的七千美元工资预付支票。罗森医生建议我在小组里传阅这张支票，传到他手上时，他把支票举过头顶，嘴里叽里咕噜地念叨着什么。

圣诞节前，跪在大家面前的愤怒又涌上我心头，罗森医生帮不到我，他决定让我来帮助杰里米，但我待在椅子上，抿着嘴唇，让情绪烂在肚子里。我说不出话来，只有一种愤怒的感觉在灼烧着我。

接下来的周末，杰里米开始每天收到一份粉红色页面的《金融时报》，我们一起去买了一双复古的黑色新百伦鞋。可当我问他是否愿意和我一起跑步时，他说："不，你去吧。"

开始花我的钱之后，他的情况越发糟糕。这回，罗森医生瞄准了我的阴道。

冬末的一个晚上,杰里米转头离开电子游戏,并宣布三月将是"克里斯蒂月"。

"怎么突然说起这个?"我问。

"我刚刚决定的。"

我们约会都好几个月了,但谁也没对谁口头承诺过什么。现在,我期待着三月给我带来的礼物。但在二月份的最后一个周四,杰里米参加完小组后带回了一个坏消息:罗森医生认为这不是一个好主意。

我立马扔掉了手里的法律书,问:"你说什么?"

"他认为我想毁掉这段关系。"

我的治疗师曾经许诺要让我建立健康的关系,包括性关系,现在他却一个劲儿地跟我作对,让我得不到快乐。我借口走开一会儿,拿着电话进了浴室。我拨通了罗森医生的电话,却转到了他的语音信箱,我挂断了电话。不要语音信箱,我要他亲自感受我全部愤怒的力量。

我在第一个小组里与罗森医生对质,他平静而自信地回答道:"我听到你的愤怒了。"

我用拳头猛击椅子扶手。我骂他是厌女者和控制狂。

"我听说你感受到我对你们施加了控制。"

"你告诉我男朋友,不要在床上取悦我!这是见了什么鬼?"

他微笑着,仿佛在说:"噢,好极了,她真的生气了!"

"别再牵拉提线木偶了。"

罗森医生举起双手摇摇头。他说:"哪有啊。我没有控制任何人说任何话。"

"你向那些付钱给你的人提建议,告诉他们该怎么做。"

"你想要什么?"

"我想要你立马滚蛋。"一腔怒火卡在我的喉咙和胸部之间。

怒火无法宣泄,卡在椅子上,卡在我的身体里,卡在和男朋友以及治疗师的关系中。

罗森医生双手合十,小组结束了。我和其他人一起站起来,但我没有背诵"宁静祷文"。大家两两拥抱,我挨个拥抱了帕特丽斯、罗里、马蒂、卡洛斯和"桑德斯上校",就是不抱罗森医生。我不会因为90分钟过去了就假装无事发生。我觉得自己被背叛了:他的忠诚显然属于杰里米,他把他在哈佛学的所有专业知识都用来治疗杰里米的性障碍,根本没有把我的利益或性快感放在心上。

在下午的小组中,我没看罗森医生一眼,向所有女性组员讲述罗森医生是如何建议杰里米不要取悦我,这干涉了我跟他的关系。玛妮眯起眼睛对罗森医生大喊,指责他利用我来帮助杰里米,而后她又转向我,责备我在关系中如此忍耐。"这不全是罗森医生的事,"她指着我说,"是你自己全盘接受的。"我并没有因为她对我大喊大叫而心烦意乱,我能听出来她爱我,希望我收获更多,我也希望如此。

放手

　　世达律所预支的七千美元薪水让我底气变足。我法学院的朋友都在计划毕业考试后和心爱的人一起去旅行。我也梦想着和男朋友一起去国外旅行：在意大利中世纪的桥梁上手牵手；在懒洋洋的河流和高耸大教堂的围绕下，互相喂食一口玛格丽塔比萨；我们欢笑、抚摸彼此、在探索中更相爱。在我的白日梦中，牵我手的那个人一点都不像杰里米，但我想要一场旅行，绝不退缩。我在法学院努力学习，在世达律所获得一席之地，为自己赢得了七千美元的预付薪水，在心理治疗方面我努力建立一段亲密关系，一场旅行能有多难呢？

　　跟杰里米协商旅行从一开始就不顺。我想住托斯卡纳区或五渔村，但他只是耸耸肩，再深深地叹一口气。

　　"或者我们可以去希腊，那里是哲学的发源地。"又是耸肩。

　　"我们不能讨论一下这件事吗？"

　　"因为你有钱，所以你说了算。"

"那就你来挑吧。"我举起手来。老实说,只要我们在一起,去哪儿都行。

停顿了很久之后,他说:"意大利可以。"

两个小组的成员和罗森医生都建议我专注于自己,计划好我想要的旅行。"他要么和你一起去,要么不去。"罗森医生说。太令人欣慰了,我把不断发酵的恐惧推到一边。一趟女青年独自在意大利旅行可不是我向往的故事,所以即使杰里米抗拒,我还是坚持要一起去。

佛罗伦萨的气温飙升至33℃。杰里米和我在新罗酒店洒满阳光的二楼露台上吃了一顿早餐,早餐有松软的炒鸡蛋、新鲜的草莓,还有自制的橘子酱吐司。我们把椅子挪到无花果树的树荫下,眺望阿尔诺河,倾听鸽子的咕咕叫声,我本可以就这样待上一整天,但在一个人坐公交车去锡耶纳的前一天,我预定了一趟上午十点开始的自行车之旅。

"你准备好参加自行车之旅了吗?"我欢快地问道,那是度假时才有的声音,也是承载着我希望的声音。

"外头太热,你自己去吧,我要学习了。"他拿出一本法学院入学考试题册和他那支特制的黑色钢笔。他最近决定申请法学院,与一味地抱怨自己的工作有多讨厌相比,这的确是一个积极的信号。尽管距离法学院入学考试还有好几个月的时间,但他铁打的学习日程却不会因为佛罗伦萨的乡村旅行而改变。

"你有更想做的事吗?我可以取消自行车之旅……"

"没有,你去吧。我得做模考题。"

出发前,罗森医生鼓励我接受杰里米的内向性格,别再试图改变他。我明白接受的重要性,但当杰里米说他将连续两天不会和我一起玩时,我想掀掉桌子,把他珍贵的法学院入学考试题本扔到外面的鹅卵石道上。还要我怎么压抑欲望才能不再被杰里米的拒绝刺痛呢?我怎么做才能对这个只会说爱却不肯陪我的男人少提要求呢?

他挥动钢笔,开始答题。

我吻了吻他的头顶,气喘吁吁地去参加自行车之旅。是谁出钱请男朋友来意大利却被晾在一边?我的心又陷入熟悉的境地:孤独,孤独,孤独。

雪莉是一位身材瘦削的外国人,看起来像是一位瑜伽老师,她在给我自行车时问道:"你的搭档呢?"

"哦,他……"就像妻子在掩饰无法起床的酗酒丈夫,我撒谎道,"……病了。"

我把一切归咎于高温和时差。我们组的另外十二个人都是成双成对的,有度蜜月的小情侣、有父女档、有大学室友,还有庆祝结婚三十周年的夫妇。我们自行车之旅的第一站是一座古老的宝石农舍,一位晒黑的管理员给我们提供了早餐。我坐在一张古老的石凳上,吃着咸奶酪和黄油鹌鹑蛋,被互相拍照的陌生人包围。

"照相吗?"一位来自圣地亚哥的父亲问我。我擦去额头上的汗水,站在一棵无花果树旁,试图表现自然些,却不知道手怎么摆才对,是抱在胸前,还是放在屁股上,或是扶在石墙上。

这位父亲小声对女儿说:"一个人到国外旅行,多勇敢啊。"这位朋友,请相信我,我现在百感交集,但勇敢不过是排在绝望、愚蠢、孤独、沮丧、悲伤、迷失、羞愧和饥饿后面的东西。

与我同行的人在旅行结束后返回佛罗伦萨,我自个儿溜了。骑得太快,感觉车都要冒烟了。把自行车还回去后,我沿着狭窄的街道走回酒店,但走到半路突然停住了。着什么急呢?杰里米又没在等我。他见到我会高兴吗?想到这儿,我转身前往韦奇奥桥附近的旅游区,那里的皮带像肉块一样挂在摊位上。在一条小街上,我发现一部公用电话,我把一枚又一枚硬币扔进投币口,直到钱够我打电话回芝加哥。

响铃三次后,接通了罗森医生的语音信箱。听到"哔"的一声,我不再压抑:"我刚一个人去骑车旅行了。昨天,我一个人去了锡耶纳。我记得你说过,你可以治好这件事的,你可以治好我的。"我对着脏兮兮的意大利公用电话抽泣着,直到被系统提示到了留言时长的上限。

在我接受了这么久的心理治疗之后,在我心甘情愿地接受这些处方之后,我在这里仍然非常孤单。我原以为,接受了治疗,我的状态会是一条趋势上升的曲线,但独自一人坐在佛罗伦萨,我感受到了在芝加哥接受团体治疗之前所感受到的那种绝望。如果现在还没有改变,那我等到什么时候才会改变?也许永远也等不到。我爱我的小组成员,甚至也爱罗森医生,但他们不能和我一起来意大利。罗森医生是对的：一周又一周，我体验了围坐在一起的陪伴和友谊，现在的孤独感比以往任何时候都更黑暗、更具毁灭性。

回到房间时，杰里米已经在床上睡着了，一本学习指南盖在肚子上。睁开眼睛时，他笑了。我躺在他旁边，我们的身体几乎没有接触。太阳落在大教堂后面，我们静静地看着窗外的光线渐渐暗下来。

当天吃过晚饭后，他关掉灯，仰面躺了下来。我们会做爱吗？我深深地吸了一口气，命令自己不要去想这件事。我像一只小小的折纸鹤一样折叠起自己的欲望，然后把它藏起来。

"我准备睡前自慰一下，欢迎你加入我。"杰里米脱掉了他的平角短裤，他忙碌的肘部每划一下都会打到我的前臂。

"想我这么做吗？"我低声说，我有一丝欲望在动摇。

从意大利回来后，在成为一家大型律师事务所律师助理的第一年，我晚上七点前都不会离开办公室。突然之间，我有了一位秘书、一个公费账户和一间可以俯瞰芝加哥河的办公室。在我工作的第六周，我第一次通宵工作。作为一名年轻的律师，我的主要任务是每天花十小时为自己从小喝到大的那款饮料的生产商审阅财务文件。世达律所还派我去该生产商的总部采访制定销售策略的大人物，这样我们就可以在美国证券交易委员会面前为他们辩护。我跟全是男性的团队开了一天的会议，一个接一个，中途没有休息，之后吃了一顿耗时很久的晚餐。回到酒店，我瘫在床上，打电话给杰里米,他当时正在家里玩他的游戏《迷宫黑客》。

"你做得很好,我为你感到骄傲。"杰里米说。

当我在世达律所奋斗时,杰里米陷入了抑郁症。他变得又肥又邋遢,也不去参加戒酒互助会,下班后的大部分时间他都坐在电脑前玩游戏。布尔乔亚先生吐出的毛球在客厅中央滚了一星期,浴缸里也满是毛发和浮渣。我在那里过夜时尽可能憋着不去上厕所,我几乎可以坚持十八个小时不上厕所。这些天我一直在他的住处,我知道他已经没能量大老远跑到我家看我了。

工作之余,我给他买日用品,还建议他去开会或打电话给他的赞助人,想办法把他从抑郁中拉出来。在小组,我恳求罗森医生帮帮他。

"你看不出来他很沮丧吗?"罗森医生的回答总是那句,"你有什么感觉?"

两个小组给到我的反馈都是一致的:专注于自己刚起步的事业。

"专注于你在世达律所的新生活,也许你的口味会变。"罗森医生说,听着真像随口一说。

我的口味?

我渴望行动,希望在我的监督下,我的男朋友不会因酗酒而颓靡,或者,上帝保佑,他不会故态复萌。我给他买了一条新被子和一条男式格子毛毯,在他洗手间放了一瓶漂白剂,从排水沟里掏出了鬼知道是什么的东西,清理掉猫留在地毯上的呕吐物,最后在他的冰箱里放了新鲜水果和瘦肉蛋白，在他的食品储藏架上放了低糖麦片。

其间，他曾说过"别管我"，但我对此充耳不闻。我同情他被疾病夺去欢乐和活力。我也很同情自己，我以为自己可以用新的亚麻床单和新鲜的菠萝来治愈他。当时，我所能做的就是更努力地"修复"他，把他塑造成我想要的那个人。我已经当了六个月的律师了，从一个法律系学生变成了一家大律师事务所的律师。我偶尔会在全食超市购物，我在商场按全价买了一条裙子，我的储蓄账户里也有了两千美元的存款。白天，我抬头挺胸地站着，证明自己配得上世达律所为我印的厚厚的白色名片。到了晚上，我瘫倒在地，浑身酸痛。

我想通过性爱来弥合我和杰里米之间的鸿沟。当我把头埋在汗流浃背的他的大腿之间时，我意识到我不想这么做。我忍着令自己不悦的性交方式假装有欲望，以求引来他的注意，抑制他的临床抑郁症。杰里米已经好几天没洗澡了，他的身体酸臭难闻，积累了好几天的分泌物。我从嘴里呼出一口气，试图忽略他身上的恶臭和我的厌恶情绪。

在周二早上的小组，因为羞耻，我没有提到这件事。尽管罗森医生一直建议我要在小组里无话不说，但我感觉还是应该保护杰里米的身体隐私，也为我强迫自己做厌恶的事而感到羞耻。这场恋爱是一场闹剧，我无视自己的利益和快乐，违心而为。到了下午，没有说出口的这一切，就像一把上了膛的枪指着我的喉咙。在谈话间歇，我大声说了出来。

"我不想舔这种脏东西。"

每个人都看向我。

"你刚才说什么?"玛妮问道。

当我描述一切时,娜恩的眼睛睁得大大的。"见鬼,不要。"她低声说。

当我终于看向罗森医生时,我从他的眼神中看到了同情。他说:"你不用舔那种脏东西。"

我泪流满面。他很慢地又重复了一遍,然后补充道:"再也不用。"我点点头。"我受够了。"我说。这些话让我挺直了腰板。罗森医生双臂向前伸直,手掌朝上,然后慢慢地把手掌翻过来:"这就是你放手的方式。"

罗森医生的手势看起来像在打太极,小组成员纷纷附和道:"别再给他打电话了。""下班后别再跑去那栋破公寓了。""不要再为一切埋单了。"

如果我在这里停下,停下追逐、计划、纠缠、纵容、玩耍、打扫卫生、购物、渴望、埋单,那一切就都结束了。杰里米是不会一个人突然跑到我家来的,他不会预订晚餐,也不会买票去里维埃拉看威尔科乐队的演唱会。如果我放手,就什么都没有了,我会真的孤身一人,但也会重获自由。

"那么,如果我放手……"我说,双手抓住罗森医生毛茸茸的前臂,我靠向他,直到我们的脸相距不到一英尺。我想让他补完我这句话,不管他说什么,我都会让他信守诺言。

"你会知道,一段真正的亲密关系是什么样的。"他说。

激活

"你就不能和他爽一次吗?"

罗森医生和上午的小组一直在等待我的答复。和杰里米分手三个月后,我跟一个正在找全职工作的世达律所的实习生暧昧了两周。

"从法律上来说,不能这样吧?"我说,"我不可以和求职者上床。"

"你可是律师。"娜恩说。

"我才不会性骚扰别人。"

"显然,你想这么做。"

我是在世达律所举办的一场晚宴上认识这个实习生的。新鲜的金枪鱼和鳗鱼源源不断地供应上桌,我放任他夸赞我的眼睛,他暗示自己的性能力会让我大开眼界。他穿着设计款牛仔裤和时髦的阿迪达斯网球鞋,肆意散发着荷尔蒙,傲慢又浪荡。他实际比我小六岁,但感觉不止小这么多。他开着他爸的新款雷克萨斯SUV,还上过SAT①预备班。但他从来没有做过全职工作。晚宴结束，我没有拒绝他送我回家的提议，心想，像他这样"精干的人"怎么可能穿过那道看不见的栅栏——就因为这道栅栏，我总是接触不到性正常的男人。但是，他竟越过了栅栏，在克拉克街一盏破碎的路灯下亲了我，我回应了他的吻。当他的嘴唇轻轻地贴着我的嘴唇亲吻时，我感受到了双腿间的热潮。除了他的嘴唇，我对世界上其他东西都不再有兴趣。

第二天，他追踪到了我的私人电子邮件地址。他在邮件中写道："昨晚的吻不错。"我没有告诉他，我整晚没睡，一直在想这件事；我没有告诉他，尽管这个吻已经过去十五个小时了，我的身体却依然感到兴奋；我没有告诉他，因为还在回味那个吻，我没有吃早饭，快下午三点才吃午饭。

我回复他："我体验过更棒的吻。"这个甜蜜的谎言驱使他向我保证，他会带给我最棒的体验。我要求他"用行动证明"。

他已经接受了世达律所的工作邀请，所以就算我跟他发生点什么也不违法。几天后的周一晚上，我们有了第一次约会。他周一一整天都有课，上完宪法研讨会后，他开着那辆闪闪发亮的黑色雷克萨斯车来律所接我。车子一尘不染，内饰是闪亮的黑色皮革，配有干净的杯架和照亮仪表盘的高端音响系统，他像个贴身男仆一样，

---

① SAT：由美国大学理事会主办的一项标准化的、以笔试形式进行的高中毕业生学术能力水平考试，考试成绩被美国所有高等教育院校承认。

为我打开车门。

"通常,我会带女孩子去巴克敦的简家餐厅,然后去附近的酒吧,但对你,必须是奢华的待遇。"他狡黠地一笑。他在这次约会上花的心思,已经超过了我以往约会过的任何男人。

他带我去了格兰街的一家小酒馆。我敢肯定他是个自作聪明的花花公子,但在花心的背后,却有着对法律伦理和公民自由的热爱。当谈到第一次抱着小侄女时,他充满柔情,他给乔治·布什投了票——我在心里扣了他几分,但他说自己有治疗师时,我又给加了几分。

"不会是乔纳森·罗森医生吧?"

他摇摇头。

感谢上帝。

南瓜汤喝完时,我已经准备好和他重温有路德·范德鲁斯的那个春梦了。他用脚来回蹭我的小腿,让我再次感觉到双腿之间的火热。当我用叉子划开盘里的鲈鱼时,我只有一个想法:天哪,我今晚要做爱了。

付账的时候,他掏出钱包,将一张黑色的美国运通信用卡塞进皮账单夹。他草草地写一个数字作为小费,用难以辨认的字迹签下了自己的名字,然后站起来说:"我们走吧。"他伸出手,我一把抓住。他暗示性的微笑告诉我,他可不会整晚玩电子游戏。

在回他家的路上,他问了我一些关于得州的问题,就好像它是外太空中一个充满异国情调的地方。

大堂的电梯门关上时,他把手指伸进我的皮带环,把我拉向自己。他身上的味道像干净的衣服,带着肉桂一样的辛辣。他急不可耐地吻我,而我则以同样的热情回吻。

当他的手罩住我的胸部时,我隔着仅有一层的胸罩发出了愉悦的呻吟。

我感觉如此自由,仿佛能感觉到我们之间的空气正跳着舞庆祝我的解放。我把手伸进他的衬衫里,他离我更近了。这感觉就像是个魔术:一个男人,走近我,为我保持清醒,渴望我。

"你喜欢这样吗?"他低声说。他每碰我一次,我就会融化一点,他玩笑地咬了咬我的嘴唇。他触摸了我的后背,解开了我妈"婚前不得性爱"这一戒律的束缚。他捧着我的脸亲吻我,褪去了我污点般的记忆:排水沟里的毛球、糟糕的做爱,以及我那在杰里米磐石般的身体和与世隔绝的灵魂上不停摩擦的血肉。

电梯到了,我试图分开,但他紧紧地抱住了我。

"我们不得先出去吗?"我说。

他在我耳边弹了弹舌头,低声说:"嗯,肯定要。"

我们冲到走廊,他走在前面,向后伸出手握紧我的手。这家伙是谁,他还想带我一起同登极乐?

刚走到他公寓门口,他就解开了我的胸罩。我从来没有被那样深吻过。从未被触动过的那一部分突然被激活了,我的身体欢快地唱着歌。

他把我领到整洁的小卧室。灯关着,但我能辨认出床上有一条朴素的灰色被子,架子上有几本法律书籍,旁边是一个有着红色数字的小钟。我张开双臂,趴在他柔软干净的床上。

我们之间没有任何阻碍,没有电子游戏,没有精神疾病,没有治疗师。他伸手去拿避孕套,脱下裤子。我们俩额头相靠,我凝视着他坦诚无畏的眼睛。我紧贴着他,颤抖着服下了我的"处方"。

当我睁开眼睛时,他揶揄的笑声仿佛在说"我说过,我很擅长这个"。快感一波又一波地从两腿之间涌出,继而传递到全身。然后,我失声痛哭起来。

"我不知道我为什么要哭,我并不难过。"我试着止住哭泣。当泪水顺着我的脸颊滑落时,他亲了亲我,问我怎么了。

"你真的……"

他扬起眉毛,靠得更近,吻着我的脖子,追逐着滑下的泪珠:"什么?"

"很纯净。"泪水继续从滚烫的脸颊上流下。"上帝啊。"我用双手捂住脸,低声说。

"事实上,是很火热。"他抬起我的下巴,吻了吻我的嘴唇,"你的治疗师会怎么说?"

"我们上床了,然后我哭了。"下午的小组成员们聚精会神地听我说。有史以来,我第一次在早上的小组里睡着了。我等了整整三年,终于等到做爱做到没有时间参加小组。

娜恩对此表示怀疑,问:"那个白人小男孩对你做了什么?"

罗森医生摇摇头，双手放在太阳穴上。"你让他取悦你，然后你分享了与此有关的所有感受。你知道那有多亲密吗？"他惊奇地看着我。

"我想再来一次。"

"你的下一次约会是什么时候？"

"下周。"

我的好医生竖起大拇指。

"顺便说一下，他是犹太人。"

如我所料，罗森医生倒吸了一口气，把手放在心口。

"我就知道你会是这个反应。"

"你觉得我为什么会有这样的反应？"

"这样一来，你就可以坚持说，这一切都关乎于你，就像上次路德那个梦一样。"

罗森医生疯狂地点头，他竖起大拇指，好像我说出了正确的答案。

"你可真烦人。"玛妮轻蔑地挥了挥手，对罗森医生说道。

罗森医生一直盯着我，问："你明白吗？"

我只明白，我的治疗师肚子里有个弗洛伊德虫子。罗森医生准确地把我茫然的表情理解为不明白。

他指着他那双呆板的棕色鞋子说："如果你能在这里，在治疗中依恋我，那你就能依恋其他男人。"他向窗外打了个手势，接着说"如果我们之间有健康的依恋关系，那你就可以在这基础上和其他人建立恋爱关系。"

"这起作用了吗?"我把手掌放在胸前。

"当然。"

每周一次,实习生开着他那辆闪亮的黑色汽车来接我,把我带到一家时髦的小酒馆,和我谈情说爱。这是一种亢奋的调情:他吹嘘他如何取悦我,我暗示我比他想象的还要饥渴。我说"我被压抑了很久",他坚持说"没有什么是我应付不了的"。回到他的住处,他弓着身子,站在他的立体声音响面前,殷勤地挑选音乐。他喜欢艾尔·格林和嘻哈音乐。他如此殷勤地营造气氛,对我来说,这就是最好的春药。

第三个在一起的夜晚,他把我拉进他的卧室,眼睛里闪烁着调皮的光芒说:"我有一个惊喜要给你,在这里等着。"说着,他一边从房间退了出去。回来时,他递给我一件蓝白相间的东西,叠起来看就像一面旗子。

"这是什么?"我咯咯地笑着,打开厚厚的布料,是一件印有数字18的巨型足球运动衫。

"这是球员佩顿·曼宁的运动衫,我想让你穿上它。"

"虽然我来自得州,但不意味着足球能让我兴奋。"

"如果你穿着这件衣服,那我睡在你旁边就能很兴奋。"

我的身体屈服于他恣意轻快的洒脱,我想爬进球衣里,爬进他的身体里,进入他的世界。在他的世界里,欲望是赤裸且明目张胆的，做爱是不可或缺的存在。

两个小组都很喜欢这个实习生，大家都一致认为他爱上了我，也都认为杰里米带来的情感创伤或我自身的性格缺陷得到了治愈。罗森医生一次又一次地微笑着看着我，称赞我对亲密接触的坦诚、我的喜悦和我的纵情声色。

工作中，我如鱼得水。火热的性爱和一段萌芽中的、真正的亲密关系缓和了我作为律师事务所初级女性律师助理每天收到的羞辱。一个周二，合伙人让我（房间里唯一的女性）像秘书一样做会议纪要，我咬着嘴唇，但紧接着我看到黑莓手机屏幕上弹出一封来自实习生的电子邮件，不快烟消云散。

两小时后，我递给罗森医生一份电子邮件的打印件。"读吧，"我说，"从第二段开始。"

"'我必须娶一个犹太女人。'"罗森医生抬起头来。

"他为什么要谈婚姻？你们做了多少次，六次吗？"娜恩问。

"五次。"

"他只是吓坏了。"玛妮说，艾米莉和雷吉娜都表示认同。

"白人就是奇怪。"娜恩自言自语着，她的金耳环映照着阳光。

恐慌席卷了我的全身，我坐在椅子上很难听到每个人都在说什么。他们怎么会这么冷静呢？实习生正打算把所有的快乐和自由都放进他那辆精致的黑色轿车里打包带走。

"你不知道……"罗森医生说。

"很多跟我约会的优质犹太男人都对我有好感！非常感谢，罗森医生。"我迅速接上话。

"……这对你来说是好事,而且你不知道接下来会发生什么。"

我当然知道,下一次我会带着心痛走进这个愚蠢的十四平方米的房间,一下坐下就踢开纸巾盒,泪如泉涌。

几天后,实习生最后一次来到我的办公室,他的笑容看起来很假,丝毫没有展露他标志性的张扬。他给我的拥抱,就像侄子抱姑妈一样敷衍,曾经的亲热和对性爱的承诺不再引燃我们之间暧昧的空气。

他开车来到林肯公园的一家咖啡厅,在那里我们各自点了生鱼片。为了证明自己可以成为一个优秀的犹太人,我没点虾。

在洗手间里,水从一个微型的岩石花园里缓缓流过,我给罗里打了个电话:"我能感觉到,'永别'就要来了。"我的胃好比处在一座山顶上,准备自由落体。

罗里告诉我要深呼吸,事情还有一线转机。"也许他会让你改宗教信仰。"她说。

"没用的。"夜幕降临时,他把车停在我公寓楼下,对我说道。

我问,为什么我们不能一直在一起。

他摇摇头,坚持说诱惑我是不对的。

我告诉他,我会考虑改教。

他的嘴角翘了起来,但那不是发自内心的微笑,而是在表示遗憾。

"……对不起。"

我不说话了，直视着他第一次吻我的地方，那是我欲望凋敝的祭奠，也是一开始被我称为"恋爱"但后来降级为"风流韵事"的地方。

"你不能再住一晚吗？"

"我们又不是在拍什么言情剧。"

第二天早上，我在办公室恳求罗森医生给我回电话。我等不及下一次的小组了，我现在就需要他。他打来电话时，我哭着请他告诉我，为什么？为什么实习生不想和我在一起？为什么我又跟他在电话里哭？我把电话线绕在手指上，等待罗森医生给我一星半点的希望，但他说的一切都不能安抚我。

他问我我的生活是否比我接受治疗之前好多了。是的，我的生活比以前好多了，我感觉和他、和我的小组成员很亲近，室友克莱尔见证了我因团体治疗而越变越好的事实，我在学习如何在别人面前做真实的自己，但是两性关系一如既往地冷淡疏离。

"我需要更多帮助，一定有救我的良药。罗森医生，也许我的治疗到此为止了。"我不知道我要他做什么，我语无伦次，对着电话胡言乱语，试图消散我的悲伤。黑色电话线在食指下收紧，指尖一点点变白。

"我有个主意，我们可以明天在小组里讨论。"

我喘了一口气："什么主意？"一想到有一线希望，我又振奋起来了。

"我们可以明天再讨论。"

他在计划什么？一对一治疗吗？专为性厌食症女性服务的约会网站吗？

"给我点提示。"

"明天见。"

转移

我提前十分钟到达候诊室，一脸泪渍和颓废。我瘫坐在塑料板书架对面的椅子上，闭着眼睛。有人走进房间，我睁开了一只眼，以为是卡洛斯或帕特丽斯，却看到一个穿着灰色西装、提着棕色皮革公文包的高个子男人，我猜他不是律师就是做金融的，比我大十岁左右。

我都忘了罗森医生说过我们将迎来一位新成员。

"你好，我叫雷德。"他向我伸出手，好像我们在一个鸡尾酒会上似的。我没站起来，但伸出了手。两手交握时，感觉有点什么一闪而过。他的灰白头发两侧短中间高耸，鞋子擦得锃亮，倒映着我那张因悲伤而浮肿的脸。当他微笑时，我注意到他左手上的金戒指和左脸颊上的酒窝。几秒钟后，罗森医生打开了门，我们有序进场。

"那是什么？"雷德指着我腿上的一条紫色毛巾。自从被实习生甩了后，我一直带着它。

"这是我的哀悼布,我最近被人甩了。"我抓起食指和拇指之间的一根线,使劲儿拉了出来,接着第二根,第三根。很快,一条条紫色的线在我的大腿上纵横交错,有几个线头则飘到了地板上。当我使劲拉这些线泄愤时,滚烫的泪水顺着脸颊流下来,只有这样,我才能感到片刻的平静。帕特丽斯把地板上的纸巾盒放到我椅子前,但我把它踢开了,"我不用纸巾。"我说。

帕特丽斯没有理会我的怒火,反而揉了揉我的胳膊,提醒我实习生并非良配。

卡洛斯带头"审问"了雷德,并得出了以下信息:他是一个银行家,也是一个投资高手,已婚,有一对双胞胎女孩,不酗酒好几年了。然后卡洛斯抛出最重要的那个问题:"你到底为什么来这里?"

雷德涨红了脸,他看着罗森医生,罗森医生点了点头,鼓励他都说出来。

"说吧。"卡洛斯说。

当雷德低下头的时候,卡洛斯用口型对我说"他好性感",我点了点头,又扯出一根紫色的线。

"我的婚姻出了问题。"

啊,亲密关系问题。

"继续。"卡洛斯扬起眉毛。

"唉,男人。"帕特丽斯叹了口气。

她对即将听到的故事有预感:一个苦情的妻子,一个充满新鲜感的情妇。

罗森医生的脸上露出了他最灿烂的笑容。

"几周前,我参加了我们一只基金的鸡尾酒会。有一位女士……"雷德环顾了一下房间,有点迟疑。他会信任我们吗?"……把我带到她的办公室,和我……"

帕特丽斯问他有没有告诉他的妻子,他说没有,因为他希望挽救这段婚姻。帕特丽斯和罗里称赞雷德的坦白。

我把毛巾摊开放在腿上,毛巾正中间有四英寸被我拔秃了,我用手摸了摸,心想把手放在雷德的翻领上会是什么感觉?放在他的腿上呢?一周以来,我第一次这么长时间没有满脑子都是实习生。我感觉自己破碎的心里燃起了一点希望,希望小组的时间能超过90分钟。

在小组结束之前,我把扯出来的紫线拢在一起,随后抛出我最关心的问题:"你们觉得我以后还会有性生活吗?"

雷德闻言微微一笑。

"只要你想。"罗森医生说。

"我想啊,恨不得马上。"我的身体在想念实习生、相信他带给我的愉悦,这让我更难过。

"你愿意接受建议吗?"

"我愿意做任何事。"多情又性感的新成员都快让我忘了罗森医生的倡议。"你的建议是什么?"我把毛巾放在腿上,张开手掌。

"我建议你加入周一和周四的小组。"

我深吸了一口气，两只手攥紧了毛巾。"说真的？又一个小组？一周来两次？"他知不知道我有一份全职工作要忙？他知不知道律师一周至少要工作四十个小时？我摇了摇头，噘起嘴。我拿起毛巾，使劲拉了拉秃块边缘的一根线。

他说："这个小组是不同的，每周两次，周一和周四都是同一批人参加，这等于增加了治疗强度。每个会员都是我的长期病人……"

"我一周要来四次才能拥有一段真正的恋爱关系？我是有多糟糕？"

"一团糟。"罗森医生笑了。

"你可真是推销大师。"

罗森医生建议我留在周二上午的那个小组，舍去下午的小组，以便为周一和周四的那一组腾出时间。一年前，我宁愿剃光头也不愿回到娜恩和玛妮差点打起来的小组，现在，我感到一阵悲伤。这些女人陪我度过了和杰里米在一起的日子，见证了我与实习生的激情。还记得那次小组时，我恨不得拔掉自己的头发，是娜恩抱住了我，是泽尼亚教会了我什么是"蕾丝"小说。我准备好离开她们了吗？

"我会考虑的。"

当我们起立准备结束时，我任由被扯过的毛巾和线在地板上打滚。

我又来讨论是否要加入另一个罗森小组。我已经答应了两次，现在，我的生活里充满了了解我的人，我们非常亲密。罗里知道我放进嘴里的每一块食物，马蒂每晚都给予我肯定，知道我的言外之意和我的脾气，这不就是我一直想要的吗？有人充分了解我，同时也与我分享他们的故事，这绝对是我想要的东西之一。而现在，我想要更多。我想像玛妮、帕特丽斯、罗里和娜恩那样，和伴侣组建一个属于我的小家，成为一名母亲，在感情上安顿下来，在世达律所获得成长。

我相信罗森医生能帮我实现这些愿望，尽管每周三次小组、共计 270 分钟的过程让我感到痛苦。

我听说周一和周四小组被称为"高级"小组。被邀请时，我感到一丝自豪。但我也怀疑，罗森医生只是觊觎我的钱，毕竟我是一个薪水有六位数但内心脆弱的人。他可能会助我如愿以偿，也可能只是把我当作摇钱树，赚到买帆船的钱。谁知道到底是哪样呢？

但我当然会同意每周有三次小组，我肯定能在不到一年的时间里得偿所愿。

第三部分

叙旧

一月的第三个周一,气温降到了冰点以下,但我太紧张了,根本感觉不到风刮在脸上的刺痛。我在距离罗森医生办公室两个街区远的、覆着新鲜冰层的人行道上滑了一跤,一屁股跌坐在地上。加入这个新小组是个危险的决定吗?疼痛中的髋骨对此表示肯定。

"你听说过我们吗?"马克斯问道。他有着一头凌乱的金发和完美的体态,穿着一件带有金色纽扣的蓝色上衣,四十五岁左右,整个人看起来很有"乡村俱乐部"的感觉。我听说过他,据说,他吸毒成瘾,住在车里,几年前就来找罗森医生看病。还有传闻说,他涉嫌重罪指控,但已经洗心革面,在一家制药公司里一路晋升。现在,他是公司的高管,位高权重,在他女儿的私立贵族学校董事会任职,在斯诺马斯避暑。他扬起眉毛,露出狡黠的一笑,表示他知道我了解这些关于他的传闻。

"知道的不是很多。"我感觉自己的皮肤绷得很紧。

"你在撒谎。"马克斯盯着我看。我的目光从他身上飞快移开。

我瞥了一眼罗森医生，他除了傻笑，什么也没说。

"好吧，"我深吸一口气，"我听说你正在戒毒。"

"然后呢？"

我过于紧绷的皮肤泛红了。

"你以前玩得很疯。"

马克斯没有移开视线，他很清楚我的沉默意味着什么。这是他给我的一次测试，而我没通过。

在这里，没有自命不凡的泽尼亚描述她的同人小说性爱，没有人在吃东西，没有人尖叫，也没有人大喊大叫，每个人的椅子旁边都放着一个公文包或一个高档皮包。"我们是'高级'小组。"显然，马克斯在这个高度冷静文明的小组里扮演着发言人的角色。

周二上午小组的帕特丽斯也在这个组，一年前她就加入了，但她没有对此发表太多言论，只说马克斯可能是个很难对付的人。今天早上，她露出热情的微笑，但没有提供任何关于如何度过接下来的八十五分钟的提示。臀部的瘀伤随着我的心跳而跳动，但如果我畏缩或摩擦它，将会引起侧目。不，不要看我。

洛恩是另一张熟面孔，他四十五岁左右，略微蓬头垢面，穿着皱巴巴的卡其裤和破旧的栗色毛衣，但他的微笑好似在欢迎我。杰里米和洛恩都是男性团体的成员，之前，我作为杰里米的约会对象参加了他的婚礼。当我思考这意味着什么时，我的左脚在战栗。

"我们听说过你。"布拉德说，好像他知道我在想什么似的。布拉德比洛恩稍年长一些，又高又瘦，我只听说过他爱钱如命。

"你们都听说过什么?"

他和马克斯交换了一下眼神,都笑了。

"你和布莱克的激情往事。"布拉德略带羞涩地说。我没想到他们会知道我加入团体治疗前的那段恋情。

嘴角一阵抽搐,我摆出一副愁眉苦脸的样子。随便吧,布拉德。谁还没有点过去。

"事实上,我和杰里米也有过。"我说。

"这我也听说过。"布拉德说。

我的胃因焦虑而起伏,我是不是要吐了?我在做什么啊?让陌生男人来拷问我的性生活?这是加入团体治疗三年半以来,我第一次迫切希望能有保密措施。这么多年来,我一直很钦佩罗森医生对"保守秘密是有害的"的坚持,但现在我看到了它的弊端:我刚刚才认识一群人,可他们却知道我的性史,这个小组让我措手不及。随后我们讨论了洛恩精神错乱的前妻和布拉德的求职面试,这份新工作给他带来了额外 20% 的丰厚收入。

谈话间歇,我和罗森医生目光相遇。"为什么这个小组是'高级'小组?"我问。

他还没来得及回答,一位留着齐肩银发、身穿海军蓝涤纶裤装的女子插话道:"马克斯和我是这个小组的初创成员,我叫玛吉。"她就坐在罗森医生旁边。"我们早在 80 年代就认识罗森医生了……"她停顿了一下。

"什么时候?"我问。

玛吉转了转眼珠子："这么说吧，罗森医生过去的边界感跟现在非常不同。"

"什么意思？"我问。

"马克斯曾经在他家吃过午饭……"

"他给了我一个火腿三明治。"马克斯说。火腿？耶和华[①]医生给病人吃"不洁净的食物"？

"他以前不太像犹太人，跟第二任妻子结婚后，他才有了超级犹太人情结。"

玛吉靠向我这边，说她曾经和罗森医生的前妻相交甚笃，他的前妻患有厌食症，和一个在棋盘室认识的男人发生了婚外情。"我猜是个黑人。"

"我猜这解释了你对路德·范德鲁斯春梦的反应。"我对罗森医生说，他捧腹大笑。

马克斯提到，罗森医生在20世纪90年代初无故请了一段很长时间的病假。布拉德和洛恩为此争论了半天，到底是因为性瘾还是因为深陷与性瘾者的病态关系。

每听他们剖析罗森医生一点，我的胃都会抽搐一分。在我的想象中，罗森医生是圣洁的，我把内心深处的欲望交付给他，但这些揭露，让他泥点斑驳。我用嘴唇捂住牙齿，抿成一条线。

马克斯转向罗森医生，拍了拍他的前臂说："还记得你拉肚子拉了好几个月吗？那是啥时候来着？1989年还是1991年？"小组的其

[①] 耶和华，古希伯来人崇拜的独一真神。

余成员则喊出了不同的年份。他们为什么会知道罗森医生的肠病？

我想蒸发成空气，飘出房间，结束治疗。马克斯和玛吉像是消防栓一样滔滔不绝地讲述罗森医生过去的故事，可以追溯到第一届里根政府，当时我可还在上初中。

有一次，他的狗跑丢了；有一年夏天，他穿了一件条纹衫；有一次，他不得不用尽全力控制住玛吉，不让她攻击马克斯，还打断了她的一根肋骨……在这短短的十五分钟内，我对我的治疗师的了解胜过过去的三年——白板上满是泥点。

罗森医生像往常一样毫无戒备地笑了笑，并没有因为这些爆料而感到不安。我环顾了一下房间，没有人感到惊慌，大家都很放松地坐在椅子上。这些故事就像年复一年在感恩节餐桌上分享的家族回忆，如果马克斯停下来，玛吉或布拉德就会接上，继续讲下去。太多故事了，这么多过往，我的罗森医生满身泥点。

直到现在，我还在钦佩罗森医生是一个多么颠覆传统的人，当我跟在别处接受心理治疗的朋友讲起婴儿杰里米亚、"绿茶"处方、每晚打电话给罗里和马蒂时，他们都会非常惊讶。我相信在治疗像我这样的"瘾君子"方面，罗森医生是勇敢的、聪明的、有天赋的。然而，现在我担心另一种可能：他存在严重的缺陷，而且可能是失职的，甚至是危险的。

越听他们谈论过去，我就越觉得恶心。他们都有自己的婚姻、孩子和事业，玛吉都有孙辈了。尽管布拉德无比专注于增加他的净资产，但其实他们中没有人像我一样不顾一切地渴望一些东西，也没有人像我一样希望罗森医生是强大的奥兹巫师①而不是一个普普通通的骗子。

罗森医生抬起头对着我,傻笑着问:"怎么了?"

"我对这次回忆之旅没有什么可补充的。"

"那你有什么想分享的吗?你是在低声咕哝吗?"玛吉脸上挂着像奶奶一样纯粹的微笑说。

每个人都盯着我,我的手在颤抖,就像我要走上讲台向数百人发表演讲一样。

"听着,我来这里是为了建立健康的关系,组建自己的家庭,我不想知道罗森医生不堪回首的过往。"说完,我转向罗森医生,问了我最喜欢问的问题,"这对我有什么帮助?"

他还没来得及回答,马克斯就问:"你怎么知道这不管用?"

"了解一名治疗师的荒诞过往对我有什么帮助吗?"

"怎么没有?"

马克斯对我一无所知。我又看了一眼钟,为什么我不能离开这里?我为什么要经历这一切?这群人,所有这些疗法,可能永远带不来我想要的东西。我一周参加两次小组,每次支付七十美元,却仍有可能孤身一人死去。

玛吉奶奶举起左手,指着她的结婚戒指说:"罗森医生真的很擅长让你这样的女人接纳婚姻,到时候你就明白了。我是两年前结的婚。"玛吉已经六十多岁了,从乔治·布什担任副总统以来,她

---

① 奥兹巫师,是《魔境仙踪》的主角,被认为是救世主,误打误撞地卷入三个女巫的战争中。

就一直在罗森医生这里治疗。但让我再等上几十年才能如愿以偿，这算什么安慰的话语。

"六个月，"我说，"如果到七月份，我的生活还没有好转，那我就要离开了。"我已经治疗了三年半，现在还每周来三次，每个月花八百多美元，赌注越来越大，我想要看到结果。

"威胁要离开是一种建立信任和兴趣的有趣方式。"马克斯得意地笑了。

"我一周来三次……"

"我也是。"洛恩说。

"我也是。"帕特丽斯说。

大家都笑了。

"六个月。"

"到时候你也会离开周二早上的小组吗？"罗森医生问道。

"是的，就六个月。"

那天晚上，我坐在办公室里，看着太阳悄悄地消失在地平线后面。我在网上输入一个搜索词"芝加哥的治疗师"，就看到了相应的网页列表。一个叫琳达的心理学家，一个叫弗朗西斯的分析师，后者也在罗森医生工作的那栋楼里。我想象着给琳达或弗朗西斯打电话，但放弃了，重新跟人熟络起来太费时间和精力。苹果、蛔虫、杰里米、实习生……罗森医生和最开始的两个小组教会了我吃饭、睡觉和做爱。我会想念罗森医生和他的傻笑，我会想念我周二早上的小组成员。"高级"小组的第一次活动并没有完全改变我的生活，但我应该给它一些时间。以防万一，我收藏了写有琳达和弗朗西斯联系方式的网页。

每周三次小组开启了我的新生活：周一和周二，我参加完小组再去上班；周四则是中午去，我称之为"漫长的午餐时间"。我一般从早上九点半一直工作到晚上七点，除非有项目需要我熬夜。晚上，我会关上电脑，走回我的新住处。克莱尔最近刚和史蒂文订婚，我不想做一个电灯泡室友。凯瑟琳是罗森医生周五女性小组的一名成员，我从她那里租了一间位于克拉克和枫叶大街的高层公寓，就在克莱尔公寓对面。虽然很怀念克莱尔的陪伴，但从新公寓西边的窗户看夕阳让我感觉很好。罗森医生认为，搬出去自己住是我正在为新的恋爱创造空间。他这么说的时候，我质疑地眯起了眼睛，他给我的希望像页岩一样又硬又脆，不堪一击。周末，我会参加十二步疗法互助会，在办公室至少待半天，审阅文件，证明自己配得上世达律所的工作。在日常琐碎的背后，我等待着一些大事发生。我把"高级"小组想象成一只直射我心脏的喷灯，一直在等待它施展魔力。但没有魔力，没有火花，也没有让我快速生长出与他人联结的能力。我只是跟大家围圈坐在一起，边说边听，边听边感觉，就像一开始接受团体治疗时那样。

六个月的倒计时时钟嘀嗒嘀嗒地走着，出现了一些变化。首先，我便秘很严重，每八天才大便一次，我不仅小腹隐隐作痛，弯腰疼，跑起来也疼，连打喷嚏都疼；其次我感觉经前综合征很严重，比我最胖的时候还严重。我加入了新的小组，而我的消化系统却罢工了，一切都停滞了。如果这是加入新的小组所带来的唯一礼物，那我一点也不想要。为了安慰自己，我会把日历翻到七月，就像孩子数着离圣诞节还有几天那样，但我不会期待一个穿着红色套装、带着礼物的快乐男人，而是想象着我将如何结束与那位当初承诺我不会孤独死去的魔法治疗师的关系。我在周一的小组里抱怨我的便秘，这促使马克斯提醒罗森医生他在20世纪80年代末传奇般的一泻千里。当我问便秘怎么办时，马克斯叫道："如果你没有定这六个月的最后期限，也许你就不会这么满腹牢骚了。"

周二早上，我跟原来的小组说，自己不知道在新小组里该做些什么，我试着描述连续90分钟手足无措的感觉。帕特丽斯摇摇头说："她做得很好。"

"感觉不像是团体治疗，除了洛恩，没有人带任何问题进来。他们像老朋友一样闲聊，没有人知道我的心事、我的进食障碍，也没有人知道我是如何在杰里米面前贬低自己的。他们似乎什么都不关心，只关心眼前的事情。"

"这有什么问题吗？"罗森医生问道。

问题在于，我每周接受270分钟的治疗，却没有感觉到任何好转。

在周一和周四的小组中，我感觉自己就像一个闯入别人家的家庭聚会的陌生人。每一次谈话的背后，都是一个又一个我没经历过的过往、记忆、故事和人际关系。马克斯或洛恩问我过得怎么样，我直接说出了内心最真实的需求:"说真的,怎么才能不便秘?"

"多喝水,"罗森医生说,"也可以试试木瓜皮,里面有美达施的活性成分。"显然,我每月支付八百四十美元,结果只了解到泻药中有哪些有效成分。

在周一和周四的小组,罗森医生不开处方,没有人需要在睡前打电话给其他人或讨论他们餐后的苹果暴食。一周两次,我们围坐在一起,用 90 分钟的时间互相发牢骚。布拉德会说自己在工作中被骗了佣金,而财迷马克斯会斥责他,帕特丽斯会抱怨她的合伙人,罗森医生会质疑她没有身为诊所最高级别成员的权威。如果我沉默太久,马克斯就会转向我,问我还有几个月才撒手不干。我不理他,而是问罗森医生这一切都对我有什么帮助。

"这当然对你有帮助。"马克斯恼火地叹了口气。

"但除了我的肠子,什么都没变。"

"胡说八道,"马克斯提高了音量,"别再试图让我们相信你很可悲。别说了,真的很烦。"

没人像马克斯那样让我感到羞耻,他摇摇头,厌恶地叹了口气,我觉得自己被冒犯了。当我向罗森医生寻求指导或安慰时,只看到他神秘地微笑,我把目光转向了地毯上一个形状像澳大利亚地图的小斑点上。

几分钟后,罗森医生转向我,问道:"你为什么不让马克斯告诉你,为什么你不可悲呢?"

我的胸口抽了一下,在接受罗森医生建议的那一瞬间,我想象着马克斯重复着我脑海中响亮的声音：你孤身一人完全是你自己的错，你无法被治愈，你太可悲了！我把脚放在地上，直视着马克斯问："所以，为什么我不可悲？"

马克斯看着罗森医生说："真就啥都得我来干是吧？"然后他叹了口气，转向我说："你是一位才华横溢的律师，在城里顶尖的律所工作，你还受邀加入这个高级小组。你正在努力弄清楚自己是怎么搞砸的，你又该做些什么。你并不可悲，你生气的是你没有得到想要争取的东西，但这比你自怨自艾要好。"他顿了一下，我屏住呼吸，以为他准备用一句有分量的话结束发言，可等来的却是："你他妈的不要这样。"

我知道，我应该边看着马克斯边呼吸，但我做不到。如果我像马克斯那样看待自己，我还是我吗？

三月的一个下午，我坐在办公桌前吃着一盒葡萄干，期望能对便秘有用，这时工作邮箱的提示音响了。"想去喝一杯吗？"是亚历克斯的邮件，他住在我公寓楼的四层。几天前的早上，我们在去健身房的电梯里遇上并闲聊了几句，得知他和我一样，是一家大型律师事务所的初级律师。他选了一台离我很近的跑步机，在镜子里，我看到他瘦削的双腿转来转去。零体脂，身形完美，尽管以每英里六分钟的步速在跑，也丝毫不喘。他的英俊外貌太让人分心了，我不得不从跑步机上下来，改练骑行。

我用手捂住嘴巴，以掩饰对这次邀请的喜悦，这可能是一件大事。

落差

周一下班后,我们在克拉克街的一家爱尔兰酒吧见面。更好的是,我不再便秘了——收到亚历克斯的电子邮件后不到一小时,我的肠子就恢复了活力。

我们就各自刚入行的律师身份达成了统一意见:有太多的文件等着审查。然后一起分享了牧羊人馅饼①。菜端上来时,馅饼表面盖着一层棕色的土豆泥,下面漂浮着神秘的棕色块状物,但我只犹豫了一毫秒就吃了起来。我可以和这个好看的男人一起吃外国的炖肉,我真的可以。

我在洗手间给罗里打电话,告诉她我正在和一位看起来像布拉德·皮特的邻居约会,而且他更干净、更高挑。

"同性恋?"她问。

有可能,他是由单亲母亲抚养长大的,还有两个姐妹,所以他

---

① 牧羊人馅饼(shepherd's pie),起源于18世纪的欧洲,大众化菜肴。

不会男子汉气概爆表倒说得过去。在这位相貌过人的男人心中，会藏着什么以后会伤害到我的东西吗？

我们互相发了整整一周的电子邮件，我展现出了最好的自己：反应机智、律所生涯和紧跟流行文化的笑话。尽管我在几秒内就想好怎么回他，但我仍然会等几小时才回复，我展现的是我认为他会喜欢的我。我绞尽脑汁地猜测像亚历克斯这样英俊、完美的男人喜欢什么，答案是幽默、智慧、有野心和独立。此外，他拥有完美的身体质量指数，热衷于保健。我也是，为了投其所好，我在每封邮件中适度地迎合他的喜好。至于我所有的情绪起伏，我把它们都扔给了小组。

第一次约会后的两天，我迎来了第二次约会，他约我出去吃意大利菜，餐后又去听了现场爵士乐。

黑暗的夜总会里挤满了看起来比我们年长至少十岁的情侣。亚历克斯和我坐在远处的墙边，墙上挂着比莉·霍利迪年轻时的照片。一张小到只能容纳两杯酒的圆桌将我们和过道隔开，忙碌的服务员把调好的饮料端到放置紧凑的各个桌子上。三重唱时，亚历克斯握住我的手，拇指和着音乐节奏轻点着我的手掌。

第一次约会时，他问了我一些问题来了解我。这一次，在乐队休息时，他继续问了一些。

"你会搬回得州吗？"

"不可能。"当他问为什么时，我顿了一下，因为答案不止一个。我可以说，我不喜欢那里炎热的天气，也不喜欢保守的政治；

或者说，我必须在自己选的城市里自力更生，搬回家会有点挫败；或者说，我和留在老家的朋友们切断了联系，所以不想回去。这些理由都是真的，但当我看着他的嘴唇曲线和他完美的下巴轮廓时，我觉得自己有了告诉他真相的勇气：“我舍不得我的治疗师。”我提到了罗森医生，并决定一鼓作气，接着说道：“我在接受团体治疗，所以我也舍不得所有的小组成员。”没必要告诉他的是，我每周要参加两个小组，要参加三次。我凝视着比莉·霍利迪对着老式银色麦克风唱歌的照片，天啊，我刚才都说了什么？我想下意识地暗示"我疯了"，然后吓跑亚历克斯？

"这很酷。"亚历克斯说。他好奇地笑了笑，好像惊讶于我把自己脆弱的一面展露出来。他慢慢地靠近了一些，问道："我可以加入这种分享吗？"

我笑着说："悉听尊便。"

"我告诉过你，我父母离婚了，是吧？"

我点点头。

"后续是，他们离婚后又各自再婚了，然后又离婚了。"他把目光转向空着的舞台，然后转过身来看着我，"所以，很复杂。"

"听起来确实如此。"

但其实我想说的是"谢谢你"，感谢他对脆弱的理解，感谢他同我分享，感谢他让我在第二次约会中就知道了提到心理治疗并不是一件糟糕的事。

乐队回到舞台上时，亚历克斯把他的椅子挪到离我更近的地方。在昏暗的夜总会里,我们手拉手坐着,膝盖相触,让音乐渗入皮肤。我感受到在情感动荡后安顿下来的那种熟悉的温暖和安全感。一如我在小组里分享什么难过的事情,然后听到小组成员附和说"我也一样"或"我也有经历过"时的感觉。比如那次我把对胸部的憎恨诉诸小组,她们每个人都讲了一个关于自己与胸部之间的痛苦往事。

你来我往,循环往复。

就是这样,这也是一个人建立亲密关系的方式。一字一句,一个故事接一个故事,坦诚相待。

离开爵士乐俱乐部,他邀请我去他的公寓。"我想带你看看我南边阳台上的景色。"他指着北斗七星,一只胳膊搂着我。在星星的见证下,我们第一次接吻了。当他把他完美的嘴唇贴在我的嘴唇上时,我咽下了星光,心开始闪亮。之后我们一起走到我的住处。"还会有更多。"他说,并再次吻了我。

如果这是加入"高级"小组的礼物,那我永远不退出小组。

亚历克斯很棒,我们的约会就是我最想要的样子。我简直不敢相信,自己有多么喜欢和他在一起。唯一的缺点是,我一直对如何维持这种状态感到一些焦虑,我为这段未来扑朔迷离的关系而苦恼。

我把焦虑带到了小组。"我们迟早要完,"我坚持说,"我该怎么做才能让这段关系维系下去?"

"你能不去想控制这段关系吗？"罗森医生说。

"不能。"我回道。罗森医生没看到亚历克斯的身体多么近乎完美，他闻起来多么像新鲜的运动除臭剂，我可以看到自己的性爱黄金期即将到来。如果我沉迷于这段关系，开始慎重对待，那么一旦它失败了，失败会毁了我吗？

"你能不杞人忧天吗？"

"我尽力。"

亚历克斯已经报名，准备参加两项在晚夏进行的铁人三项比赛，一场在秋天的马拉松比赛。跟亚历克斯在一起，我会在工作日清晨跑步或骑自行车，下班后去健身房或密歇根湖游泳。约会不到一个月，他就经常邀请我一起运动。一个周六的早上，他六点就来敲我的门，因为他给我们报名参加了10英里赛跑。他把赛跑围兜别在羊毛夹克上，双手塞进黑色薄手套里。他把我的围巾系在衬衫上，递给我一个水瓶。在起跑线上，他注意到我冷得发抖，揉了揉我的肩膀。跑道旁的地面上仍有成片的积雪，只有几百人出现在比赛现场，风拍打着我们裸露在外的脸。我从来没有跑过10英里，但自从和亚历克斯约会后，我的身体充满活力，焦虑并快乐着。我疯狂地主动尝试，包括这场冰冷的公路赛跑，他说做什么我都愿意。

每次下班后一起步行去吃饭或在湖边跑步时，我会稍稍乐观一些，想放下对这段关系的悲观预期。也许不是每段感情都会以我缩在小组里哭得一塌糊涂为结局,也许不是每段感情都不得善终,也许这一次能行。

比赛结束后,我腿后肌酸痛,运动背心的带子嵌进肩部皮肤,有些刺痛。但为了亚历克斯,这份痛苦让位于纯粹的喜悦。

周一早上,罗森医生举着一张照片,展示给每个人,帕特丽斯戴上老花镜,马克斯身体前倾。"这就是解开束缚的意义所在。"罗森医生说。照片是我和亚历克斯的合影,当时我们在参加乔弗里芭蕾舞团的晚会,我穿着一件粉色的鸡尾酒会礼服,亚历克斯穿着一件燕尾服。在昏暗的剧场里,舞者们在华丽的薄纱中旋转,亚历克斯和我双手交握。我坐在红色天鹅绒座椅上慢慢靠近他,直到我们的腿相碰。在巨大的镀金的希尔顿宴会厅用餐时,他抚摸我的背,把玩我项链的扣子。舞池里的乐队演奏着奥蒂斯·雷丁的音乐,他紧紧地抱着我。后来,他又在阳台上吻了我。"感觉就像你是我的女朋友。"他说。我靠在他身上,呼出一口气。

玛吉奶奶指着照片,然后轻敲她的结婚戒指,说:"下一个就到你了,孩子。"

亚历克斯是个欣然接纳自我的人,让我觉得我也可以。他惬意地谈到我们将来要做的所有事情:六月份,和他公司同事在芝加哥河上乘船旅行;七月份,参加一场短跑铁人三项比赛;在夏天的某个时候,去看望他在艾奥瓦州的妹妹;还要去看一场喜剧表演、一场音乐会和一次动物园之旅。他表现得好像我们有未来一样,这也让我慢慢地想象这次恋爱不会草草收尾。

"说真的,有什么问题吗?"我问小组成员和罗森医生。

"你说呢?"马克斯反问。

我摇摇头。他和父母的关系听起来很棘手,但他并没有给人留下心理创伤或害怕恋爱的印象;他运动自律到近乎是一种强迫症,但这从未使他精疲力竭到无法与我一起玩耍或做爱的程度;他对书的品位有点不成熟,但很多人都喜欢《哈利·波特》,所以这也不能成为贬低人的正当理由,况且还是像亚历克斯这样出色的人。我只是有点害怕。

一天早上,上班前,亚历克斯和我在街角面包店吃早饭。我们坐在窗边,互相喂对方吃松饼,就像我单身时或和杰里米在一起时会鄙视的那种情侣。有一次,我起身去拿餐巾纸,亚历克斯给我打电话,而我的手机就在他旁边的钱包里,后来我听到语音信箱里他的留言,融化了我那焦虑而又戒备森严的心:"你好,咖啡馆里的漂亮女士,这是你男朋友的电话,他觉得你很可爱。"

我一遍又一遍地听着这段留言,想着,如果我俩最后没成,那就太糟糕了。

罗森医生变成了一张破旧的老唱片:"相信我,Mamaleh,相信我。"

几星期过去了,焦虑的痕迹仍然存在,但我的便秘好多了,喜悦之情也在飙升,两个小组都为我每周的进展汇报而欢呼。

"稳定下来很适合你。"罗森医生说。

马克斯说:"我希望你能把这段关系归功于我们。"

洛恩对我竖起了大拇指,布拉德在计算考虑到我和亚历克斯都从事高薪的律师工作,我俩的净资产加起来有多少,玛吉奶奶拍了拍我的手,低声说:"我就知道。"

我心花怒放,飘飘然起来。在七月的早晨,也就是我加入周一和周四小组六个月纪念日,我宣布我要留下来,直到永远。

"噢,太好了。"马克斯假装恼火地说。

"你可以留下来,"洛恩说,"但我不会为你的婚礼盛装打扮。如果我不能穿牛仔裤参加婚礼,我就不去了。"他坐在对面,眨了眨眼。

我笑容满面地看着他们,我的"高级"小组成员。我能和亚历克斯有一段稳定的、健康的、正常性生活的恋爱关系,很大程度都归功于他们。

"妈妈,"我在周日下午的亲情电话中说,"我遇到了一个人,他很棒,真的很棒,这个周末我们一起跑了一万米。"我一边告诉她这个消息,一边在公寓里跳着舞。我开始了自己的新生活,成为一个享受男朋友的自律整洁、务实细心的女人。我是一个值得被投入时间和关注的女人,我可以把失调的过往甩在身后,把它甩在它该待的地方。

"太棒了,亲爱的,你听起来很开心。"

一天晚上,亚历克斯说:"上来吃点辣椒吧。"他把牛肉糜煎成焦黄色,然后把罐装西红柿倒进一个荷兰小烤箱里。小茴香的气味飘散在空气中。我从他身后搂住了他,他在厨房操作台上忙碌着。

"你知道秘方是什么吗?"他问。

我摇摇头。

"你真的不知道吗?"他的肩膀垂了下来,脸上露出了近乎受伤的迷惑。

这是一个关于辣椒的笑话?哈利·波特喜欢辣椒吗?我不想让他失望,但我脑海中唯一浮现的就是一个没品的放屁笑话。

"告诉我。"

"爱,"他说,"秘方就是爱。"我吃了整整两碗。

当我在小组里吹嘘亚历克斯放进辣椒里的爱时,洛恩说:"天哪,他好俗套。"

我把椅子转向洛恩,假装踢了他一脚:"别毁了它!多甜啊。"

"太俗了。"

"你只是嫉妒而已。"

"嫉妒亚历克斯的蠢辣椒?"

"你得从卡地亚给勒妮买一枚大钻戒,而亚历克斯只需要给我上辣椒。"

"听听,这说的是人话吗?"

周五清晨五点,太阳还没有照到湖面上,亚历克斯和我就起床了,我们在湖滨大道上来回骑行了30英里。我们穿着自行车短裤,喝着佳得乐。当我们从自行车上滑下来吃鸡蛋和英式松饼的早午餐时,我们的背部都很僵硬,步履不稳。"上楼来。"他说。我们在他的铜床上接吻,我们疲惫的身体因清晨和几小时的骑车而沉重。他脱下了我的短裤,正午的阳光明目张胆地洒在他洁白的床单上。他的皮肤尝起来像盐,我想大口吞下去。他把我填满了,我感到无比的愉悦。

这个甜美的大男孩,看《悲惨世界》会哭,会带着我骑自行车去密歇根湖看灿烂的日出,会用爱为我做食物。这个男人没有锋利的刺,不会伤害我,我将身心都托付于他。我想象着,亚历克斯和我的新小组形成了一个双螺旋,缠绕在我布满凹槽的心脏周围。

一天晚上,玛妮、我和亚历克斯一起去吃寿司,餐后玛妮说:"他是那个对的人。"克莱尔也说过同样的话,帕特丽斯和罗森医生也是。我开心地咧着嘴告诉我的两个小组的组员们:"我真的很喜欢他。"一遍又一遍。晚上我也睡得很香。

七月中旬,我们一起参加了凯瑟琳的婚礼,她也在找罗森医生治疗,还把她跟亚历克斯同一栋楼里的公寓租给了我。凯瑟琳嫁给了雅各布,雅各布是她在罗森小组认识的一个男人。在房间对面的四号桌,罗森医生和他的妻子吃着牛排,微笑地看着病人们匆匆走过,打了个害羞的招呼。在巧克力喷泉旁,我把亚历克斯介绍给罗森医生。当他们握手时,我看到罗森医生的脸上洋溢着温暖和善意。我感觉到了一股充实感,我从来没有这么满足过。我听到了爱，并认领了这份爱，一种经久不息的喜悦像棉花糖一样在我体内旋转。

那天晚上，在我昏暗的卧室里，亚历克斯摇摇晃晃地把我的白色棉质睡衣套在我头上，他向后靠了靠。

"你太漂亮了。"他说，"我太高兴了。"

"我爱你。"我抱着他可爱的脑袋，说道。

周一早上，我挺直腰背坐在椅子上，让夏日的阳光从西窗照射着我的双臂，我脸上挂着百万瓦的微笑说："我告诉他，我爱他。"

"他也这么说了吗？"洛恩问道。

"没说这么多。"

布拉德和马克斯坐在对面快速交换了眼神，玛吉奶奶低头凝视着她的手。我沉浸在自己的身体里，驱散了稍纵即逝的忧虑，我记得我们肌肤相亲，那必然是爱。

七月下旬，我跟着帕特丽斯和她的家人一起去俄罗斯圣彼得堡度假，这是我在和亚历克斯开始约会之前就计划好的。我们的公寓里满是蚊子，咬得我腿和胳膊上都是红印子。晚上，凝视着月亮，抓着蚊子包，我很想亚历克斯。白天，我偷偷溜进网吧查看电子邮件。两天、三天、四天过去了，却没收到亚历克斯的任何消息，我的胃揪成一团。我很难过，几乎吃不下一顿饱饭。他为什么不给我发信息？我们不是互相依恋对方的吗？我们之间难道不是爱吗？

"他走了。"我在冬宫外面对帕特丽斯喊道。她用胳膊搂着我的肩膀,让我欣赏风景:一个拿着音箱的街头表演者,哄着一只拴着铁链的黑熊,随着辛迪·劳珀的《少女就爱寻开心》的节奏跳舞。

"我做不到,我胃疼。"我弯下腰去抓我脚踝上的一串蚊子包,"我恨俄罗斯,恨它那愚蠢的穹顶,恨它的蚊子,恨它会跳舞的熊。"在俄罗斯,我又冷又恶心,我感到孤独,觉得自己被遗忘了。我抓到脚踝流血,我的血和皮肤在指甲缝里混在一起。帕特丽斯揉了揉我的后背,递给我一块黑巧克力。我闭上眼睛,想念小组,因为在那里我可以哭泣,可以咬牙切齿,可以让所有的感觉倾泻而出。

亚历克斯和我参加完法律援助协会举办的5英里赛跑,在沿着迪尔伯恩大道往前走的时候,他说:"你在俄罗斯的那段时间,我思考了一些事情。"我的身体在俄罗斯和芝加哥之间的某个地方的空中旋转,时差让我有了醉意。

"我意识到,你不是那个对的人。"他朝迪尔伯恩走去,没有停下脚步,也没有看我一眼。

不,不,不。我用鼻子吸了一口气,用柔和的声音问道:"你在说什么?"

"我知道,你不是我的真命天女。"

我的胳膊在八月潮湿的空气中颤抖,赛跑结束后我在四个街区开外吃下去的那根香蕉的气味从胃里涌向口腔,脖子上的汗水变得冰冷。在公寓大厅,他停下来查看邮件,而我则像一只流浪猫一样在电梯旁瑟瑟发抖。他真的需要现在就拿到他的信用卡账单和杂货店宣传单吗?

电梯开了,我拖着脚步走了进去,但他后退了一步,等待下一班电梯。

我把当天晚上打碎的所有盘子的碎片带到周一早上的小组,把它们扔在大家面前。里头有我在沃尔格林买的感恩节陶瓷拼盘、宜家的玻璃碗以及我和卡洛斯从唐格奥特莱斯购物中心买的淡蓝色水果碗。我把碎片塞进梅西百货的双层购物袋里,用胳膊提着从公寓走一英里路来到小组,在穿过芝加哥大道时,碎片锋利的边角刺穿了袋子,划破了我的小腿,一股鲜血流到黑色芭蕾舞平底鞋里。

"他走了。"我对把亚历克斯带进我生命的小组成员说道。现在,我需要他们来接住我,不然我真的要掉下去了。"我不是'那个对的人'。"我说不出话来,眼泪止不住地流。

帕特丽斯从椅子上站起来,把我拉了起来,伸出胳膊搂住我说:"我很抱歉。"

罗森医生靠向我,好像在跟我说一个秘密:"Mamaleh,只是你去俄罗斯这件事吓到他了。"

不是的,他是为了更好的人才离开我的。我担心得没错,隐藏在他光滑的皮肤和美丽的肋骨下的那颗炸弹终于爆了,把我炸得粉碎。

"你们不对我感到失望吗?你们都觉得亚历克斯是我的真命天

子。"我看着大家的脸问。马克斯忧心忡忡的样子,洛恩和布拉德聚精会神地凝视着我,玛吉奶奶总是向我炫耀她的结婚戒指,叫我"孩子",可现在她同情地摇了摇头。帕特丽斯,她又一次在她的小组时间里安慰我。当然还有罗森医生,他仍然相信他的小姑娘,尽管她(再次)打碎了所有的盘子,还在去小组的路上划伤了腿。

"我们不知道他不是那个对的人。"这是罗森医生——永远的乐观主义者、胡言乱语的疯子说的话?

结束了祈祷和拥抱,我正要离开时,洛恩、布拉德和马克斯邀请我和他们一起吃早餐。"但是你不能带上那一袋破烂。"马克斯说,我把它留在了小组的房间里。他们喝咖啡,我吃鸡蛋。我们吐槽罗森医生的衣柜,八卦他与时髦的罗森夫人的婚姻,有时我们会在周四小组结束后看到她在走廊里。

我凝视远方,想起亚历克斯、他的辣椒和他的铜床。洛恩在我面前打了个响指,说:"回来,克里斯蒂!吃你的鸡蛋。说说看,你觉得罗森医生的妻子怎么样!"

十点钟的时候,我站了起来说:"三十分钟后,我有个电话会议。"我抓起一张餐巾纸,若在上班的路上哭了我用得着它。他们三个都站起来拥抱我。洛恩提醒我亚历克斯"俗套得要命",马克斯告诉我要快点订新的餐盘,布拉德帮我埋了单,还主动提出陪我穿过环路,送我到办公室。他提着我的工作包走过六个街区,在每一个红绿灯下都向我保证,我会再次找到真爱。即使我在拉萨尔大街上哭泣,他也一直陪在我身边。

工作时,没有小组成员来分散我的注意力或安慰我,所以我连门都没关就哭了起来。我的同事拉杰多次过来确认我是否还在哭,如果是,他就会关上门,八卦合伙人的性生活,直到我露出笑容。我的办公桌下放着一台小型 CD 播放机,可以循环播放《大河之舞》。凯尔特歌曲很衬我心情,在它的萦绕下我熬过了好几个小时。我把开信刀的刀尖抵在左手食指指腹上,刺痛的感觉使我感到安慰。如果需要更多的安慰的话,我会刺破皮肤。

我哭着度过了周二的小组,几乎说不出连贯的句子。周四,我坐在罗森医生的正右边,把钱包放在腿上,这样我就可以偷偷地把开信刀的刀尖抵在食指指腹。当然,想在那个十四平方米的房间里隐藏什么是不可能的。整个小组的要点就是目睹,不再隐藏。

罗森医生向我伸出右手,摊开手掌说:"把利器给我。"我摇摇头,他说"我要你把它给我"。

我交出了刀子,我并不是真的想伤害自己。罗森医生接过开信刀,继续握着我的手。我由着他这么做,是因为我希望他能把我从自残想法中拯救出来,从不爱我的男人身上拯救出来,从我的精神疾病中拯救出来。我还希望他能拯救我的心,这颗一直在渴望长久依恋的心。我会像这样死去:付钱让人牵着我的手,直至生命消散。一直得不到解决的心事让我烦到了顶点。我不想跟任何人有眼神接触,只能看着他们的鞋子:马克斯昂贵的阿迪达斯,洛恩有磨损的棕色爱步,玛吉奶奶的厚底白色鞋子,布拉德的灰色新百伦网球鞋,帕特丽斯的海军平底鞋……这就是我唯一能欣赏的景色。

"不要独自哭泣。尽可能多地和小组成员在一起。"罗森医生说,我的目光依旧停留在鞋子上。

"勒妮这个周末要生了,来医院吧。"洛恩说。

"周六晚上过来吃晚饭。"帕特丽斯说。

"你可以在我那里过夜。"

"我还有歌剧的票,威廉不想去。"玛吉奶奶说。

逛街时,工作时,在列车上,在小组里,在家里,在玛妮的沙发上,在帕特丽斯的沙发上,在和玛妮、马蒂、帕特丽斯和罗里通电话的时候,我都在哭。我去医院看望洛恩的宝宝,却在产房里号啕大哭,吓坏了值班护士。我去做妇科检查,医生问我是否需要避孕,我又哭了。斯普林医生很担心,放下笔,主动给我推荐了一位治疗师。

每天早上,我都会因为剧烈的胃痉挛而惊醒,然后是腹泻。有一次在客厅没等跑去洗手间,我就拉在那件我最喜欢的浅蓝色棉质睡衣里。罗森医生承诺不论是哭闹还是拉肚子,这种情况不会持续太久。我前一秒还相信他,但下一秒就不信了。我被羞耻吞噬了,恋情只存续了五个月的羞耻,为了一个上过二十七次床的帅气男人我竟大便失禁,在接受了一位从常春藤大学毕业的治疗师近380次、超过34000分钟的治疗后,我的心仍然有缺口,仍在承受无法与人依恋的羞耻感。

想家

"你的护照更新了吗?"杰克问我,他是律所的合伙人之一,人近中年,戴着厚厚的眼镜,脸上挂着友好的笑容。他把头探进我办公室时,我正在起草一份关于饮料公司的案例备忘录。我暂停播放《大河之舞》,坐直了身子。那是 2005 年 8 月,再有两天我就在世达律所工作满两年了。

"有效期到 2014 年。"

"你会说德语吗?"

"Nyet?"

"这是俄语。"

"那我不会。"

"也不碍事。现在有个新情况,涉及司法部,所以我们必须迅速行动,你周日能动身吗?"

"去德国?当然。"真是个好消息。和亚历克斯一起骑车、跑步和吃辣椒的那几个月,我忽略了工作,现在得补回来。杰克在律所是核心人物，他的得意门徒也即将成为合伙人，如果能给他留下深刻印象，我也可以平步青云。我窃喜：我被选中了。几年前，我打电话给罗森医生，目的是建立一种与人联结的生活，而不是一份收费的工作。

"合伙人开会时，我们讨论有哪些员工没有配偶或子女的后顾之忧，你的名字第一个蹦了出来。"

"太棒了。"我僵笑着。

两天后，在周四的小组上，我第一次微笑。

"没有哭，也没攻击人，我都没认出来是你呢。"马克斯说。

"律所派我去德国，在接下来的几个月，也许会更久一些，我会每隔一周飞去德国。"

每个人都一脸钦佩地点点头。毫无疑问，他们想象的是我白天爬上一座雄伟的德国高等法院大楼的石阶，晚上在宫廷啤酒坊高举德国啤酒杯。

"现在，你有机会专心搞事业了。"罗森医生赞许地点了点头，"现在，你不用再假装对成为合伙人这事不感兴趣了，也能承认自己渴望成功，不论是对工作，还是对……"

我捂住耳朵说："我讨厌你这个样子。"在职场上，我是成功的，而且永远都是成功的，因为我知道如何拼命工作，把该死的工作做好。在进入"罗森圈"之前，我已经是第一名了。我学会了拍搭档的马屁，知道如何像对待值得我尊重的人那样对待后勤人员，我知道如何在轻松的场景中与同事一起哈哈大笑，也知道在美国证券交易委员会威胁要采取法律行动时如何握住客户的手……我的挫败感都源自私生活。"关注我的私生活吧，兄弟，专注。"

那天晚上，我突然给我妈打了个电话。我们通常每月通话一两次，且是在周日她和爸爸做完弥撒回来后。我想告诉她关于德国的事情，但我说出口的第一句话就是我害怕自己有严重的问题，有什么东西害我不能组建自己的家庭。

"我好孤单。"我说，这是我成年后第一次在电话中向妈妈哭诉，我们从未讨论过我与家人的隔绝，也从未讨论过我对自己孤独结局的恐惧。我本以为有罗森医生的帮助，我能做一个不会把一切都搞砸的女儿，但看现在这个情况，我俩都失败了。

"亲爱的，我也曾这样。"

我坐在沙发上，用袖子擦了擦鼻子。据我所知，我爸妈是在一个排球聚会上认识的，后来接连生了三个孩子，住在萨克雷大街6644号的一栋红砖房中。我的母亲在20世纪60年代末留着波波头，毕业后在达拉斯当银行出纳员，无法想象她也曾蜷缩在毯子下，担心自己会孤独终老。

"我那时就跟你一样，我所有的朋友都结婚了，不久就要生孩子了，可我从未想过这样的事能发生在我身上。二十六岁时我还是单身，这年龄在70年代是高龄剩女了，我就感觉自己没人要。"

这是遗传的吗？我莫名地感到兴奋，也许这不全是我的错，也许这不是想象力丰富、女权主义或意志薄弱。就像我继承了我妈的棕色眼睛和对牙科手术的致命恐惧一样，认为自己在人际关系上有问题这种观点也是从我妈那儿传下来的。也许我可以不用再为此苦闷,也许我再也不必向我妈隐瞒自己的悲伤和困惑了。我还没有准备好告诉她我又在接受治疗,每周要去三次小组,但向她袒露一点真实感受让我松了一口气。

"用我去芝加哥陪陪你吗?"她的提议让我哭得更厉害了。我需要她的陪伴,但我不想她大老远飞到芝加哥。她能这么问我就够了,我再也不用向她隐瞒自己最大的恐惧了。

我从没见过德国的高速公路和德国法庭。在德国,我只是日复一日地待在奥格斯堡郊外田野中央一栋不起眼的四层写字楼里,那里有一个没有空调的大房间。在出奇寂静的环境里我听到了低沉的牛叫声。粪便的刺鼻气味也飘到了二楼的工作区,来自德国和芝加哥、亚特兰大的律师和律师助理们都坐在长桌旁并肩工作。办公室的卫生纸也不够用,所以如果不想没纸用,就得在下午三点之前上完厕所。

每天的高光时刻就是在员工自助餐厅吃午饭,主要食物是棕色肉汁——棕色、黏稠、油腻、难吃,但它出现在主菜、小菜、沙拉,几乎每一道菜上。

我讨厌德国。

我讨厌我的工作。

我讨厌我的生活。

我很感激自己能忙碌起来,但在工作之余,我会盯着时钟,计算还有多久能回芝加哥。一个周二的下午,我用办公室的电话拨打了罗里的手机,当时她正在参加小组,没接电话。

那天晚上,我筋疲力尽地倒在酒店的床上。我一直期待着豪华的四星级住所,但我们住在德国版的拉昆塔酒店,却没有美国拉昆塔友好的工作人员,隔壁住的也不是丹尼,洗澡的水也不是很热……我想家了,至少家里的水是热的。

能在电视上看到的除了即将袭来的卡特里娜飓风、汹涌的棕色海水和涌入新奥尔良大型体育会展中心的灾民,这一类令人震惊的场面;就只剩下德国暴力色情片。客房服务是我最后的希望,但我点的"比萨"只是一大块半熟的白奶酪,放在一块普通的皮塔饼上,上面涂着一层番茄酱。我爬进被子里,还在因为洗澡水不够热而颤抖,幸好睡眠把我从意识中解救出来。

不一会儿,酒杯的叮当声和低沉的笑声把我吵醒了。我掀开窗帘,看到房间正下方的游泳池旁有一个酒吧开张了,十几个人光着身子吃着开胃菜,喝着酒饮。

我打给国际接线员,给了她罗森医生的号码。在大西洋彼岸,罗森医生正在参加他今天的最后一个小组,很快就会回办公室查看语音信箱。

嘟嘟。

"我房间外有人在一丝不挂地喝鸡尾酒,我受不了了,请给我回电话,求你了。"我留了一个电话号码给他。德国时间凌晨两点,也就是芝加哥的早上七点,我接受了这个事实:罗森医生不会给我打电话了。我把自己裹在粗糙的被子里,闭上了眼睛。他怎么敢抛弃我。我起身，再一次打给国际接线员，请她再次给我接通罗森医生的电话。

嘟嘟。

"那篇该死的《美国医学会杂志》的文章，说医生不能打国际长途帮助病人！把它拿给我看！你就不能花五分钟的时间来向我保证你会陪着我？我会帮你付国际长途电话费。浑蛋！"我"砰"的一声把电话挂了。去他的，我心甘情愿地给了他那么多钱、时间和信任，他却什么都给不了我？

周五，在奥格斯堡的会议室里，杰克问："谁想回家？想回的举手。回去的人负责向芝加哥通报这边的进展，并在之后一周返回德国。"大多数同事都想留下来过周末，参观啤酒花园和黑森林，毕竟离啤酒节只有几天时间了。我举起手，举得高高的。送我回家吧。

我提前三小时到达机场，但从奥格斯堡到法兰克福的航班被取消了。联合航空柜台的一位女士热心地跟我说第二天有一趟航班，我摇摇头，说不用了，我已经买了一张去法兰克福的火车票，然后订了一张稍晚一些去芝加哥的机票。就算要爬着穿越德国边境，我也要回家。一小时后，我头也不抬地把车票递给列车长。我做了一个决定：当我回到小组时，我就要和罗森医生一拍两散。我其实并没有非常受伤和愤怒，只是变得冷静锐利。我做了一个决定，签署了一份合同，锁上了一扇门。如果我一直往下沉，那就让我沉到底吧。罗森医生已经证明，他不能在我最需要他的时候陪伴我，所以我不想再要他的关照了。我去找琳达或弗朗西斯，找个真正的治疗师，一个他妈的在乎我的人。

我蜷缩在窗前，无视飞驰而过的德国乡村景色。接受了这么多年的治疗，我本应该好起来，但事实是我取得的进展比其他任何人都要小。其他小组成员都变好了：有的人事业渐入佳境，有的人还清了债务，有的人孩子高中毕业后上了文科院校，有的人搬去和男朋友住在一起，有的人结婚了，有的人生了孩子。

我就不一样了，不管我加入了多少个小组，依然维系不了与他人的亲密关系，我真是个该死的傻瓜。也许罗森医生生我的气，是因为我毁了他的从医纪录。我就像一匹夸特马，本该赢得四分之一英里比赛，却连在赛道上利落地跑一圈这么简单的事都做不到。来个人开枪打死我吧。我回到了接受罗森医生治疗之前的状态，只不过这次更糟，毕竟我学会了感受很多东西：愤怒、受伤、寂寞和羞耻。

我拿出黑莓手机，想通知大家我将比预期晚六小时到达芝加哥，但"别人"是谁呢？或许可以告诉我爸妈，我现在在列车上而不是飞机上，但这让我觉得自己像一个三十三岁的老废物。谁会在乎我此刻在哪里呢？没有人，绝对没有。

我给罗森医生发了一条信息：我很抱歉，但我真的试过了，我发誓。

周一上午的小组，直到最后的五分钟，我一句话也没说。似乎每个人都感觉到我需要一点空间。我感觉马克斯和玛吉奶奶在盯着我，但他们什么也没说。和罗森医生一拍两散需要陈述太多东西，也会引起太多的讨论，我现在没这个精力。现在，我就飘浮着，直到我的头沉下去。

"我下周会缺席小组。"帕特丽斯在差五分钟到九点的时候说。"你要去旧金山开会。"罗森医生从口袋里掏出蓝色预约簿,通常有人说不能来参加小组时,他就会掏出这个本子。我曾问过,为什么他总是在他的本子上写下大家缺席的原因,他回我说这是因为他关心我们在哪里。当时,我信了。

他看着我,拿好了笔,等着我说什么时候回德国,他好在周一、周二和周四的方格上写下我名字的首字母。我什么也没说,垂下了头。

罗森医生把钢笔夹在书上,清了清嗓子说:"我需要给大家看点东西。"他的嘴唇抿成了一条直线,眼睛里闪耀着严肃的光芒。我感觉到他在看我,但我目光呆滞地盯着布拉德的新百伦鞋。

"当我收到你最后一封电子邮件时,克里斯蒂,我有史以来第一次……"他顿了一下,环顾了一下房间,"……我担心你的安全。"

我吓到了不为所动的罗森医生?他不是觉得每件事都很有趣、有利于情感成长的吗?

"通常,你是充满激情和愤怒的,"他突然挥手晃头地模仿我,"你会尖叫,会咒骂,会愤怒,但这次不一样,真是太可怕了。"

吓到你的治疗师可不是啥好事。

我脑海中闪过一段记忆:两年前的夏天,我一周七天都在复习司法考试,还得挤出时间拼命维系我和杰里米日益寡淡的关系。

"我能借一个吗?我带回去。"我指着罗森医生房间里随意摆放的毛绒动物玩具,"杰里米忙着玩电子游戏,没时间陪我睡觉,我可以在他家里抱着它睡。"

罗森医生张开手掌，意思是"拿吧"，卡洛斯扔给我一只破旧的棕色泰迪熊。我把下巴搁在熊上面，假装在打盹，太好了。

那年夏天的一个周日晚上，我最小的表妹——我以前还给她换过尿布——打电话告诉我，她和未婚夫在休斯敦买了一套房子。挂断电话时，我感到羞愧万分，我甚至都不知道她订婚了。我也羡慕她的一路坦途，而我的男朋友却懒得离开他的电脑屏幕。现在，家族里的人都是成双成对的了，只剩我一个孤零零的。

当天晚上，杰里米睡了，我坐在他昏暗的起居室里，用意念装饰着我表妹的新房子：一张传教士风格的餐桌，主卧里放着一张雪橇床。正当我想象她的完美生活时，一盏街灯从窗户外照进来，在光照下我看到杰里米桌子上有一把橙色手柄的剪刀，我用剪刀剪掉了泰迪熊的右臂。

周二的小组上，我把一个袋子扔到了中间的地板上，里面装着的是被肢解的熊和熊手臂的填充物。

罗森医生目不转睛地盯着袋子。

"小表妹和未婚夫买房子了，跟这个袋子是两回事。"那时，大家已经习惯了我的发泄，但罗森医生就像浇筑混凝土一样一动不动地坐着。

"他看起来很生气。"罗里听起来很焦虑。

"为什么他的下巴在抽搐？"卡洛斯说。

"桑德斯上校"抓住了独臂熊的身体，一片片白色蓬松的填充物像雨点一样落在地板上。

"你怎么这么奇怪?"我问罗森医生。他脸上一点自豪的神情都没有。他叹了口气,开始说话,然后又在座位上换了个姿势。我想象他张开嘴发出嘶嘶声:"你有麻烦了,麻烦了,麻烦了。"

"你毁了属于我的东西,这对你意味着什么?"

"这意味着我在整个家族树谱中是一个孤零零的废物!其他人都在组建家庭……"

"那熊呢?"

我仔细搜索全身,确认自己能感受到他。我知道我有麻烦了,羞耻感在肚子里翻腾。

"我只是抓起了我看到的第一样东西。"

罗森医生没有眨眼,也没有缓和态度。"这只熊代表着我和整个小组,"他划着圆圈做了个手势,"你想知道拿剪刀剪它这件事意味着什么吗?"

"但我也在阳台上把所有的盘子都砸碎过啊……"我的手开始颤抖。

"那些不属于我。"

他为什么不笑?为什么我的眼里噙满了泪水?我捡起那只熊,把它放在我的腿上。我用手指摸了摸断臂留下的缺口,试图去感受它。在困境中、在羞耻感中,我感受到了一种冰冷的恐惧。我不理解自己的潜意识,这让我很害怕。为什么,自从加入小组以来,我对嫉妒和失望的反应都会扯上尖锐的物品?

"我怎么才能修好泰迪熊？"

罗森医生的下颌线条柔和了些，说："向小组寻求帮助。"

马蒂看着我的眼睛说："今天下午到我办公室来，我来帮你缝。"

在专攻精神病学之前，马蒂曾梦想成为一名外科医生，他看起来对即将施展的小手术很兴奋。

在马蒂位于住宅区的小办公室里，我把尽可能多的涤纶填充物塞回熊的身体里，然后整理伤口的边缘，让马蒂缝合。"就像这样。"他一边说，一边将粗线穿过熊的毛皮。我缝了最后几针，然后拿到马蒂面前让他检查。手臂缝好了，白色填充物回到熊的体内。

我伤害了罗森医生的泰迪熊，他当时似乎很生气。现在，收到我从德国发的电子邮件后，他看起来既害怕又悲伤。我知道最好别问他要什么速战速决的处方，这些在"罗森圈"里根本不存在。九点钟，小组结束了，我们都站了起来，我向洛恩和帕特丽斯伸出了手，但这只是肌肉记忆，而不是一种发自内心地想要与他们连接的姿势。他们温暖的手掌紧贴着我，却丝毫没有驱散我心中的寒意。每个人都拥抱我，我也像往常一样拥抱他们。但同样不过是惯性。这一切都没有触及我冰封的内心。我也没有和布拉德、马克斯和洛恩一起吃早餐，我没让布拉德送我去办公室。我拒绝了他们的关心，拒绝看他们轮流用讲笑话和肯定来托住我，不让我沉下去。我想一个人待着，我希望他们允许我一直沉下去。我走回办公室，关上门，放着《大河之舞》，一整天都在起草备忘录，直到8点15分天黑了，我才回家。

公寓

我得从德国的案子中抽身出来。第二次回到奥格斯堡工作，我被转到了另一个房间，从窗户探出去可以看到有人一丝不挂地吃着炸薯条。又一次，我短暂地幻想着自己吞下一瓶量的萘普生。第二次回到芝加哥时，罗森医生建议我告诉杰克，我因为个人原因没办法再去德国。我给杰克发了电子邮件，说有话跟他说，他马上就回复了：一起吃午饭吧！

他是一个重要的合伙人，也是一个正派的人，他邀请我吃午饭，还用了感叹号。也许我可以在德国多坚持几周？我想起了酒店和一丝不挂的人们，以及那些漫长而孤独的夜晚。我整个身体都在叫嚣着拒绝。如果我拒绝了这份差事就是在毁掉我的律师生涯，那就随便吧。

杰克和我走进餐厅，选了一张在露台的桌子，周围的人大多穿着彰显权威的西服套装，吃着彰显身份的午餐。杰克点了一份碎沙拉，我深吸了几口气，感觉就几秒的工夫，我就有了忏悔的倾向。

"怎么了？"杰克看起来如此坦诚，我几乎失去了勇气。

桌子下，我把手扭成了麻花，身体也向前靠着。

"因为个人原因，我不能再去德国了……"

杰克举起了手说："行了，这里还有很多事等着你去做，我会告知其他合伙人的。"

他拿起黑莓手机，敲了一条新信息。我凝视着沃克私人车道，祈祷我没有彻底断送自己的职业生涯。

我在电梯里碰到亚历克斯两次，他都和一个穿着杜克大学文化衫和跑鞋的金发女子在一起。两次，我们都无视对方。两次，我都屏住呼吸，直视前方。等他们一消失在街上，我立刻打电话给罗里，哭诉亚历克斯新女友有多苗条。

"你应该在另一栋楼里买间公寓。"马克斯说。

布拉德说："以你的收入，你买得起一套三居室。"

"像你这样的女人绝对应该拥有自己的房产。"玛吉奶奶说。

当罗森医生问起我为什么抵触买公寓时，我说了实话："我不想一个人买。"单独买一套公寓会印证我的成功，但也同样印证我是一个孤独的单身女人。在房地产经纪人的陪伴下参观空荡荡的房子憧憬未来，这多么令人沮丧。独自一人进行一笔巨大的金融交易又是多么孤独啊。买下这套公寓可能是女权主义的胜利，但我却觉得这完全背离了我找罗森医生的初衷——我不要一个人生活。

"看看也无伤大雅。"马克斯在离开小组的路上说。

一月下旬的一个周四，我穿着深蓝色西装坐在一家产权公司的十楼，签署一堆文件。我并不是孤身一人：我的律师坐在我右边，洛恩的妻子勒妮坐在我左边。我签了几十次名字：克里斯蒂·泰特，女，未婚。

"离谱。"我低声说。

"一些标准的房地产文件还在用相当过时的语言。"我的律师笑着说。

"哈哈，"勒妮讽刺一笑，"也许应该有人更新一下。"当我一页又一页地签名时，勒妮揉了揉我的背。

几分钟后，我准备参加小组，我用右手食指按下了房间的按钮，用左手手指转了转我公寓的钥匙，为自己和银行一起在北河拥有了一套位于五层、有两间卧室的小复式公寓而惊叹。我感到自己进步很大，而且还有能力付 10% 的首付，多好的运气，多好的祝福。当我就座时，每个人都向我表示祝贺，但随着时间的推移，兴奋的情绪消失了，我只剩下一个想法：克里斯蒂·泰特，女，未婚。

我打断了马克斯，我记不清他在说什么，但我惊慌失措地打断了他的话："各位，我对这套公寓不太确定。"那些带着伊利诺伊州印章的文件都是我未婚的官方证据，我不得不一个人填满那些空荡到有回音的房间。

马克斯对我的打断感到恼火，气呼呼地说："没关系，没事的。你做的是对的。"

而后又继续说他的故事。我尽可能安静地坐着，但对马克斯的愤怒和对公寓的恐慌太强烈了,我无法继续抑制。我的双手紧握着,向前倾着身子,几乎要尖叫。

"又来了。"马克斯说。我没有看他,但我能从他语气中听出他在翻白眼。

去他的!今天路上有积雪,所以我穿着一双粉色的 UGG,我脱下一只鞋子可劲儿朝马克斯的方向扔了过去。我发誓我瞄准的是他上方的墙,不是他的脸,我也没有击中他,但很接近了。我扔鞋的时候,也"问候"了他一句。我直愣愣地看着尖酸刻薄的马克斯。"我受够了被你恐吓,受够了你的叹息,你总是告诉我什么好,什么不好,但你从来没有不得不买……"

马克斯大步走向我,抓起我扔的鞋子,像持枪一样指着我。他在我面前停了下来,我站起对视。

"去你的!"他对着我大喊大叫。

"不,去你的!"

我们站得很近,我都能感觉到他外套上的黄铜纽扣擦过我的腹肌。我的怒火冲到他嘴里,他的怒火也一触即发。在他的眼睛里,我看到了金色的斑点和纯粹的仇恨——对我的仇恨。我希望他能看到我对他、对小组中和世界上所有那些不需要单独买公寓的人、不需要在三十多岁继续约会的人、不需要经过数千小时的治疗才能恢复平静的人的仇恨。

克里斯蒂·泰特,未婚。

"你他妈的了解我什么?马克斯!"

"我了解啊！我当然了解！你在发什么疯？"

"我又不傻！"

"那就别再这样了！"

我只知道，只要他对着我尖叫，我就会以同样的方式回敬他。我不会蜷缩在椅子上用可怜的泪水打破魔咒，我会坚持自己的立场，和他一样长时间地大声尖叫。我会对自己负责，他不能左右我。

然后是沉默，怒火仍在我们之间跳动。他向后退了一步，坐了下来。直到那时，我才坐到我的座位上。

罗森医生并没有对这次吵架发表意见，诸如："这并不意味着你愿意保持亲密关系。"也没有引导性的提问，比如："你跟男人这么吵过吗？或者跟女人？你知道这意味着什么吗，Mamaleh？"不过就算他说了，我也听不到——我的心怦怦跳得厉害。接受团体治疗以来，我第一次没有偷偷盼着罗森医生会把注意力转向我，赞扬我所做的所有深入的努力。这是第一次，我不需要他的肯定来证明自己正在向前迈进，做着艰难的事情，成为我想成为的人。我钱包里有一套北河新公寓的钥匙。

我把鞋扔向马克斯，在一场激烈的对峙中坚持自己的立场。不可否认，买房改变了我的生活，但我已经经历了足够多的团体治疗，意识到我愿意与马克斯全力抗争，这可能比安大略街的新公寓更能说明我的转变。我的身体充满了终究会消耗殆尽的肾上腺素，但在激烈争吵后的那些晕眩时刻，我内心坚实的部分仍然知道，我正在以令自己混乱、嘈杂、惊恐的方式前进。

  小组结束时,我站了起来,不确定我颤抖的腿是否能支撑起我。确切地说,我并不感到羞耻,但我不确定在拥抱期间或在去电梯的路上该如何对待马克斯。马克斯在拥抱了罗森医生之后,走近我。在三十分钟内,这是他第二次站在离我很近的地方。这一次,他张开双臂,我也张开双臂,我们一言不发但紧紧相拥。

越线

我把红色风衣挂在办公室门后,在办公桌旁坐下,按下电脑开关。在等待电脑启动时,电话铃响了。名片在汗涔涔的手中卷曲着,我看了一眼上面的号码,是的,就是他,他兑现承诺,给我打来了电话。

"你好,我是克里斯蒂·泰特。"我以官方的口气说,以平复紧张情绪,假装这只是一次商务电话。雷德是我周二小组的新成员,二十年来,他一直在管理交易,以及其他对冲基金经理们会做的事情。我只当了两年律师。还轮不到我向他提供法律建议。当他在电话另一端大笑时,我能想象出他脸上的酒窝,刚刚就在小组,罗里谈论他父亲时引得大家哈哈大笑。

"你听起来像个真正的律师。"他说。

"因为我就是一名律师。"体温逐渐升高,我用他塞给我的卡片给自己扇扇风。

"你觉得我会给你打电话吗?"

真理，会像在小组上那样继续发挥作用吗？在小组之外、无人控制、无人监督的空间里，真理会发挥作用吗？它会把我从像20世纪70年代夜间电视剧《王朝》或《达拉斯》那样的俗套中解救出来吗？我会和这位小臂强健、脖颈瘦削、发际线像海岸线的已婚男人发生什么故事呢？

"我哪知道。"但我希望他会，而且很高兴他打了这个电话，"我能帮你什么忙吗？"

"你认识做并购的人吗？"

轮到我笑了，世达律所因并购业务在国际上享有盛誉，我和律所三十名并购律师只有一墙之隔。"我可以告诉你部门负责人的名字。"

"我要名字和电话号码。"

我给了他一位合伙人的名字和电话号码，那位合伙人头发雪白，穿着定制的细条纹西装，在完成业务后登上了《华尔街日报》的头版。

对话停顿了一下，我轻拍着雷德名片的一角，然后把它别在电话后面的公告牌上，尽管我已经记住了他的电话号码。

又是一阵停顿，然后又一阵沉默。

"那么，"他说，我能想象出他狡黠的笑容和眼睛里闪烁的光芒，"如果我想继续跟你通电话，我们需要一个监护人吗？"

"为什么？"我想诱导他说出来。

"监护我们将要对彼此的所言所为。"挂断电话时，我仍然微笑着，感到温暖和悸动，从大腿到头皮都在颤抖。我站起来扭着双手像是要打破魔咒，摆脱火热、跃动，享受着得到雷德关注的快乐。我重温了我们说的每一句话，兴奋于他戳穿了我们的伪装。

我缩起脖子，拱起背，但我的身体乞求释放，所以我按下了门上的金属锁，然后推开椅子，躺在地板上。我把手放在两腿之间摩擦，感受美妙的停顿。我的高潮来得如此猛烈，头撞到了电脑主机的一角。我坐回椅子上，拉好毛衣，开始回复杰克和德国团队发来的电子邮件，但我的呼吸仍然急促。

从小组里，我了解到雷德认为他的婚姻陷入了僵局。妻子米兰达因为他的出轨而震怒，他们的交流仅限于女儿学体操和家务，他们同床异梦。

我也知道，当我还没有完全走出亚历克斯带来的阴影的时候，就轻率地和雷德谈恋爱，这很俗套，但我还是冲动地这么做了。

在接下来的周四和周一的小组上，我没有提到雷德，我跟自己说因为他是周二小组的成员，所以我应该在周二再谈论他。周二，我把闹钟调早了十五分钟，这样我就能多试试几套衣服了。

当列车驶入华盛顿站时，我的肚子猛地一跳，意识到我可以和他在一起待90分钟。

雷德迟到了几分钟，他把他的公文包放在我的椅子旁边。当他坐下时，悄悄地往我这边挪了一些。大家都能感觉到我们之间的暧昧气息吗？我的心跳得厉害，罗森医生和大家肯定都能听到。

小组里，我凝视着雷德的深蓝色宽松长裤，他手腕上的纤细毛发，他说话时一张一合的唇，他沮丧时摸头的手。我无法移开视线，但我着迷地看着时钟，因为到了九点，小组就结束了，我和雷德会一个向西、一个向北回各自的办公室，等着我的是灰色黯淡的生活——查阅文件和《大河之舞》。但在离雷德很近的地方，我可以看到他质疑"桑德斯上校"，用脚蹭我，还有他的笑声，我的生活闪耀着色彩和希望。还有，我对雷德的感觉无可否认是有关性的，这意味着我应该告诉大家。吐露一切的压力让我难以启齿，但雷德抢先了一步。

"我无时无刻不在想着克里斯蒂，和米兰达躺在床上时，我希望在我旁边的是克里斯蒂。在孩子们的足球赛上，我也希望是克里斯蒂和我在一起。前几天我们通了电话，真的……"雷德看着我，好像在征得我的同意。我点点头。

"……真的很棒。"

每个人都看着我，等待我的坦白。我承认我很喜欢和他聊天，但我没有提到，在我们第一次谈话后，我是如何关上门在办公室里自慰。用什么词能说清楚我身体的感觉？持续的悸动、晕眩，就像打了针或吸了笑气。我唯一能想到的词就是"荒唐可笑"，我不能告诉他们我坠入爱河了。

同时，我不是一个夺人所爱的女人。我上过女性研究课程。我读过麦金农、乔多罗和希克斯。另外，我很清楚雷德不会离婚。我经历了数百次团体治疗，不会亲自书写"一个孤独女孩与婚姻不幸的男组员私通"这样的俗套故事。我已经试过和一个正在接受罗森医生治疗的男人约会,失败了。我记得莫妮卡·莱温斯基的性丑闻爆出来时,不仅公众对她嗤之以鼻,她在露华浓的工作机会也泡汤了。考虑到"罗森圈"的包容开放,或许我也有可能在大家面前颜面扫地,更不用说我正在破坏像家一样的小组。

"你想要什么?"罗森医生问我。

"我不知道该怎么回答。"

"为什么?"

"我不知道什么是被允许的。"我转过头看着罗森医生,相信他知道我的答案:我想要雷德。

每天早上,我的手机都在床头柜上嗡嗡作响。雷德都在黎明前去上班。他总是在上午十点左右给我的办公室打电话问好,然后在股市收盘时再打来。晚上,他在从办公室步行去列车站的路上给我打电话,我能听到他的鞋子在人行道上发出的嗒嗒声。有时,我们从他离开办公室的那一刻起就开始聊天,我听到他在列车上,听到他走到他家门口,接着把钥匙插进锁里,一直聊到他低声说他必须挂电话了。他告诉我如何在黑莓手机上发送 PIN 信息,据说 PIN 信息可以绕过公司的服务器,不会留下任何记录。当我的黑莓手机闪烁着红灯时,我知道这是雷德给我发送了 PIN 信息,我的身体随着手机的震动而激动不已。

雷德说,我可以问他任何问题,所以我问了米兰达的事,也许这样一来，米兰达对我来说就是一个真实存在的人，就能让我在这段关系中退缩。

她闻起来是什么味道？

干净。

她有多瘦？

四码。

你最喜欢她哪一点？

她对孩子们的爱。

你们最后一次睡在一起是什么时候？

想不起来。

为什么要娶她？

感觉我应该这么做。

为什么不离开她？

为了女儿们。

我在脑海里画了一幅她的画像：一个和我身高相仿的女人，穿着一件梅子色的连衣裙，穿着银色凉鞋，金色的头发闪耀着光泽，有着不需要工作的瘦削富婆惯有的冷淡。在我的想象中，她涂着自己标志性的口红，小口地吃着东西。她完美但冷酷，沉着但饥渴，体面但脆弱。而我，更有血肉，更温暖，更有活力，更年轻，更有力量。

我感到内疚。毕竟我是一个假女权主义者，是一个偷走别人丈夫的人。很老套的故事，但我从未感到如此有活力。

"我得去参加中午的戒酒互助会,我们在那儿见面吧。"一天早上,雷德说。

十分钟后,我还得跟杰克开会。在他同意我不用再去德国后,我不想再麻烦他了。我愿意为雷德冒多少风险?

我给杰克发了一封电子邮件:有点急事。我们能推迟到1点30分开会吗?

戒酒互助会的地点距离我办公室有四个街区,尽管外面的温度只有 -1℃,但我来不及穿外套,直接踩着高跟鞋跑了出去。我没带钱包,脑子里空空如也,一听到雷德邀请我见面,我就鲁莽地同意了。穿过芝加哥环路,我在行人之间穿梭,想早点到雷德身边,逃离我那黯淡、无爱的生活。是的,并不酗酒的我冲刺着去参加戒酒互助会,尽管我不得不推迟与我们部门最大领导的会议,尽管雷德已婚,尽管他的不忠小组里人尽皆知。

他坐在最后一排,我坐在他旁边。他那双闪闪发亮的黑色系带鞋抵着我的黑色楔形鞋跟。我喘不过气来,我向后靠在椅子上,把手伸进他的肘部和胸腔之间。指尖跳跃着我自己的脉搏,但却感觉到了他的脉动。互助会负责人递给我一张十二步疗法的传单,当我把传单递给雷德时,我把手指搭在他的手掌上。肌肤相触的瞬间,一切都消失了,无论是环路和高架列车,还是沃克的车流,仿佛世界只剩下我的指尖和雷德的手掌,那跃动的脉搏穿过了我的身体。

他送我回办公室,我跟上他的大跨步,所以每隔几步我们的手就会碰到一次。每次我们都迅速地把手拿开,好像被吓到了,或是被人逮到了,但脸上都挂着傻乎乎的笑容。

这不过是一个老套的故事:年长的成功人士和他年轻的情妇。在这个故事的结尾,我会缩成一团,号啕大哭,给罗森医生留言,唾弃自己的愚蠢决定。但在沃克和伦道夫街拐角的这一刻,雷德的手离我只有几厘米之遥的这一刻,我的身体充斥着无法言语的渴望。这才是最重要的,这就够了。

当我们站在世达律所楼下一扇巨大的玻璃旋转门前时,他说:"我想让你知道我的一切。"

"比如?"

多亏了小组,我已经知道他的父亲是一个处方药瘾君子,他强迫雷德去读 MBA 课程,尽管雷德本想成为一名建筑师;我还知道他中学时参加了在外地举办的运动会,田径教练把他灌醉后实施了猥亵;我也知道他是如何回忆以前每天把自己灌得酩酊大醉,以及他因出轨事件来到小组;我还知道另外一段破坏他婚姻的婚外情。我知道很多事,了解了一个人,就感觉爱上了他。

"所有的一切,我是如何打开水瓶盖的,我是如何握住方向盘的,如何在游泳池里游泳的,还有那些我不能在小组里或街上给你看的东西。"他俯身在我耳边低声说,"我还想让你知道,对你说'我爱你'的时候,我是什么样子。"

"我昨天做了一些事情。"我在周一早上的小组中宣布,因为雷德不在这个小组,所以我更容易吐露一切。几周以来,我跟雷德已经发展到痴缠的地步了。我辩解说,每一个越线行为都是法律允许的,因为我们并没有发生性关系。在戒酒互助会上牵手不是外遇;在高架列车轨道下的昏暗酒吧里与他共进午餐不是外遇;深夜,在他的家人睡觉后电话谈情不是外遇,我们甚至还没接吻呢。我欺骗自己说,我是无辜的,尽管在内心深处,我怀疑我和雷德的所作所为就像偷偷吃了十几个苹果,但这和声称自己已经从进食障碍中恢复过来没有什么区别。

"发生了什么?"洛恩说。几周来,他一直预测我和雷德的"友谊"可能会变得过于"亲昵",他的妻子勒妮几年前和雷德在一起过,差一点就发展成婚外情。听到这些,我本应该终止和雷德的关系,但我没这么做。

"我们昨天通了电话,结果失控了。"

"那是什么意思?"帕特丽斯满脸慈爱地皱起了眉头,玛吉奶奶咯咯地笑着,好像她知道接下来发生了什么。

"他从杂货店打来电话。"周末,只要雷德能从家人身边溜走,就在和我打电话,我时时刻刻都在盯着手机,"他站在冷冻食品的过道上说了一些话……"

"天哪,谁在乎冷冻食品啊!"洛恩吐槽道。

"好吧。我们玩了电话性爱。"

"就在他给他的妻子和孩子买食物的时候。"帕特丽斯帮忙补充道。

洛恩说:"你要知道,他也是这么对勒妮的。他有没有说你很特别?说他爱你?"

我对自己说:"我是不同的。"就像每个与我处在相同位置的女人都会告诉自己这句话一样。但雷德的妻子和两个女儿确实是我绷得紧紧的两个心结。我紧闭双唇,看着罗森医生,他督促我继续说,我便描述了自己是如何在壁橱里抚摸自己,雷德又是怎样告诉我想象他在我身体里的样子。他说他爱我,愿意为我做任何事。当我听到收银员问他要纸袋还是塑料袋时,我想挂断电话,但他想让我一直等到他上车。

"为什么是壁橱?"马克斯总能问到点上。

与雷德的谈话变得挑逗起来时,我正站在壁橱前找一件毛衣。之后我就躺在壁橱里,手指放在两腿之间,手机放在耳边,抬头盯着裤子和裙子的下摆。

罗森医生挑明道:"还有什么地方比壁橱更隐蔽呢?这是一个显而易见的选择。"

我无法正视他的眼睛,所以凝视着他下巴的轮廓。他问我是什么感觉,答案只有一个:羞耻。

羞耻。

所有跳动的兴奋都变成了液体状的羞愧,在我的身体里晃动。

"太俗套了,我不应该这样的,我在退步。"一个已婚的戒酒康复者带着十几岁的孩子就像一扇门,门后就是之前被我贴上"最次选"的空间。罗森医生无法让我信服,从单身但不爱我的亚历克斯到已婚的雷德是在好转，罗森医生坚持让我继续前进。

"我要的是我自己的丈夫和孩子，不是别人的！也不是躺在芭蕾舞平底鞋上玩电话性爱。"

"如果这正是抵达你目的地的必经之路呢？"

"说这话，你是认真的吗？"

"你最后一次让自己被一个想上你的男人崇拜是什么时候？"

"实习生……"

罗森医生摇了摇头。

"你应该警告我，向我出示该死的红牌。"但这永远不会发生。罗森医生顽固地让我们在不被评判的情况下找到自己的路。如果我作为一个所谓的性厌食症患者，需要和一个已婚男人发生婚外情，最终和那些不靠谱的男人一起堕落，那就这样吧。对我来说，雷德是即将登陆的六级飓风，我想让罗森医生把我带到地势更高的地方，但那不是罗森医生的职责，他只是目击者，不是警卫队。

帕特丽斯对罗森医生的自由放任持迟疑态度，说："也许你不应该在小组之外跟他说话，克里斯蒂。"

我点点头，知道自己应该听从她的建议。但我更可能遵循马丁·路德的不朽名言：做一个罪人，大胆犯罪。尽管路德指的不是躲在壁橱里听已婚男组员的低语。

"不明白，这怎么可能把我带到我的目的地呢？"我问。

"会明白的。"罗森医生耸了耸肩。当我走向不可避免的灾难时，这可不是一个鼓舞人心的姿势。

"马克斯,救命。"我说。

那次争吵过后,我感觉在小组里最值得信任的就是马克斯。当你能对着某人的脸大喊大叫时,你就知道你们的关系多么坚固。马克斯是一棵该死的红杉,他的根比小组的任何人都更深更宽,如果他让我躲开雷德,我会照做的。

"我认为你得继续这段关系。"马克斯一脸严肃,吓了我一跳,但我也听到了他对我愚蠢行为的祝福。

但罗森医生才是医生,是哈佛毕业生,他才是权威人物,应该由他颁布法令或提出建议。

"你不会也祝福这段婚外情吧,那也太扯淡了吧?"

"你觉得让一切隐秘进行会对你有帮助,那就这么做吧。"

纠缠

在看到雷德左手无名指上的金戒指后,小组成员们不再考虑他作为我伴侣的可能性。我并没有忽视他无名指上的戒指,即使他暗示我会是一个很棒的继母,或是他可以搬进我的新公寓。然而,我更关注的是他比我约会过的其他男人要好多少。我们每次说话,他都会说他爱我,所以他是亚历克斯的反面;他不关心宗教信仰,所以他是实习生的反面;他在三十秒内回复了我的电子邮件,并每隔一天就邀请我吃午饭,所以他是杰里米的反面。我理直气壮地说,沉浸在雷德的爱和关注中是很好的做法,因为最终我会把注意力转移到一个和他一模一样、但没戴婚戒的男人身上。

每次周二小组,雷德一坐下来就向我伸出他的手。我在团队中牵过很多人的手:帕特丽斯、马蒂、娜恩、埃米莉、玛丽、玛妮、马克斯、玛吉奶奶、洛恩和罗森医生,有时是别人的手支持着我,有时是我的手支撑着他人。但这次不同,握住雷德的手,感觉不像是一种给予支持的举动,更像是前戏。

我们第一次在小组中牵手的时候,罗里和马蒂都倒吸了一口冷气,帕特丽斯沮丧地叹了口气,卡洛斯低声说:"哎,拜托。"罗森医生装模作样地看着我们牵着手,手指交握,但他什么也没说。当我看到罗森医生的眼睛时,恐惧和沮丧就会变成抗议。

"你有什么计划,罗森医生?"我举起和雷德紧紧交握的手。

"计划?我不是上帝。"

"那雷德的妻子呢?你不关心她吗?"

"她不是我的病人,你才是。"

他问我什么感觉,我的回答一直都是:羞耻和饥饿。

罗森医生问我想要什么。

"雷德,我要雷德。你是在帮我吗?我来这里是为了寻求人际关系方面的帮助……"

"我在帮你。"

"你给我的治疗建议只有来这里,感受一切,把所有和盘托出?"当我与罗森医生对峙时,雷德握着我的手,他的拇指在我的手掌上画了一个圆圈。

"是的。"

罗森医生认为我和雷德应该在一起?真的?我目不转睛地盯着罗森医生,他眼睛一眨不眨,脖子挺直,肩膀微微耸起,鞋子放在地板上。当他展望未来时,他看到了什么?我和雷德和他的女儿们一起生活?和雷德这样的人一起生活,拥有他的全部?

帕特丽斯和玛吉奶奶让我终止这段关系,洛恩用勒妮和雷德的往事来警示我。马克斯还是认为我必须继续下去,而且"高级"小组的神秘力量将以某种方式使我免于彻底毁灭。罗里、马蒂、卡洛斯和"桑德斯上校"看着罗森医生,他露出高深莫测的微笑,张开双手。

一个周二的早晨,在电梯里,罗里轻声说:"我不知道罗森医生在对你做什么。"在我的注视下她移开了惊恐的目光。

二月下旬,史蒂文为克莱尔举办生日派对,并邀请了所有法学院的朋友。当我走进昏暗的餐厅时,我看到克莱尔穿着丝绸上衣和紧身牛仔裤,我感觉自己就像刚从一个遥远的国家长途跋涉回来。和雷德的关系耗尽了我的精力,以至于我忘记了在我三英寸的黑莓手机屏幕之外还有一个更广阔的世界。在这个屏幕大小的世界里,我反复看着雷德发给我的信息,同时等待他与家人决裂并打电话给我。

整个晚餐期间,我的黑莓手机一直在嗡嗡作响。每次震动时,我都假装在钱包里找唇彩、口香糖或钢笔,这样我就能读到雷德的留言:"我想你。"

两分钟后:"你什么时候回家?"

十分钟后:"我有话对你说。"

"你能接电话吗?"

"你在哪儿?"

五分钟后:"我们很快就要开车回家了,我大概有一小时不能上网。"

"亲爱的，你到底想从黑莓手机上挖到什么啊？"排队上洗手间的时候，克莱尔堵住我问。

我告诉她，我在和某人纠缠，她想知道为什么他今天没和我一起来。克莱尔永远不会见到雷德，当我非常清楚地意识到这一点时，我微笑着，一句话都说不出来。我是一个秘密，一个情妇。我不得不看着克莱尔的眼睛告诉她，我和一个已婚男人在一起，他现在正和他结婚十九年的妻子一起参加他侄女的芭蕾舞演出，这是一个令人作呕的现实。我提到他"应该喜欢我"时，她马上就明白了。

"你们相爱吗？"

我拿出放在包里的卡片，那是雷德送我的情人节贺卡。她打开贺卡，大声读道："我爱你，雷德。"

"你是怎么认识他的？"克莱尔对小组治疗了如指掌，但我说不出口。正如我所说的，"团体治疗"这几个字简直是疯了。

"显然，他很爱你！"她在空中挥舞着卡片，再次拥抱了我。我收下了她对我这份虚假关系的真挚欢呼。

几小时后，我爬上床，黑莓手机亮起了一条新的 PIN 信息，我输入了密码，但没有点开他的信息。听到"已婚男人"字眼时克莱尔的反应，让我恨不能蜷缩成球，大声呻吟。雷德永远不会离开米兰达和他的女儿们，如果他这么做了，我们还会被彼此吸引吗？考虑到他的过往，我怎么能相信他呢？如果这段关系真正吸引人的不过是它的不正当、秘密和羞耻呢？这些难道不是名为《人生》的电影里最基本的要素吗？

  我把黑莓手机扔进了壁橱，遏制睡前与雷德互动太难受了，已经对我的身体产生了实质性的影响，我开始胃痉挛，感觉有什么东西爬进了我的肠道。雷德可能爱我，但他实在没空。我不是想要一些真实的东西吗？如果一切只能是秘密的话，和已婚男人鬼混怎么能让我变成一个真实的人呢？我犹豫不决，我把枕头的一角塞进嘴里，使劲咬着。黑莓手机上的红色的灯像心跳一样一闪一闪。

醒悟

周五晚上 6 点 30 分,我走进洛根广场的一家星巴克。下班的人都急着赶回家,夜幕降临,微弱的冬日阳光远低于地平线。雷德的电话比平常晚了十分钟。只过了一晚,我在克莱尔生日聚会当晚下的决心就消失得无影无踪,我和雷德又恢复了每天通话的习惯。一个工作日的晚上,我们还去了郊区的一家购物中心,我帮他挑了一件冬天的大衣。商场关门时,我们在芝士蛋糕工厂的灯光下摸索着找他的商务车。我们很浪漫,也很有格调。

手机终于嗡嗡作响时,我挪到安静一点的位置,远离咖啡机。雷德的呼吸声盖过了他说话的声音,听起来他像是在街上跑。我想象着他在麦迪逊街上冲刺回家,回到他的家人身边,但我希望他跑向的是我。他声音里有某种冰冷锋利的东西,让我坐得更直了。他总是发誓说他对我没有秘密,我可以问他任何事,所以我鼓足勇气问:"你要去哪里?"

"我正带孩子们去吃比萨。"毫无疑问,他的妻子也在。我的喉咙哽咽着,想象着他妻子穿着那件梅子色连衣裙,头发闪耀着金色光泽。"我们今晚会早点睡,明天动身回艾奥瓦州。"米兰达的父亲最近被诊断出晚期肝癌。我确信,这会让雷德和他的妻子走得更近,但到目前为止,他说,她比以往任何时候都更排斥他。

"你还好吗?"我在凳子上晃着,一只手拿着手机,一只手放在胸口。

"有点紧张。"他声音里的冷冰冰的东西变得更尖锐了。

"如果你需要我,我一直都在……"咖啡机运作着,淹没了所有其他的声音。

"我得走了。"

第一次,他没有说"我爱你"就挂断了电话。恐慌让喧闹的星巴克柜台在我的视野中旋转,我以前也有过这种感觉。雷德正在放手,我知道,他会像其他所有人一样消失。

当天晚上十一点刚过,我收到了雷德的信息:"对不起。"

我不是要审问他。

我不是米兰达,我从不怀疑,从不窥探,从不为难。我回他:"没必要道歉!我爱你!我们明天再谈吧。"我当然没有问为什么吃比萨要用四个小时。

"我对你撒谎了。"第二天早上六点,我收到雷德的信息。我四点就起来了,一直在公寓里闲逛,大口大口地喝着脱脂牛奶,试图让胃平静下来。

"拜托,我又不是不知道你有家室。"我忍不住笑了,他一言不发。

"昨晚,我和米兰达出去过……"他说。

我屏住呼吸,没等他说出后面的话,我就说:"周年纪念。"

我背靠在卧室的墙上,整个人滑了下去。周年纪念,多么美好的字眼,在我嘴里却满是苦涩。

真相终于被说出来了。我的身体渴望宣泄:呕吐、泪水、尖叫,但我只是伸直腿背靠墙坐着。

他在小组里对自己的周年纪念日只字不提。在所有的治疗过程中,我们手拉手坐在一起,这让我觉得他和米兰达离开孩子就无法共进晚餐。但现在,我无法将他们坐下来吃鱼片和无面粉巧克力蛋糕的画面从脑海中抹去。我看到了烛光、歉意的爱抚,以及他们之间所有沉重的伤害统统被软化。

我一直在发抖,发抖,发抖。

"我爱你。请不要怀疑这一点。"雷德恳求道,"说点什么吧,求你了。"

"没意思。"我足够聪明,知道我们不会长久,但又愚蠢到希望能有一个不同的结局。

我握着手机,爬到卫生间,凝视着马桶垫,这是我十几岁起就很熟悉的、令我欣慰的景象。什么都吐不出来,因为我没吃晚餐,不像雷德,他和结婚二十年的妻子一起吃了一顿浪漫的周年晚餐。

"我挂了。"我关上手机,使劲往浴室的镜子上摔。手机"砰"的一声掉在浴缸旁。

我把黑莓手机关机，锁在车的后备厢里。

不再有信息，不再有性爱电话，不再有偷情的刺激。

我身体里的愤怒，对我自己、对雷德、对罗森医生称之为"进步"的愤怒，让我无法平静。我也很生马克斯的气，因为只有他鼓励我"继续"。罗里、帕特丽斯和玛吉奶奶一直以来都是对的。

我系好跑鞋，在湖边跑了十英里。我心脏狂跳着从成群的跑步者和游客身边穿过，看到游客们正在给海军码头拍照。我把帽子拉得很低，遮住了额头，不与任何人有眼神接触。我把音乐声调到了最大，让它淹没所有"雷德和我在一起是多么愚蠢"的想法。跑完后，我仍然感到精力充沛和紧张不安，我本可以多跑十英里的。我本可以跑到撕裂腿上的每一块肌肉，肺部冒烟，脚趾破皮。

但我真正需要的是哭泣。

在十二步疗法互助会上，我什么都听不进去，也什么话都没说。后来，有几个人走近我，问我还好吗？我摇了摇头。我用力压着指节，指节成了白色。

不，我不太好。会后，我坐在车里，不知道该开到哪里去。阳光从四面八方照进车里，我看着大笑的德保罗大学生和成群结队的游客正沿着街道漫步。车外的世界太吵，太可怕了。

我给帕特丽斯打电话说："我已经关掉了黑莓手机，我受够了。"

"我一直很担心你，你现在不应该一个人待着。"

我开车去了洛恩家，对着抱枕哭了起来，忍住了打开后备厢抓起黑莓手机联系雷德的冲动。洛恩的妻子勒妮拍了拍我的头，讲述了当她意识到雷德永远不会离开他妻子时，她为雷德哭泣的夜晚。洛恩和勒妮的儿子罗曼在我脚边的地板上蹒跚学步，发出可爱的咿咿呀呀的声音。

悲痛折磨着我，我不断地产生一种荒谬的想法，那就是我不公平地抛弃了他。"他的岳父快要死了，也许我应该等到夏天再和他分手。"

洛恩和勒妮摇摇头。

"罗森医生会为你感到骄傲的。"洛恩说。

我的眼睛噙满了泪水。当罗森医生看着我牵着雷德的手，听我描述我们愚蠢的购物之旅、我们的壁橱性爱时，他是怎么想的？这几周来，他一直摆着一张扑克脸，但他肯定私下会在办公室里摇摇头，想知道他那个愚蠢的病人什么时候才能醒悟过来。

"我有个主意。跟我来。"勒妮把我带到她的办公桌旁，让我坐在电脑前。她按了几个键，屏幕上显现出一对年轻夫妇的笑脸，背景有些模糊，是人们拿着烟花围着这对夫妇。屏幕上写着：从这里开始一段新恋情。

"JDate[①]？"

"这些人都是单身……"

"相信我，他们会喜欢你的，我们会叫你'得州女孩'，一旦他

---

① JDate，是一个为犹太人提供在线征婚交友服务的网站。

们见到你、了解你，就会喜欢上你的。"

我犹豫了一下，但她看了我一眼：你想还是不想？

勒妮与雷德断绝关系后不久就和善良的犹太男人洛恩一起组建了幸福的家庭，现在她有了漂亮的儿子、抱枕和冰箱里的新鲜鸡蛋。她似乎很肯定这在我身上也行得通。治疗的第一天，罗森医生就建议，如果我让他和小组走进我的生命，我会好起来的，因为这意味着我不再"单打独斗"。

勒妮指导我填写了个人信息。

我不太相信 JDate 能行，但勒妮的关怀让我欣慰。"Shalom[①]。"我一边说，一边关上门。

在一个晴朗的深冬之夜，从湖岸大道往北向市中心进发，一路上是我可以想象到的最美丽的场景之一：石质的德雷克酒店像城堡一样若隐若现，汉考克大楼毗邻夜空中的星。尽管我因为雷德而一团糟，但看着这座城市，我感受到敬畏之心。

注册 JDate 后第三个晚上，我参加完小组，开车回家。我知道公寓冷冷清清、空空荡荡，但比起围着雷德转、等待他给我发短信的日子，我情愿选择这种清冷孤独。到目前为止，我没有打碎一个盘子，也没有拿过开信刀。

我给罗森医生打电话，他当时正在外地参加会议，对雷德的谎言和周年晚餐一无所知。"我离开雷德了，除了每周的小组，我

[①] 犹太语，"再见"的意思。

不会和他有任何关系了。"我给罗森医生的语音信箱留言。我深吸一口气,还有很多话想说。几周来,我一直在想,当罗森医生眼睁睁看着我和雷德发展婚外情时,他怎么能受得了呢?小组成员曾多次代表我质问罗森医生:"你怎么啥也不做呢?克里斯蒂会受伤的,她跟雷德这档子事完全是不道德的。"但面对所有质疑,罗森医生都表现出中立的态度,他问我们,为什么他要阻止我。

在"罗森圈"这么久以来,许多小组成员都称赞罗森医生才华横溢,我见过,他对"桑德斯上校"和马克斯说一口流利的德语;我见过,他常用犹太语祝福我们。他将小组成员生活中看似不同的事情紧紧地联系在一起,宠物雪貂和大屠杀,吉他课和氰化物药片,蛔虫和信用卡债务。他很敏锐,但这算才华吗?也许吧。

我最欣赏的是他钢铁般的胆量,他足够信任自己,允许两个小组成员在他的眼皮子底下搞婚外情。他眼睁睁地看着我做出一个又一个有问题的选择,耐心地等待我自己醒悟过来。如果我为了这件事自杀,他肯定会被执照委员会喊去谈话。但他相信自己,也相信我。

如果是我,我绝对无法忍受看到我关心的人做出如此有问题的决定。但我很感激,罗森医生做到了。

男友

我赤身裸体,浑身发抖,双臂成 V 字形交叉在胸前,但也不足以遮住胸部。考虑到我们才翻云覆雨过,这有点傻。我的衣服放在对面的暖气片上。房间里回荡着歌手萨德的低吟浅唱,唯一的光亮是壁橱里的等腰三角形衣架。

我站了几分钟,看着布兰登,他已经快扣好睡衣了。他用医院床单折角法把床单铺好,把羽绒被拉紧后叠好。他没有跟站在那里瑟瑟发抖的我打招呼,仿佛神游在另一个只有床单、毯子、被子和一个只有平滑的线条、没有一丝褶皱的世界。我的胳膊在胸前颤抖,肚子上起了鸡皮疙瘩,试图在布兰登的视线延伸到亚麻布之前引起他的注意,但没成功。布兰登后退一步,双手放在臀上,仔细打量着床。他点点头,喃喃地说了些什么。他大步走到床边,小心翼翼地掀开被子。他小心翼翼地向下摆动身体,以免弄皱刚整理好的床品。他转头看向我,毫无防备地笑了笑,问:"睡吗?"

勒妮帮我注册 JDate 后,很多在寻找犹太伴侣的男人拒绝了我,我转而使用交友网站 eHarmony。

布兰登的第一封电子邮件就吸引了我,他问我晚餐是否喜欢吃早餐麦片,并由此引发了一场关于糖霜薄片和格兰诺拉麦片优缺点的激烈辩论。我觉得他在约会方面很有经验,因为他知道如何通过电子邮件调情,他应该也受过良好的教育,因为他知道什么时候应该用分号。

布兰登符合我对约会对象的唯一要求:不是我治疗小组中的已婚男子。他有一种镇定自若的神态,就像一个现在想要稳定下来的、"奔三"的人。第一次约会,我们在东岸俱乐部共进午餐,这是一家芝加哥版的乡村俱乐部,声称奥普拉和奥巴马夫妇都是其会员。布兰登穿着一件蓝色上衣,眼神友善,一脸笑容。他比我高一些,头发比他头像上看起来要长一些。他看起来很孩子气,平易近人,就像披头士乐队第一次上埃德·沙利文的综艺节目时那样。第二次约会,我们看了话剧《草原狼的情歌》,之后在霍尔斯特德街的博库餐厅共进晚餐。布兰登是那种在周末晚上不点特色菜,把卡其色裤子熨烫整齐的人。每次都他埋单,每次都打开门让我先进,每次都坚持两个人分享甜点。他自本科起就就读的那所医学院以培养了数十位总统和最高法院法官而闻名。他笑的时候会害羞地用手捂住嘴。他最近开始攀岩,敦促自己学一些不会主动去学的东西。他的卫生状况无可挑剔,亲热前后都刷牙,一天洗两次澡。他从不说脏话,不喝酒,也从不情绪失控。我百分之九十肯定他是共和党人,但他还没有表现出任何厌女症、种族主义或阶级偏见,所以我任由自己被他的贵族风度和善良举止所吸引。

和布兰登在一起时,我不会想要躺在办公室的地板上通过自慰实现性高潮。看完《草原狼的情歌》,回到住处,我们在沙发上第一次接吻了。如果说算不上特别兴奋,至少我感觉很愉悦。我觉得完全可以。实习生让我食欲不振,和雷德的关系让我精疲力竭,但和布兰登在一起的时候,我的身体仿佛六月清晨的湖泊,非常平静。

有时候,在小组里,我低声说我快感到无聊了。"很好",马克斯说,"健康关系的标志就是无聊。"

"这是真的,孩子",玛吉奶奶微笑着对我说,"每段婚姻都会有无聊的部分。"

罗森医生对此表示赞同:"如果我感到无聊,那我做对了。"但克莱尔、玛妮或勒妮,谈起他们早年间和爱人相处的状态时却是寝食难安的、一点也不平静。从来没有人说过恋爱中的心情像没有涟漪的湖泊。有时我怀念与前任们在一起时多得要溢出来的兴奋,即使我已经意识到这并没有给我带来什么好处。

现在,描绘自己的心时,我看到它是从雷德身上挖出来的,还被亚历克斯和实习生捣了几次,并被杰里米伤害过。当然,每个小组成员和罗森医生都在我的心上留下了他们的印记。我试着想象依恋布兰登。有一次,在吃饭的时候,我凝视着他上浆的白衬衫,琢磨着他内心表面的凹槽和我的是否匹配。

现在,我看着布兰登整理床单,就像一场关于强迫症的小品表演。我想知道令他痴迷的铺床仪式预示着什么？我只能想象，一些无法言说的童年创伤导致他必须这么做。我想问，但他的眼睛已经闭上了。他肩上搭着毯子，看起来很年轻，我觉得我应该给他一杯牛奶和一块全麦饼干。

思绪吞噬了每一个感官，身体像窗帘一样被卷进了我的大脑。睡衣是什么鬼？我喜欢这样吗？怎么没播萨德的歌？还有，我怎么一点声音都没有？

从走进他卧室的那一刻起，就是一片沉默，没有呻吟，没有喘息，没有呼噜，没有叹息，没有对话，没有"你喜欢什么""感觉如何"。整个过程干脆利落，就像在他无可挑剔的衣柜里叠得整整齐齐的老式睡衣。

布兰登睡着的时候，我在复盘整个过程，从翻转的性爱到医院床单折角法，确切地说，我并没有失望。他既不刻薄，也不粗心，也没走神。我判断，他恐惧面对面做爱，对床单有强迫症，但我也有自己的毛病。我可以把我所有的判断、不安全感、恐惧、错觉和感觉带到小组里，大家会帮我厘清头绪。

"你怕不是在和弗利珀[①]约会，"洛恩开玩笑说，"但他比雷德强啊。"

马克斯说，目前还不清楚整理床单这件事是可爱的癖好，还是

[①] 弗利珀，女主人公给布兰登起的昵称。

代表他僵硬不屈的脾性。"你可能得让他接受治疗。"马克斯建议说。

我说我们还没有讨论过团体治疗，马克斯朝我扬起了眉毛。

"我没有隐瞒，只是还没到那一步。"

"你在等他问你，是不是一周来三次小组？"马克斯得意地笑了。

小组的规矩是把一切都告诉罗森医生和小组成员，而不是告诉可能成为我男朋友的人。

"我不确定我是否喜欢他，我的身体对他并没有真正的反应。"

"你有高潮吗？"洛恩问道。

"有。"

罗森医生笑容满面，就像一轮满月悬挂在万里无云的天空中。

在我三十二岁生日那天，布兰登站在我的厨房里，而我正在收拾我的过夜包。我们总是在他俯瞰海军码头的顶层公寓里过夜，因为那里有进口家具、环绕立体声音响，当然还有他的睡衣。

"这是谁？"布兰登指着贴在我冰箱上的一张照片说，冰箱的每一面都贴满了照片和票根。在他可以指出的几十张面孔中，他瞄准了一张我不想讨论的面孔，真的要在我生日这天这么做吗？

"那是我……"我顿了一下。

他歪着头，手指继续按在照片上，示意我继续。

"我的导师。"

布兰登靠得很近，仔细研究着那张照片。那是在凯瑟琳婚礼上,我介绍罗森医生和亚历克斯互相认识之前,罗森医生的脸部特写照片。

"真的吗?什么样的导师?"

我不想告诉布兰登有关罗森医生的事,因为我不知道他对心理治疗的看法。几周前,我告诉他我正在接受十二步疗法治疗进食障碍时,他皱着脸说:"我不明白为什么你需要这么多人,也不明白为什么有人吃饱了还停不下来。"

"实际上,"去他妈的,豁出去了,"他是我的治疗师。"

他把身子探向那张照片,盯着看了一眼问:"治疗师?你是怎么弄到这张照片的?"

"从一个婚礼上,他的两个病人结了婚,我是新娘的朋友。"

布兰登眼中闪烁着惊慌的神情。"两个病人结婚?怎么,他们在候诊室擦肩而过,就坠入了爱河?"我解释了小组是怎么一回事,以及罗森医生并不禁止组员在小组外交往。布兰登的嘴绷得紧紧的,他走来走去,问了十几个问题,关于小组是如何运作的、小组的成员来自哪里、小组又是如何起作用的。我向他保证,这就像是常规治疗,只是人要多一些。他想知道我有没有谈起过他,当我点头时,他把手塞进口袋里,房间里的温度似乎下降了好几度。

回到他家,我们更敷衍了事:他把我翻了个底朝天,二十分钟内结束一切。之后,我把头靠在他的胸口,但我能感觉到他在盯着天花板。我坐了起来。

"怎么了?"我问。

布兰登的目光并没有从天花板的王冠装饰上移开，说："请不要在你们的小组里谈论我。"

"什么？"他知道治疗是怎么起作用的吗？

"别提我的名字。"我还没有告诉他，我其实参加了两个小组，一周去三次。

"他们已经知道我们在约会了。"他们什么都知道。周一，马克斯和布拉德在谷歌上搜索了布兰登，发现他的公寓价值一百多万美元，他母亲是天主教慈善机构的主要捐赠者。

"他们知道我的名字吗？"

我点了点头，感觉自己的脸烧红了，我不应该说他的名字吗？

"拜托，"他转过身来，"别把我扯进去。"

我点了点头，不是因为我同意了，而是表示我知道了。他将我无声地点头理解为同意，俯身吻了吻我的脸颊，然后靠在他的枕头上。

九年

"生日过得怎么样?"马克斯问道。

我称赞了海关餐厅的三文鱼和黑松露意式奶冻。

"他有没有送你礼物,比如面对面地做爱?"洛恩问道。

我回了他一根中指,"这事还没完了?"我说。

马克斯眯起了眼睛:"你平时话贼多,对方说了什么,怎么吻你的,有没有在否认他的强迫症……"

"还有对方是怎么甩你的。"洛恩补充道,我回敬了他两根中指。

"但现在你表现得好像这不关我们的事。"马克斯说。

我看着罗森医生问:"你能帮我吗?"

生日后的第二天早上,罗森医生和我通了电话,他说他不会强迫我在小组中谈论布兰登,但他强烈建议我让小组成员知道布兰登对我的要求。现在他打手势让我继续,我深吸了一口气,说了布兰登的要求,以及他默认为我同意不在小组中讨论他。

每个人都在问同样的问题：他为什么要干扰你的治疗？

我努了努嘴。

他们太夸张了，布兰登只是想要隐私。仅仅因为我乐于告诉小组我吃了什么，又是如何做爱的，并不意味着他也能接受。试一试布兰登说的有什么害处？如果我又有自杀的念头或疯狂地吃苹果，那还不是一天一个想法，也没什么可说的。

大家向我抛出了更多的问题，玛吉奶奶想知道我能在这段关系中得到什么帮助，洛恩想知道布兰登是否知道他的昵称是"弗利珀"，马克斯的问题最难回答：这段关系值得我做出牺牲吗？

我回答这些问题时，罗森医生静静地坐着。我看了他几次，有时，我好像看到他同意我试试布兰登的要求，但下一眼，我又只看到他的嘴抿成一条直线，散发出一种让我僵硬的警惕。我想用手捂着耳朵尖叫，为什么我的每一段恋情都要被大家评头论足？谈恋爱什么时候能变得容易些？小组结束时，我和小组达成了一个协议：我不会再分享布兰登的事，但当我需要他们来帮助我处理这段关系时，我会给罗森医生留言，他会在小组外给我建议。然后，我会向小组透露罗森医生在小组外给我的反馈，但不会分享我们谈话的具体内容。

"这有啥用。"洛恩说。我再次对他竖起中指。但是，就在我对这个折中做法充满信心的时候，担忧也萦绕在心头，我花了五年时间学习如何在罗森医生和小组面前吐露一切，学会"让他们进来"，现在把他们拒之门外的代价是什么？

"克里斯蒂，"马克斯用他最严肃的声音说，"说真的，这是怎么回事？你为什么不能在你的治疗中谈论他呢？"

我说，因为他的出身，他得忠于守护一些古老的家族秘密。但我觉得最有可能的是他有过一些令他感到羞耻的家族史，比如上瘾、精神疾病或未婚怀孕。我知道他的父亲在他很小的时候就去世了，他只说过一次，但从中我感受到了交织的痛苦和羞愧。随着时间的推移，布兰登会从我这里了解到，秘密是有毒的，吐露是通向自由和亲密的必经之路。

当天晚上吃寿司时，我告诉布兰登，只要我能跟罗森医生倾诉我想说的，我愿意不在小组里提到他，他说他接受这个方案。我从椅子上站起来，绕到他那边，想给他一个拥抱，但在公众场合的拥抱让他脸红了。我们在祥和的气氛中分享了一块柠檬馅饼。接下来几周，我在小组里感觉很尴尬。在布兰登提出这个要求之前，我每次都滔滔不绝地分享过往，我还会撕破布、扯头发，并要求小组想办法帮助我。他们教会我自嘲，教会我从多个角度看待自己的人际关系。而现在，当谈到性或人际关系时，我缩成一团，闭口不提，提醒自己和所有人我不会分享任何东西。每次和布兰登约会后，我都会给罗森医生的语音信箱留言，诸如"我俩和他的大学室友共进晚餐"或"我周五、周六和周日都睡在他家"。我并不是单枪匹马，我仍然每晚都打电话给罗里，告诉她我吃了什么。

周四早上，我和布兰登并排坐在他定制的橡木桌旁，吃着钢切燕麦粥。他穿着印有字母的长袍，我穿着通勤装。我们已经约会了三个多月，在工作日的早晨我们相处得很融洽，桌子上摆满了《纽约时报》，我们每个人都有自己想看的栏目，他看商业版，我看头版。

"我得走了，"我一边说着，一边把报纸折了起来，"一小时后要跟客户开电话会议。"

"现在几点了？"他问。

"8点30。"

他转过身去看他的报纸说："我预约了十点。"

我以为他指的是他的病人。当我俯身向他吻别时，他说："我要见迪特里希……"他顿了一会儿，然后说："我的治疗师。"

"你的啥？"

他笑了，抓着肚子，就是他长袍的腰带处。

"我的治疗师。"

他继续大笑。我突然发现，布兰登不是古怪、缺乏经验或聪明，而是精明且残忍。我深吸了一口气，把包从右肩移到了左肩。

"多久了？"我问。

他假装用手指数，还在暗自咯咯地笑。

"布兰登，多久了？"

"其实他是个分析师。"

"多久了？"

他说："我没参加团体治疗，我不知道你是怎么做到的，坐在那里,喋喋不休地谈论别人的问题。"他咯咯地笑着,一边仔细地把报纸叠好。"团体治疗对我来说永远不会奏效。"他跟着我到了门口。

"你为什么这么生气?"当我怒气冲冲地走向电梯时,他对着我的背说。

"你在玩我。"我按下下楼的按键,布兰登一脸懊悔地跟在我后面。

电梯"叮"了一声,我走了进去,门关上的时候,我听到一句:"九年。"

我原以为布兰登是个好人,虽然有点古怪、有点压抑,但本质上是好的。他的微笑、温和的谈吐和无可挑剔的举止让我觉得他有着温柔的灵魂,和我一样,也在寻找自己的路。尽管他拥有财富和特权,但他都默默地尊重每一个人。我说我爱看《李尔王》时,他就去买了古德曼剧院的门票。即使我知道了他有古怪的入睡习惯,但似乎这些习惯也不像有潜在的反社会倾向。他就像苏特大法官或和比尔·盖茨一样,对社交很敏感,又或是跟我很类似。

但这太过分了,他要求我不要在小组里提到他,却没告诉我他也在看治疗师,我无法接受这样的双重标准。如果我能挺过一次次的分手满血复活,那我也能挺过跟他的分手。我幻想着稍后打电话给他说:"祝你生活愉快,好好享受你的顶层公寓和你的钱吧。"

但我不会被允许这么来,这就是我脑海中浮现的词:允许。多年来,我一直在抱怨恋爱关系,在治疗上投入了几千美元;我前段时间和一个已婚男人有了一腿……所以，我不被允许离开布兰登。他单身，财力不错，而且大部分时间里人很和善。当出租车呼啸着在大楼前突然转弯时，我知道我不会和他分手。我需要证明，我愿意做那些我确信的亲密关系所必需的艰苦工作，这压倒了我想逃离的冲动。我学会了克制怒火，直面怒火。在接受了这么多的治疗后，我不能简单地一走了之。但现在我面临着一个真正的两难境地：我应该告诉小组刚刚发生的事情吗？

我还有四个半小时的时间来做决定。

"九年？"马克斯说。

严格地说，我没有违背我对布兰登的承诺，因为我说："昨晚和我上床的那个男人告诉我，他已经看了九年的治疗师了。"

"是的，差不多十年了，真是个浑蛋。"

罗森医生举起了他的手问："我们能放慢速度吗？"

我指着罗森医生说："他知道你已经好几个月了，你真该看看他嘲笑我的样子，他的秘密……"

他说："算不上。他已经告诉你这件事了。"罗森医生用他平静的声音说话，这只会让我更生气。

"难道你不想我得到更多吗？"

罗森医生扬起眉毛："'更多'是指什么？"

"他把我和小组隔绝了，却没有告诉我他自己在接受治疗。这段关系是另一个死胡同，我总是摊上这种事。"

罗森医生一副沉思的样子，盯着我。他揉了揉下巴，好几次想开口说话。最后，他展现了圣人智慧："我不知道。"

但是我每个月付给他八百四十美元并不是为了一句"不知道"。我付钱，是让他利用他的学位和知识来改变我的生活，教会我在一段健康的人际关系中我可以用什么技巧。我问他我是不是该分手了。

"为什么要分手？"罗森医生的反应就看起来好像我刚宣布了一个偷窃布兰登银器的计划。

"几个星期以来，他一直在撒谎。这样下去，我又要回到一开始的状态。据我所知，他在皮奥里亚有妻小。"

"这不可能。"罗森医生说。

"为什么？"

"因为皮奥里亚是个破地方。"洛恩说。

罗森医生戏剧性地靠向我，好像他要告诉我一个秘密，说："嘘，对克里斯蒂保密，这是她拥有过的最好的一次恋爱。"

我想把他半秃顶的脑袋从他骨瘦如柴的脖子上揪下来，这就是我最好的恋爱？"去你的，罗森医生。"

"罗森医生说的是对的。"帕特丽斯说，玛吉奶奶也跟着点了点头。

"雷德永远不会对我隐瞒他的治疗。"

"他对你撒了很多谎。"布拉德说。

"好吧。但是亚历克斯，我们一起在日出时骑自行车……"

马克斯气愤地叹了口气说:"他不爱你,记得吗?记住那把开信刀和那袋碎盘子。"

每个人都说布兰登是我到目前为止遇到的最好的人,罗森医生得意地咧嘴笑了起来。我不争了,我放弃了与雷德和亚历克斯在一起时的心潮澎湃,就是为了和一个靠谱的男人建立一种所谓真正的关系,但一旦这个靠谱的人有一些深层次的问题,我就被吓到了。

罗森医生说:"你总是被自己遗弃的未来所吸引。"

我想和他争论,但是我怎么争呢?在以前的恋情中,谈恋爱的兴致至少有一半来自我敢于克服障碍的天性:实习生的宗教信仰,雷德的妻子,亚历克斯对我矛盾的感情。

"布兰登不会走。"罗森医生说。在随后的寂静中,我发誓他确实说了:"你也不会。"

那天晚上,布兰登带着"请原谅我"的微笑出现在我的办公室,"我很难与人亲近。"他说。我叫嚣分手的虚张声势刹那间泄了气。我没有说"这对我不管用",而是问"我们晚餐怎么办"。当天晚上,当他把我翻过去的时候,我感觉到他的动作很急迫。我想象着,他一直害怕失去我。但让我烦恼的是,我们从来没有谈论过我们的性生活,一旦我们亲密起来,我们就陷入了反复无常的、奇怪的沉默之中。我带着一个问题迷迷糊糊地睡着了:我能不能和这个男人组建一个家庭?那会比独自一人好吗?

背负

　　我试探了一下布兰登,我想知道,他是否觉得自己爱我,他是否看到了和我的未来,他是否像关心他床上的折角一样关心我。试探他比直接问要容易得多。因为不能在小组里自由地谈论他,现在我只能靠试探这一招去了解他在想什么。

　　工作中认识的、高大内向的律师约翰约我出去吃饭,我答应了。其实我只知道约翰喜欢打高尔夫球,家里没有电视,讲故事的方式也很冗长。我答应约翰的邀请,是因为这样的约会正好让布兰登吃醋。

　　当我告诉布兰登我要和约翰共进晚餐时,他甚至没有从报纸上抬起头来,说:"听起来很有趣。"第二天,我取消了和约翰的约会。

　　一天晚上,日落后,布兰登和我在俯瞰北大道海滩的窗台上吃着熏火腿三明治和黑橄榄。当我们凝视着密歇根湖静静地拍打着沙滩时,他搂着我,在国际象棋馆旁的树荫下亲吻了我。我想象着有什么东西深深地在我心中激荡,不是欲望的刺激,也不是快感,而是一些更实在的东西。正常的成年人就是这样坠入爱河的吗?当他离开的时候,他盯着我。"你可能不知道,我通常在伦敦过冬。"他说。然后他伸手抓住我的手说:"今年,我想留在这里,看看事情会怎么发展。"

之后我们做爱的时候,他没有把我翻转过去。

几周后的一个周一晚上,布兰登在我公寓前的人行道上打来电话,问我想不想出去走走。等我到了外面,布兰登满脸愁容地在手机上打字,一句话也不说地赶路,我紧随其后,等他说话。他突然在拉萨尔街停了下来,一辆公共汽车疾驰而过。

"我想告诉你一件事,但你不能告诉任何人,包括罗森医生,只能你知我知。"

我盯着"港务局"三个红字,现在我正在接受测试,他为什么要和我说这个问题?更糟的是,我为什么要同意呢?

过去五年,我从未把我的忠诚从罗森医生转移到男朋友身上,减少对罗森医生的依赖会帮助我向前迈进吗?也许有必要在某些东西周围画个圆圈,把罗森医生挡在圈外。但是,我真的应该把我的心理健康交到一个凝视床单比凝视我更深情的人手中吗?说"好"会在我的心上留下"刻痕"吗?还是应该拒绝?

"好。"在绿灯亮起的那一刻,我正式放弃了团体治疗,从而把布兰登的秘密藏在心里,任由它把我与罗森医生分开,尽管罗森医生在法律上有义务保守我告诉他的任何秘密。

布兰登承认:"我没有性欲。"

我突然大笑起来,像罗森医生那样大笑,捂着肚子笑弯了腰。第一,我已经知道了;第二,我才不在乎罗森医生知不知道他的性欲。我感到如释重负,如沐春风,充满力量。我们可以一起克服。他摇摇头说:"这种情况可能永远不会改变。"

"迪特里希怎么说?"

"说我有亲密问题。"

"还有什么?"

"没别的了。"

两层楼高的麦当劳的灯光照亮了我们前面的人行道,克拉克街上的交通因免下车购餐通道而堵塞。没有性欲不会破坏我俩的关系,如果我们一起解决这个问题,他和迪特里希,还有我和……好吧,只有我,那谁知道我们会发展到哪一步呢?

"我真想把你的衣服撕碎,但我没有。"他摸着我的胳膊,说他从来没有对任何人有过这样的感觉,从来没有。他的眼睛讲述了他自我折磨的故事。我知道那个故事,我的一生都生活在这样一个故事里,我的内心有某种破碎的东西。多年来,我一直在寻找解决自己问题的办法。作为一个女孩、一个舞者、一个得州人、一个学生和一个女朋友,我一直在为自己应该是什么样的人而奋斗,而这种奋斗让我多年来一直在跑厕所。和我一样,布兰登一直在学术上出类拔萃,然后在医学领域步步高升。但他的个人生活——他对自己的感受,对父亲早逝的态度,以及自己如何与其他人(特别是女性)互动,却多年来一直被忽视。当布兰登在和我一样的灌木丛中寻找自己的路时,我怎么能背弃他呢?他要求情感上的安全,而我对他的爱足以支撑我按他的节奏来,至少,可以支撑好一会儿。

第二天参加小组时,我像一只松鼠一样紧张不安。每隔十分钟我就有一种跷二郎腿的冲动。和布兰登的谈话零碎地浮现在我的脑海里,但我什么也没说。在 90 分钟内,我几乎一言不发。

两天后,同样的事情发生在周四的小组。洛恩问布兰登怎么了,帕特丽斯问我是否还好。当我拒绝正面回答时,大家都不再理会我。直到小组快结束时,马克斯问我是否认为保密有好处,帕特丽斯说,她也在想同样的事情。

罗森医生开始说了些什么,然后停了下来。"什么?"我问。之前我给罗森医生留言,解释说我同意为布兰登保守秘密,但我没有透露细节。

"关于你的留言,我可以说几句吗?"罗森医生说。

"说吧。"

"我不会泄露你的秘密,但是……"

"……秘密?"洛恩问道。

"克里斯蒂,"马克斯说,低声叫出我的名字,"你在搞什么?"

罗森医生向我保证,我不必说出布兰登的秘密,但他想确保我明白秘密是如何产生影响的。"当你同意为某人保守秘密时,你就蒙受了他们的耻辱。"我早就知道这是罗森医生的哲学,但我不明白的是,为什么帮助我的男朋友克服耻辱是一件坏事?在我们厘清关系的时候帮他保守秘密,会要了我的命?恋爱不都得妥协吗?这样我才不会孤独地死在装满婴儿骸骨的罐子旁边。

大家想要揭露真相的欲望蠢蠢欲动,他们试图猜测真相:挪用公款?破产?秘密妻子?赌博?空头支票?恋童癖?布兰登要我保密的对象正是这群陌生人,现在,他们正怀疑他可能涉嫌洗钱和猥亵儿童。我看着罗森医生,恳求他让他们别再说了,但他摇摇头,坚持说他们是在帮我背负耻辱。

"他们正在向你展示你所承担的代价。"

我看着大家的脸。刚才那种讽刺的感觉已经消失了,我多么想把布兰登告诉我的话告诉他们。我可以说出他的秘密,马克斯会笑着说一些关于男性性欲旺盛的神话,洛恩会对"翻转"说些尖酸话,帕特丽斯会抚摸我的胳膊来抚慰我,而玛吉奶奶会指着她的结婚戒指,布拉德会回答有关布兰登的金融投资组合的问题。我爱我的小组胜过爱布兰登,但他们不是我在晚上带回家的对象,他们也不可能是我下一次参加法学院聚会时的舞伴,他们不能在晚上牵着我的手,也不能和我组建家庭,他们无法阻止我孤独终老。

罗森医生问我什么感受,我嗓子嘶哑道:"寂寞。"

进展

感恩节前周一的小组里,我静静地坐着,听大家说各自的感恩节计划:马克斯因为没有订购合适的面包屑作为馅料而和妻子产生矛盾;帕特丽斯的女儿们都在城里,但基本都和父亲待在一起;玛吉奶奶有一个来自亚利桑那州的继子,他在地下室里抽大麻,违反了她定下的家规。罗森医生听取了每个人的意见,并一一给予了反馈。他看了我几次,但我都面无表情。

马克斯用他的脚碰了碰我的脚趾说:"你很安静。"我点点头,耸耸肩。

"所以呢?有什么是你被允许告诉我们的?你能分享你的感恩节计划吗?"

我在椅子上转了转身子,看了看身后墙上的钟。还剩五分钟。我能在接下来的三百秒里忽略他的问题吗?事实是,我没有计划。虽然克莱尔、罗里、玛妮、帕特丽斯、洛恩和勒妮,还有很多人都很乐意让我加入他们,但跑去别人家里过感恩节这事让我感到羞耻。我以为我会和布兰登一起过节,所以我跟家里人说,我计划和我的约会对象一起待在芝加哥。但周五晚上,布兰登跟我说,他明天会离开芝加哥,跟家人出去旅行一周。我没有时间去处理自己所有的感觉,羞耻、孤独、受伤和愤怒,它们像自制炸药一样藏在我的心里。

"布兰登呢?"马克斯问道。

我看着罗森医生,希望他知道,尽管我有男朋友,但我又要面临一个无处可去的假期了,这让我感到很羞耻,就像再经历一次和杰里米的意大利之行。

"继续。"罗森医生说。他知道的,我摇摇头,抵抗着。

"你想把这一切都憋在心里吗?"罗森医生看了一眼钟说。还剩二百秒。

"不!"我尖叫。不!不!不!不!

"不什么?"罗森医生一直盯着我。

一切都不!不想为了一个约会了好几个月却不想和我一起过节的男人而沉默,不想接受布兰登在临行前四十八小时才告诉我他要去旅行,不想体验孤独,不想在床上被翻过去,不想在小组上一言不发,不想带着秘密孤独一人。罗森医生看我的眼神就和我从德国回来后他看我的眼神一模一样,他还在担心我——他小小的"失败之作"。他应该恨我才是。我恨我自己。

"你想要什么?"他问。

"别再对我好了!"

"我不会停止爱你,小组也不会。"

我紧闭双眼。我讨厌他们所拥有的一切：他们厌恶的姻亲、健忘的配偶、吸毒成瘾的继子女、馅料食谱、家庭、要待的地方、要与之共处的人。如果我睁开眼，我就会看着他们的脸，承认自己无处可去。我瘫倒在地，抓住头发使劲拉扯。剧烈的肉体疼痛带来了解脱，手上满是拔下来的头发。

我希望治疗是线性上升的，我想看到每一年都有肉眼可见的进步。在接受五年零两个月的治疗后，我理应不再因愤怒而亲手拔掉大把的头发。

帕特丽斯把手放在我背上说："请不要伤害自己，到我家来吧。"

"我不要怜悯！我想要我自己的……我自己的家庭！我还以为你会帮我呢，罗森医生！"窗户因我的尖叫声而震动，我又成了团体治疗中那个哭哭啼啼、徒手拔掉头发的女人，我还能好吗？

"你能忍受伤痛吗？"罗森医生问道。

"不！"小组在这一秒结束了。"忍受伤痛"这句话给了我当头一棒。

我站起身，从窗台上抓起一个陶瓷花盆，用双手把它举过头顶，然后砸在头上，砸在额头与发际线相接的地方。先是一阵寂静，而后涌上来一阵疼痛。手松开了花盆，花盆里点缀着白色小球的泥土和一大块桉树纷纷掉落在地毯上。罗森医生抓住我的手腕，领我坐回到椅子上。我没有挣扎。我用手指摸了摸头上的伤痕。房间里只有我沙哑的呼吸声："说吧，罗森医生，说那句'今天就到这儿'。"

9点02分，没有人动，我没有抬头，问道："我该怎么办？"

我问的是他们所有人。我们下周才能再见面，胸口的难过突然爆发了。"我以为自己在好转。"

"不要再伤害自己了，"帕特丽斯说，"求你了。"

"克里斯蒂……"马克斯犹豫了一下，"保守布兰登的秘密看来行不通。"

我点点头，张开手掌，希望这个手势能解救自己。像往常一样，罗森医生建议我在周末的假期里尽可能多地和其他人在一起，去参加会议，去洛恩和勒妮家寄宿，我应该像学龄前儿童一样，和参加小组或康复会议的人一起玩。

9点05分，罗森医生深吸一口气，双手合十。大家都站起来，进行常规的小组结会仪式。我向帕特丽斯伸出右手，上面还沾满了我的鲜血。罗森医生抓住了我另一只手，泪水顺流而下，头上的伤口也随着脉搏的跳动而跳动。小组结束后，每个人都慢慢地移动。我弯下腰去拿起我的包，背对着他们。我为自己的脾气、头上血淋淋的伤口、治疗效果的反复而感到尴尬。

"大家能在这儿多待几分钟吗？"罗森医生说。马克斯、布拉德、帕特丽斯、玛吉和洛恩都静静地站在各自的椅子前。"我想给克里斯蒂一些治疗伤口的药。"罗森医生从他的档案柜里拿出一个小急救箱，他把一些药膏挤在手指上，然后搽在我的额头上。他小心翼翼地拍了拍我的头说："你会没事的。"他重复了两遍，"幸好你的脑袋够硬。"

我拉开窗帘，让十二月灿烂的阳光洒满了房间。太平洋的海水像一块长着气泡的舌头一样在岸边翻滚，沙子在正午的阳光下闪闪发光，码头的摩天轮在万里无云的天空下也显得绚烂夺目。

圣诞节当天，我和布兰登一起待在圣莫尼卡。

花盆事件后，我鼓起勇气，尝试有话直说。我直截了当地告诉从感恩节旅行回来的布兰登，我希望我们下一个假期能待在一起。这不是测试，也不是要求，这就是我所需要的。他建议去洛杉矶玩几天，"我知道海滩上有一家很棒的酒店。"他说。他从来没有问过我额头上的瘀伤是怎么回事。

罗森医生似乎对我和布兰登的关系持不可知论的态度，他从未暗示过我应该泄露秘密，但其他小组成员都持怀疑态度。他们会在小组里做各种猜测：猜测布兰登的秘密，猜测他在做爱时是不是真的把我翻转过去，猜测我们这段关系还能维持多久，甚至猜测我是否享受这段关系。

度假时，我和布兰登都很放松惬意，他会边刮胡子边开玩笑边哼唱。我们有了更多性生活，和着收音机播放的歌曲一起唱，吃了以新鲜鳄梨为原料的菜肴。我们看了电影《当幸福来敲门》，威尔·史密斯在片中饰演一个穷困潦倒的推销员，在一家著名的经纪公司实习，最终成为一名富有的商人。整个观影过程中，布兰登一直握着我的手。这部电影证明了看似不可能的或许也是可能的。在加州明亮的天空下，在海洋的见证下，我感觉到了快乐。

"周日我要和我妈在半岛酒店共进早午餐。"一月的一个晚上,我在用黑莓手机浏览工作电子邮件,布兰登在我的起居室里踱来踱去,说:"你想加入我们吗?"

我抬起头来。

我的黑莓手机直接掉在地上。早午餐,半岛,他的母亲。"好啊,好啊,我愿意和你,还有你妈妈一起在半岛酒店吃早午餐。"

那是一月的第一周,芝加哥的一切都是平静冻结的,树上还结着冰,道路上满是积雪,通往高架列车的金属铁轨一片冰凉。但我穿着羊毛衫、羽绒服,戴着羊毛帽子,充满活力。我以前从未和约会对象的母亲在五星级酒店里一起吃早午餐。

我向小组成员们暗示,事情进展顺利。"也许周日,我会和一位朋友和他的母亲共进一顿丰盛的早午餐。"

那天早上,布兰登妈妈的司机开着黑色长款奔驰来接我们。她的貂皮大衣特别厚,很难看到她的头。她握了握我的手,微微一笑。点菜后,我们谈到了芭芭拉·金索弗的小说,点了同样的主菜:蛋清煎饼配农家蔬菜和山羊奶酪。她一直把貂皮披在肩上,但她的笑容变得更加灿烂,我说笑话的时候,她咯咯大笑。

后来,布兰登说,他妈妈喜欢我"活泼的陪伴"。我以为下一步应该是见见他常年住在伦敦的弟弟,然后在我父母春天来芝加哥看我的时候,他们可以见见面,布兰登出现在我对未来的每一次展望中。在这里,我能感觉到小组成员们和罗森医生在为我加油,尽管只有我能看得到。

分手

布兰登不再吻我了，我问他为什么，他说即使我刷了牙、用了牙线和漱口水，我的呼吸也还是让他感到恶心。我感觉很受伤，所以使劲刷牙，用更多的漱口水，但还是没有亲吻。

他开始加班，他要去外地开会，却拒绝我开车送他去机场。我们仍然大约每周有一次性生活，但我的脸总是埋在枕头里，百分百背对着他。每一次，我都无法出声，只能在枕头上颤抖着。在工作中，我会想象下一次他把我翻过去的时候，我得说点什么，什么都行。或在车里，或在吃晚饭时，给他发短信说。我向自己保证，如果我们的性生活不能商量着来，我就不和他上床。但在他的卧室里，在他华丽的白色床单上，我一句话也说不出来。

在小组里，我也保持着沉默。我非常想说出心里话，征求大家的意见。我已经很久没有分享了，我已无法想象他们会给我什么建议。他们会告诉我，直接要求布兰登亲我吗？要求讨论被翻过去的感受吗？要求我接受布兰登真实的样子吗？还是要求我完全放手？我与小组成员无话不谈的关系正在成为一种回忆，这让我感到恐惧。

周日早上，我和布兰登在一起，没觉察出有什么异常。我们睡了懒觉，读了《纽约时报》，然后一起去健身房。在那几个小时里，我们传阅报纸或在跑道上奔跑后击掌庆贺，我相信这段关系比布兰登工作上的任何事情都要重要。真正的关系就是这样时而亲密时而疏远的，我听每个人都这么说过。我们的心可能不是百分百完全契合，但肯定有足够多的凹槽是适配的。

二月初的一个周日，我们在健身房前碰见了布兰登的大学朋友比尔。我们三个站在停车场里，跳着取暖，鹅毛大雪正从山羊绒灰的天空中飘落下来。我听着布兰登和比尔谈论彼此共同的朋友、整形外科和道琼斯指数。

"玛西怎么样？"比尔问布兰登。玛西是他俩共同的大学朋友之一，我在秋天见过她，当时她正在芝加哥会见她的高端眼镜镜架的买家。我一直羡慕她的长卷发，她的杀手风皮夹克，还有她时髦的眼镜镜框。她是来自纽约的时尚女郎，在她旁边，我感觉自己就像一块中西部的面团。

布兰登说："我们两周后会见面。"

我第一次听说呢。

"在纽约吗？"比尔问道。

"实际上，是在坎昆。"

如果我的生活是一部电影，我会把喝下去的一口汽水喷在别人脸上。我交往了十个月的男朋友刚刚漫不经心地宣布他即将和另一个女人在另一个国家度假。我一定是听错了,但布兰登没有注意到我的震惊。几分钟后,比尔碰了碰我的肩膀,说了声"再见",然后走开了。布兰登走向健身房,我没动。走了几步后,他转过身来问我出了什么事。

"你认真的?"我的声音听起来低沉有力,我在表达内心深处的话。

"指什么?"

"你在开玩笑,对吧?"我转过身,朝我的车走去,我受够了。

当我打开驾驶室门时,他追上我。在车里,我直视前方,把钥匙插进点火装置,把暖气开到最大。我用手捂住嘴巴,呼吸着暖气。播放机里有一张随手放的CD,我把音量调到了最高。他坐到副驾驶座上,把音量调低了。

"克里斯蒂。"

我又把音量调高了,他一拳关掉了电源,把我的手拉开。

"你为什么这么不高兴?"

"你能不能出去?"

他一动不动,这一次我没有歇斯底里,尽管我知道日落前我会恢复单身。

"别装傻了,真难看。而且,坎昆是得州高中生春假期间会去的地方。"

"她有个会议,叫我也去……"

"告诉我是怎么回事,否则就从我的车里滚出去。"

他深深地叹了口气,让我很想一拳打上去。对可怜的布兰登来说,这一切都是一种负担。

然后他说"你应该和一个想和你在一起的人在一起"和"你值得更好的"之类的话。

"如果你想分手,那就像个成年人一样。"

"我是告诉你,你值得一个想和你在一起的人。"

"你只是在说,那个人不是你。"

他没有回答。

"你看起来不是很性感。"马克斯说。

我仍然穿着昨天的衣服,毛衣起皱了,衬衫也没塞进裤子。

"昨晚,我俩分手了。"

所有人都倒吸一口气,睁大了眼睛。

"你藏了什么锋利的东西吗?"洛恩问道。

我举起双手摆出投降的姿势,没有武器,我不想伤害自己,也不想砸东西。与以往分手不同的是,这次分手带来了一些新的东西:一种强烈的解脱感。现在我可以不再假装布兰登是我的灵魂伴侣,可以继续我的生活。当我告诉他们玛西和坎昆的事时,似乎没有人感到震惊。

"他的问题很严重。"洛恩说。

"金钱不能治愈疯狂。"马克斯说,看了布拉德一眼,布拉德仍然坚定地持相反意见。

罗森医生盯着我看了很长时间。

"我知道你要说什么。"我对罗森医生说,我把手掌张开,所有的反抗都已经耗尽。罗森医生像我一样张开了他的手掌。

"我在听。"

"你会说大家都爱我,另一组的组员也都想我,你也爱我,我会没事的。"当然,他会坚持认为我只要穿着皱巴巴的衣服坐在这里,把思绪和感觉传达给他和小组就足够了。

"等等……"洛恩的脸像南瓜灯一样亮了起来,"现在你能告诉我们他的秘密了吗?"

我看着罗森医生,他的神情难以捉摸。我想告诉他们一切,回到我选择为布兰登保守秘密之前的样子,但不是现在。不是为了满足洛恩的好奇心,更不是在我这个状态的时候。我摇摇头,但我以后会告诉他们的。我开始不由自主地颤抖起来,我的牙齿颤抖着,就像硬币落在大理石上一样,我的膝盖上下抖动着。我用双臂抱紧自己,试着安静地坐着,但完全做不到。

"怎么了?"罗森医生问道。

我摇摇头,再多的努力也阻止不了愈来愈烈的抖动。

"给她条毯子吧。"帕特丽斯说。我看到角落里搁着罗森医生买的几个20世纪70年代的带流苏的枕头和一条破旧的棕色毛毯,感觉披上就会得天花。

"不用了,谢谢。"我战栗着说。

罗森医生站了起来，把椅子往后挪了挪。他坐在地板上，双腿和双臂都打开。

"天哪。"马克斯低声说。

"你在干什么？"我问。

罗森医生露出灿烂的笑容说："我有个主意。"他张开双臂，"我感觉你需要被人抱住，你正在体验一种新身份和一种新的认知自己的方式。"他把双臂展得更开。

"他是说他愿意抱着你。"马克斯说。

"怎么做？"

马克斯扔给我一个枕头，我走到罗森医生跟前，把枕头递给他，他把枕头摆得像一片无花果叶子。我先是跪坐着，而后把脚伸出来，和罗森医生的上半身呈90度角。接着，他弯曲了左膝，好支撑我的背部，他的右膝则像桥一样架着我伸展的双腿。我还在抖，手和腿都在抖。

"呼吸。"他说。

我深吸了一口气，久到感觉胸口要爆炸。然后，慢慢地让空气一点点地排出。我还在颤抖，但没那么厉害了。在这个房间里，我又出了一次洋相，这让我感到羞耻，但我选择顺其自然。我没有试图假装这种羞耻感不存在，也没有吓唬自己会孤独死去。罗森医生抱着我，我任由他抱着我。

几分钟后，我把头靠在罗森医生的肩膀上。他把胳膊放在我的背上，把我抱得更紧了。我像个孩子一样把脸埋在他的衬衫里，开始前后摇晃。他轻轻地拍了拍我的背,我不停地摇晃。仿佛去了另一个空间,在那里,我还是个小女孩,还没学会说话,也不知道"失败"和"废物"这两个词,被摇晃着睡着了。

大家像往常一样继续,洛恩讲了一个关于他前妻的故事,马克斯说了一些关于他女儿申请大学的事。他们都在那里,但我离得很远,因为我还是个小朋友,一个蹒跚学步的孩子,一个婴儿。

当罗森医生讲话时,我的头皮感受到了他声带的震动。我一直闭着眼睛,但时不时地睁开,我看到了罗森医生的手表、马克斯的鞋子、斑驳的地毯。二十分钟过去了。又二十分钟过去了。

在某个时刻,罗森医生说:"今天就到这儿。"小组结束了,但我们还在地上。我睁开眼睛,坐了起来,我的髋屈肌疼痛,不确定自己能不能站起来。马克斯和布拉德一人抓住我的一只手,我站起来,和大家并肩站着。

顿悟

为了帮助我走出分手的阴影，罗森医生给我开了两个处方：随时随地感受自己，不做出任何需要戴安全护目镜的行为。我同意了，并决定这次我要拥抱并探索单身，不再像从前那样看待单身。我不再认为单身就是一种死刑或致命疾病。晚上，我会坐在沙发上凝视芝加哥的天际线，手指发痒想弄碎什么的时候，我会打电话给罗里、洛恩或帕特丽斯。我听着他们熟悉的声音，这给我带来安慰，陪伴我挺过寂寞。

一天晚上，我一个人在家，感觉到诅咒一般的寂静。我从厨房走到卧室，站在门口盯着我的床，想象着杰里米、实习生、亚历克斯和布兰登的鬼魂在我的被子上方盘旋。"再见。"我低声说，然后转向我的笔记本电脑，在家居网店里物色一张新床。不管一张新床能装下什么，即使它只能容纳下我，我也喜欢，因为它是我人生新篇章的象征。

嗒。嗒。嗒。

好了，现在我是一张巨大雪橇床的新主人，这张床是用轻橡木制成的沉重弯曲的怪物，将在两周内送到，一阵热烈的胜利感让我举起了拳头。在我剪开罗森医生的泰迪熊的那晚，我想过送我订了婚的表妹一张雪橇床，但现在我给自己买了一张。

一周后，我向自己发起了一个挑战：无条件答应所有社交邀请。邀请函滚滚而来，我的决心想必是在冥冥之中传开了。和工作上认识的朋友一起去看一支我从未听说过的乡村乐队的演出？去芝加哥以西十英里的一家由旧银行改造成的电影院里看一部普雷斯顿·斯特奇斯的黑白电影？好啊，好啊，好啊，我都去，我还活着，我是存在的。

二月的早晨，总统日，气温在冰点以下，我在羞耻和愤怒的迷雾中醒来，我攥起拳头，头阵阵作痛。就是这里，我的生活就是在这里滑坡的。如果我没和布兰登分手的话，我们现在本该在新罕布什尔州参加婚礼，我们本该已经在那儿了。布兰登可能带玛西去了，他们正在做我原本要在二月中旬在那里做的事情：敲树取枫糖浆，冰上钓鱼，在篝火边野战。等待我的却是空荡荡的一天，办公室关门了，除了小组，我没别的计划。马上又是一个假期，怎么度过假期一直让我头痛，我几乎喘不过气来。为了击退绝望，我系上了跑鞋的鞋带，朝门外走去。

天空仍然是墨灰色的，气温在 10℃ 左右。人行道上覆盖着一层冰，我在马路上跑。空气冰冷稀薄，呼吸变得格外费力。当我到达湖边小径时,太阳正从半冰封的水面上升起,每走一步我都会呼出一口白气。外头冻得不得了,出来跑步完全是种自虐,但我决定如果在接下来的两分钟内看到另一名跑步者,我就继续跑下去,如果没有,我就打车去罗森医生办公室拐角的一家咖啡馆,坐到小组开始。

在我前面半英里处,有一个穿着绿色夹克的人在跑步,我像跟着北极星一样跟着她。

左脚,右脚,呼吸。左脚,右脚,呼吸。

跟着绿色夹克跑,绿灯,快跑,快跑,快跑。当太阳完全出现在地平线上时,我停下脚步,凝视着从密歇根湖升起的太阳,像是一个炽热、挑衅的拳头,我挥舞着拳头还击它。绕过瓦克与湖滨大道的弯道时,我停了下来,双手放在膝盖上,试着放慢呼吸。有什么事情发生了,我全身莫名地温暖,由内而外。

然后,凝视着那道光,我听到了一个声音,"你很好。"我回头看了看,一个人也没有,那是谁的声音?在我的一生中,我从来没有想过这样一个煽动性的想法:即使没有伴侣,没有爱我的也没有我爱的,没有自己的家庭,看不到未来,但我仍然会有一个光明的未来,也会有真正了解我的人。

我鼻子上结了霜,所以必须不停地跑,于是我加快了步伐。这也是我无声投降的速度。我很好,我很好,我很好,心脏每跳动一次,我就对自己说一次。这是一次启发,由此源源不断而来。我好不好不是布兰登说了算,不是任何人说了算,就算是罗森医生也说了不算。他所能做的，就是让我参加小组，见证我个人生活中出现的所有恶作剧，并在我因痛苦崩溃的时候主动拥抱我。有生以来，我第一次觉得自己很好，或者说足够好，因为这句话是我自己说出来的。

这些想法转瞬即逝，所以我不打算在小组里提这些。但后来在小组中途，我再次感受到了这种想法。当时，洛恩正在朗读法庭对他的监护权纠纷的最新判决，那种觉得自己很好的感觉再次涌上我的心头。

"各位，在我身上发生了一件事。"

帕特丽斯用手背蹭了蹭我的脸颊说："你快冻死了。"

"我得到了一个启示，但很难用语言来形容。就像有人在跟我说话，但其实那就是我自己的声音。我对自己说我很好，就像现在，就在这一秒，我很好。"

罗森医生一脸茫然地微笑。

"即使对的那个人永远不会出现，即使我不得不以单身女人的身份领养一个孩子，即使从今天起我的每一段恋情都会失败，我也还是会觉得自己很好，生活和工作都不会受到影响，我也会继续来这里。"

罗森医生靠向我说："我们一直都是像你刚说的这样爱你的。"

他们一直都很爱我，周二的小组也是。即使我怒不可遏，引爆名为"自怜"的炸弹，用苦难激怒自己，痛哭流涕，疯疯癫癫，独占小组，他们都还在我身边。我不会孤身一人死去，这些人会围着我,他们会帮助我的家人筹划一个合适的葬礼。他们会说我的好话,向我困惑、悲伤的母亲解释杰里米亚宝宝是怎么回事。

我想象着自己的心,看到每次小组、约会中的每一个男人、每一次与罗森医生或与小组成员吵架所带来的伤痕,都是一条刻痕;每一封尖叫的留言、每一次在小组中发脾气、每一次夸张地抓头发和摔盘子,都在这颗心上留下各种痕迹。我的心,一片凌乱,一片泥泞,因为每一次尝试,每一次险些错过,每一次冲向他人,也因为那些爱我的和那些不爱我的,而留下刻痕。

除了说"好"的做法外,我开始准确地表达我想从别人那里得到的东西,以此补偿自己在布兰登面前的沉默。我再也不会在性爱中一言不发了,为了做到这一点,我必须在非私密场合做声音练习。我给我的朋友们发了电子邮件,写道"这个周末我想出去玩",而不是更委婉的"我们应该出去玩"。当同事安娜回复说,她计划去蓝调之家看一场"生锈的根"乐队的演唱会时,我就把这件事写进了空白的日历方框。我的声音扩展到虚无中,开始塑造我的生活。

然后我又发了一封电子邮件:"我们一群人要去听演唱会,我想你也来。"点击发送,然后我大笑起来。我真的突然给约翰发了一封电子邮件吗?约翰就是之前那个我用来测试布兰登的人,他也在世达律所上班。这封电子邮件是条语音信息,就在我按下发送按钮之前,我微笑着看着这行文字:"我想你也来。"我从来没有对任何男人说过这样的话。

我没有暗戳戳地幻想我俩会结婚,也没有暗地里希望约翰会和我一见如故,我只是突然想到了他。点击发送后,我重新埋头工作,没有强迫自己检查邮箱,看他是否有回复我。老实说,我不在乎他是否会加入我们。

去年秋天,取消了与约翰的晚餐之约后,我以为再也不会有他的消息了。但在我和布兰登分手的六周前,约翰给了我一张在抒情歌剧院看普契尼的《图兰朵》的门票,我把这事告诉了布兰登,但他没什么反应。当时也不是测试他,因为我在半岛酒店见过她妈妈了。但是,就在我和约翰一起去看剧的前三天,布兰登在我上班的时候打电话给我,问我晚上有没有安排。那是一月初的一个周三晚上,到处都是积雪,我本来计划把自己裹在法兰绒毯子里,诅咒芝加哥的鬼天气。他问我那天晚上想不想去看《图兰朵》,他父母有季票,第四排中间位,谁都没有提到周六晚上我和约翰要看的是同一部剧。在谈话过程中我一直微笑着,因为布兰登在向我表明他关心我,关心我俩的关系,也许约翰让他有危机感了。

三天后的晚上,我和约翰,还有他两个朋友在第二大厅看了同样的歌剧。歌剧结束后,约翰的朋友米歇尔开车送我们回家,CD播放机大声播着《图兰朵》的《今夜无人入睡》。我坐在后座上,听着米歇尔和约翰谈论芝加哥最好的甜点。整晚我都在想,约翰比我记忆中更有魅力,但后来我突然想到他可能是同性恋。

邀请一个潜在的同性恋者参加一场音乐会,风险很低。

"我很想去听音乐会,不知道是几点?"约翰回复道。

演唱会开始前六小时,我带着不愉快的心情去参加了小组。以这种方式经营我的新生活让人精疲力竭,且花费不菲。演唱会门票、新的雪橇床、一个人的寿司晚餐可都不便宜。这一切让我厌倦,让我沮丧。我冲罗森医生大喊大叫,你他妈跟我说了那么多,但是都不管用,你为什么不承认你帮不了我?我根本没听罗森医生和小组成员在说什么,一个念头在我脑海里猛烈地闪过:我讨厌自己像现在这样一团糟。

小组结束后,我怒气冲冲地回到办公室,担心演唱会上我不得不面带假笑地参加社交活动。下午六点到了,六点过了。我仍然坐在办公桌前。然后就快七点了。按计划,二十分钟后我就要跟大家会合,包括约翰。太阳在芝加哥河的彼岸融化,我从办公室打电话给罗里,我哭了,办公室里一片漆黑,只剩下电脑发出的光。除了清洁工外,周围没有人。我跟罗里说:"我厌倦了说'好'。"

"你能去一小时吗?就一小时。"罗里一直打电话陪着我,直到我答应。

哭了一小时后,下班前,我去洗手间照镜子,妆都哭花了,我也没有随身带刷子、口红什么的。我用手梳了一个发髻,希望看起来性感又随意,而不是透露出我正在经历生存危机。在去酒吧的路上,我在外套口袋里发现了一支旧的小蜜蜂唇膏,真是老天垂怜。地上还是有一片片积雪,但已经可以闻到春天的气息了。离酒吧越近,我感觉越好。我记得,我很好。一小时后我就可以回到我的雪橇床上了。

安娜和其他人挤在酒吧的角落里。有人递给我超大一盘正方形奶酪和干果,我吃了点奶油罗克福干酪和烟熏高达奶酪。十分钟后,约翰来了,我感到一丝担忧:我是不是得关照一下他?他带着平静的微笑走进酒吧,让我感觉他很自信。他向几乎不认识的同事打招呼,并侧身拥抱了我,他身上有股新鲜空气和干净衣服的味道。这家伙能照顾好自己,我可以随时离开。

酒吧里人潮汹涌,人声鼎沸,为了让我听到他在说什么,他靠向我,说:"对不起,我迟到了。我刚买了一张新床,得等送货。"我告诉他,我也买了一张新的雪橇床。关于床的谈话带来一些暗示,激起了我心里的什么东西,也许他不是同性恋。

又来几位朋友,我们一群人在酒吧各种重组,不过我总是待在约翰旁边。

我看着他,他话不多,但加入对话时,眼睛里跳动着活力。准备去蓝调之家的路上我俩又走到了一块儿。他的着装风格很简约:蓝色毛衣,牛仔裤,黑色系带圆头皮鞋。他的夹克看起来很暖和,既不时髦,也不呆板。在他身上,我没有感觉到隐藏着任何见不得人的羞耻、孤独或试图修复既诱人又疯狂的阴暗面。

我的手机在钱包里嗡嗡作响,提示着一条又一条来自罗里的短信,她询问我是否到家了。我在洗手间给她回了短信:"还在外面玩,还蛮开心!"

蓝调之家里挤满了醉醺醺的人,他们穿着毛衣和靴子,汗流浃背。约翰给我买了一瓶水,我意识到自己非常希望他不是同性恋。

他让我想起了一个人,但一时又想不起来是谁。一种模糊的联系刺痛了我的意识。我不是故意要盘问他的,我很喜欢和他聊天,我只是想问他一个问题,一个无伤大雅的问题。

"你有宗教信仰吗?"不知道为什么我会问这个问题。

他兴致勃勃地扬起眉毛,问:"怎么突然问这个?"他在回答之前喝了一大口水,"我是犹太人。"

舞池、酒吧区、搭建舞台的人,一切都定格,一片静谧。这种感觉持续到了第二天,对此我也很吃惊。这个男人,几个月前被我放了鸽子,我还以为他是同性恋,但现在我想吻他。

他让我想起了罗森医生,是犹太人的什么东西为我带来了启示,突然间,我恍然大悟。约翰和罗森医生都是内向的人,都有着敏锐的幽默感和温和但坚定的男子气概,他俩都既不炫耀自己的地位,也不追逐当下的潮流;他俩都自信,虽然有时自信到有些自以为是;他俩都直率,不会对显而易见的事情避而不谈。上帝啊,站在我面前的,正是一个收入不菲的年轻单身男子,他还让我想起了我的治疗师。

之后就是挥洒汗水、翩翩起舞,我沉浸在音乐中,约翰站在边上,观看整个场景。凌晨两点钟,他送我回家,街道上点缀着雪花,除了一个夜间遛狗的人,空无一人。我感受到了一种和其他男人在一起时从未有过的感觉:平静、安宁、快乐和兴奋。我想靠近他,我想听着他的声音入睡,我想听听他对我们共同认识的所有人的看法,以及他去过的地方。我喜欢他,感觉就像一股神秘的力量在我的皮肤下聚集。在过去的四十八小时里，我们都买了新床，我们都笑了起来。这意味着什么？这是个好兆头。

第二天，约翰给我发了一条留言："我不知道你是不是单身，但如果你是单身，那么我们可以一起出去转转。"

我对约翰感到兴奋，但这种兴奋稳定地支撑着一种希望，它会引导我，而不会让我分心，也不会抹去我生活中的其他一切。这种兴奋比对实习生和雷德的狂热来得平静，但比我对布兰登的波澜不惊来得强烈，同时，它并没有压倒一切。我还有好胃口，睡得很正常，在工作时写简报，还会照常参加十二步疗法互助会。

"他是犹太人，单身，英俊，收入不菲，自由，善良，刚买了一张新床。"我向大家列举了约翰的所有优点，"我们明晚要去约会。"

"还是带你去看歌剧？"马克斯说，"我现在就要说，约翰就是那个对的人。"

"少来，"这样压力太大了，"一起吃顿饭而已。"

我向后靠在椅背上，以微笑和容光回应罗森医生的微笑和容光，"他让我想起了你。"

罗森医生揉了揉他的胸口。

看起来，"斯卡拉"餐厅像是格兰德街上的一家低级夜总会，但里面却装修明亮，空气中弥漫着黄油大蒜的香气。服务员忙碌地端着托盘穿梭在杂乱无章的过道里，托盘上放着千层面和油炸鱿鱼。几十个人在前门排队等位，但约翰和老板打过招呼后，老板马上就把我们引到角落里一张安静的桌子就座，我们分享了海鲜意面和香辣番茄意面。我们从大学时都做了些什么聊起，聊到对合伙人的感觉，再到多久回家探亲一次。在接下来的三小时里，我的目光从未离开过我们的桌子。当餐厅的灯亮了，音乐停了，我真的很惊讶。"对不起，"我们贴心的服务员说，"但我们要打烊啦。"我和约翰待了将近三个半小时，我没有去洗手间给任何小组成员打过电话。我仍然感受到前几天晚上他送我回家时第一次感受到的那种稳定的喜悦。

约会快结束时，约翰紧握着我的手，让我感觉通身发麻。回到家里，我没有给小组成员发长长的电子邮件汇报情况，也没有给罗里打电话汇报我都吃了什么。我爬上雪橇床，面带微笑地睡着了。

第二天上班时，我专注于手头上的简报，准备用参加十二步疗法互助会为这一天画上句号。我度过了人生中最美好的一次约会，而且丝毫没有影响自己的正常工作。上床睡觉前，我查看了电子邮件，看到约翰发来一封。

他写道："我想，这是我最后一次的与一位女孩的第一次约会。"

我一遍又一遍地读着他的邮件，然后踮着脚尖走到床前，仿佛一个突然的动作就能让胸口膨胀的感觉消失。我把头枕在枕头上，这么多年来，我一直在等待一个机会，能遇上一个不夸张、不疑虑、不酗酒、不戴护目镜的人，并与之建立一段健康的关系。现在，这个机会就躺在我的收件箱里。

我用手捂住心口，里面跳动着的是我那颗美丽的、有刻痕的心。

自在

  我等着约翰喝醉,但他不爱喝酒,他不玩电子游戏,未婚,也不讲究严格的宗教规则。他在洛杉矶长大,当他讲述自己的成长故事时,我试图找到他跟母亲不和或下意识激怒父亲的蛛丝马迹,但他似乎情绪非常稳定,也很勤奋。他的性格里似乎没有任何极端的东西。他锻炼身体,但不会用力过猛;他有一份需要加班的律所工作,但他不是工作狂;他注意自己的财务状况,但也没有掉进钱眼里。我准备对他的稳定感到厌烦,准备让自己的身体像冬天的树叶一样卷曲起来,但和约翰在一起,就像吃了一块用北极炭烤焦了的迷迭香土豆和烤芦笋,饱满、美味、有营养。我的口味变了,现在我觉得约翰很"美味"。他让我觉得自己可以像海星一样伸展四肢,充满活力。

  我对罗森医生和小组说:"这里面肯定有诈,这才短短几周,我怎么就走到今天这一步了?"我觉得,分手后,起码得等上几个月才能找到下一段健康的关系,"他是我的备胎吗?"

罗森医生说:"问问他的过去,他是否有过恋情,以及都是因为什么结束的,可能由此你会发现他害怕做出承诺。"

洛恩哀号道:"别啊!哪个男的会想讨论自己'对承诺的恐惧'。"

"别担心,我会很随意地问起的。"

那天晚上,约翰在晚饭后生火,而我则蜷缩在白色羊毛毯子下。他坐在我旁边的沙发上,闭上了眼睛,他前一天晚上一直工作到午夜。

我掀开毯子,面对着他问:"你有过长期交往的女朋友吗?"

他睁开一只眼睛看着我说:"现在就到这步了吗?"

"我想知道你有没有……"

"和人认真谈过?"

"对!有没有做出过承诺,如果有的话,你们为什么分手了?"

"这是测试吗?"

我点点头。

他友善地笑了笑,然后描述了他认真谈过的两任女朋友,第一任是大学刚毕业的时候,第二任是毕业几年后。他形容两任前女友人都很好,如果不是交往过,他可能还会和她们继续做朋友。第一段感情失败是因为前任出轨,非常狗血的剧情;第二次分手是因为他们两个人太像了。"和一个想什么和做什么都和我一样的人在一起,并不令人兴奋。"

我可能会给他带来超过他预期的更多的狗血,但起码我们不必担心彼此太相似了。我对任何事情都没有节制,而且我在一小时内表现出的情绪比他一个月的还要多。

约会的第二周,我和约翰在我家楼下接吻,我们都不想跟彼此道别,我全身充斥着一种想要忏悔的冲动。

"因为进食障碍,我一直参加十二步疗法互助会。除此之外,我每周还有三次团体治疗,如果你不喜欢,那我们现在就算了吧。我也不会对小组隐瞒任何事,所以如果你想让我保密,提都不要提。他们会知道你的小弟弟有多大,以及你是否会在做爱时把我翻过去。"我为谈判做了准备。

"'翻过去'这件事听起来是个不错的故事。"约翰没有表现出任何焦虑的迹象。

"小组的事,我是认真的。"

他耸耸肩说:"在治疗中,你需要说什么就说什么。"

我把手放在他脸上,他是从哪儿冒出来的?

我们又开始接吻,但后来约翰结束了这个吻,低下头看了看他的手,表情严肃。

"怎么了?"我问。

"我早就知道你在接受治疗,参加十二步疗法互助会了。"

"什么?你怎么知道的?"

"我读了你写的一些文章,你保存在世达律所系统上的那些。"

天哪,我都忘了这件事了。有时,等合伙人回复修改简报的意见时得等上好几个小时,我就会写一些随笔,记录一些零碎的故事：在得州的童年往事、天主教学校的记忆，以及关于团体治疗的趣闻逸事。我用本名把这些文字保存在公司系统中，但取了一些欺骗性的标题，比如"泰特账单信息"或"泰特诉讼文件"。我以为它们是藏得很好的复活节彩蛋。

"你都看到了？"

他脸红了，说："我想更多地了解你。"

"通过阅读'泰特账单信息'？"

"事实证明，有用。"

我们又接着接吻，但后来我喊停了，我的良心像肌肉酸痛一样痛。

"我和你一起看《图兰朵》的三天前，我和前任一起看过了。"

他一脸惊讶地说："但你表现得好像对此一无所知。"在歌剧开始前，约翰邀请我去他家，展示他准备的关于普契尼的生平和《图兰朵》剧情的幻灯片。就在他完成《蝴蝶夫人》的幻灯片前，他添加了一段普契尼车祸的卡通视频。他准备了这么多科普材料，以便我能和他一样享受歌剧的乐趣，我完全被迷住了，我不想告诉他我曾坐在剧院第四排看了这部歌剧。

"我不想伤害你的感情。"

"让我着急可不是件容易的事儿。"

"我有吗？"

"差不多了。"

约会三周后，有一天午夜过后，我起床离开了约翰的住处。他告诉我，欢迎我留下来，但我还没有完全准备好。从我最后一次睡在布兰登的床上到现在只有六周而已。

"我们不是非得上床。"他说。

"我只是还没准备好。"

他送我到车前，在海军蓝的天空下抱着我。

"我不想和一个不爱我的人上床，我没兴趣。"我听见自己优美清澈的嗓音。

"我真的爱你，你知道的。"他在我耳边低声说。

"什么？"

他看着我的眼睛，又说了一遍。

"你怎么知道的？"

"我能感觉到。"

"可我们约会才三周。"

"所以我已经知道三周了。"

慢慢地，我们开始在彼此的住处过夜，彻夜不眠地谈各种事，做除了上床之外的各种事，直到黎明的第一缕阳光透过窗帘射进房间。每当到了晚上气氛暧昧的时刻，我就会抽身离开，我会说"我还没有准备好"，但却无法解释原因。他比任何男人都更适合我，但我始终无法迈出这一步。

"你为什么要折磨他和你自己？"马克斯说，"我为他感到难过。"

罗森医生指出，这是我一直在等待的健康关系。当我和他在一起的时候,我在表达自己,设定界限,保留自我。他认为我害怕做爱,是因为这会让我和约翰更亲密。这一次,我完全同意他的观点,但我还是想知道为什么我做不到跟他做爱呢?

"Mamaleh,当你准备好的时候,自然就会了。"

然后,在一个春夜,我不再需要和约翰保持距离,我们的身体非常契合。我们聊天、吃饭、大笑、亲吻、触摸、睡觉。性爱不过是这些事情的延伸。我第一次明白,性爱对我来说很重要,不是因为它涉及私处,也不是因为修女们告诉我这是上帝最关心的事情之一,也不是因为我母亲告诉我,如果我在婚前做这件事,我就会下地狱。而是这是一件大事,因为通过性,我和约翰得以水乳交融,拥有彼此,我们一起分享了那场性事所带来的愉悦。他善良、忠诚、充满爱心,这些品质都让他在我眼里超级性感。

祝福

快满三十三岁时，我和约翰才交往了四个月。我希望能有一顿需要提前预订好的晚餐，还能收到生日贺卡，上面写着一些真心实意的话，落款是"爱你的约翰"。罗森医生暗示我可能会得到一个订婚戒指，但我没理会这话，我最不需要的就是对一份才持续了四个月的恋情寄予厚望。当天，约翰送我的是一把电动牙刷和一个自制的木制相框，我把罗森医生的话告诉了他，他开了开罗森医生的玩笑。礼物很可爱，但不是代表"终身承诺"的宝石。

几个月后，我和约翰还有他的高中朋友一起去印度旅行了两周。在那里，我不能通过控制肠胃来巩固关系。排灯节燃放烟花时，约翰牵着我的手，帮我在超市买卫生棉条，并在他的随身行李中放进了为我的小组成员们购买的纪念品，给罗森医生的礼物是一个象征运气和财富的印度教黄铜符号。

十二月，我和约翰还有他的家人在洛杉矶度过了我们的第一个圣诞节，也是犹太教的光明节。他家有多达三十人交换光明节礼物，节日仪式很盛大。他母亲送了我一张维多利亚的秘密的礼券，他祖母给了我一个白色的大理石盒子，里面装有她很久以前去印度旅行时买的精美瓷砖，他堂兄弟教我如何做土豆饼，他哥哥给我看了他们俄罗斯祖先的家庭旧照，照片里，男人们留着长胡子、戴着黑色帽子，女人们则穿着黑色高领连衣裙。约翰在三脚架上放好相机，准备全员合影时，我站在他旁边，他用胳膊搂着我，我投入了他家人热情的怀抱。

一天下午，我们偷偷离开家里大部队的庆祝活动，在奥兰治县的海滩上安静地散步。加州灿烂的阳光洒在炽热的白色沙滩上，几乎刺痛了我的眼睛。一年前，我和布兰登也走过这片海，当年，大卫也是被这片海夺走了生命，看到它仍在向岸边翻涌，着实令人欣慰。我卷起牛仔裤裤腿，脱掉靴子，感受脚趾间温暖而粗糙的沙子。我们在一块岩石边上停了下来，看着大海。在海边，在超级蓝天下，我巡视着海滩，看看有没有名人带着宠物狗在附近。直到我们回到车里，约翰一句话都没说。

他说："我想继续前进，和你一起。"我从未听过在一起的其他男人对我说这些：订婚、确信、在一起、未来。我用手捂住翻腾的心。

三月的一个周一早上的小组，我迟到了几分钟，就坐在罗森医生右边的空座位上。我静静地坐着，没有过度地打手势，也没有勾起大家对我左手的注意。

"对不起，克里斯蒂手指上的戒指要把我的眼睛亮瞎了。"罗森医生说，他已经等了足够长的时间让我自己说出来。我笑着从椅子上跳起来，在房间里转来转去，把戒指展示在每个人的面前。

"不是太大，也不是太小。"马克斯赞许地说。

帕特丽斯抓住我的手对着窗户，在阳光下看着戒指。玛吉奶奶笑容满面地说："我就知道，孩子。"

我从来不关心珠宝，但这枚戒指是我和约翰一起设计的，远比宝石本身重要得多。戒指中间有一块较大的宝石，两侧各有三块较小的宝石。大宝石代表我和约翰，两边的三块小宝石分别是罗森医生和我的小组成员。这些较小的宝石是我生命的基石，他们让我认识了我自己，我的胃、我的愤怒、我的恐惧、我的快乐、我的声音。他们让我变成了一个真正的人。没有他们，就没有"我和约翰"。我婚姻的每一天，都是在致敬我在小组里所做的努力，一小时又一小时，我不断地成长，活出自己的样子，我的浪漫关系与小组息息相关。

"我真不敢相信约翰能受得了你，"洛恩对我眨了眨眼睛说，"找到一个不会每晚都把你翻过去的男人，真不错。"

罗森医生对戒指赞叹不已，真诚地送上一句"Mazel tov[①]"，它像祝福一样落在了我心头。七年前，第一次面诊时，在得知我是第一名后，他也对我说了同一句话，但在当时，我无法忍受这句话。现在我知道了，罗森医生爱我，我值得他的表扬，不管他在恭喜什

---

① 犹太语，"恭喜"的意思。

么。但我渴望得到更多,渴望直截了当的祝福,渴望祭献而不是许可。我看着他说:"我想从你那里得到更多东西。"

"想要什么呢?"

"不太确定。"

"在小组里问问大家,看看能不能弄清楚。"

罗森医生的家是一栋白色整洁的排屋,他打开门,穿着牛仔裤和棕色露趾凉鞋,我应该看到治疗师的赤脚吗?我对此持否定态度,所以我把注意力转向了明亮的厨房。但很快,和我的未婚夫在我的治疗师家共进晚餐这件事让我感到压力山大,头痛欲裂。约翰开车快到罗森医生家安静的郊区时,我隐约感到恶心,但现在我只想要一杯冷萃咖啡和强效布洛芬。我紧握约翰的手,试图稳定神经,告诉自己,在治疗师家用餐再自然不过了。我递给罗森医生的太太一束淡粉色的小花,她闻了闻,说这是她最喜欢的花。

"我能借用下洗手间吗?"我问,不是因为我尿急,而是因为我还没准备好和我未婚夫还有治疗师一起闲聊,而且我的治疗师见证了我很多次发脾气和我关于蛔虫的独白。我坐在马桶上,揉按太阳穴,希望头痛消失。我数了数,我用了六张厕纸、三泵洗手液。想要打开药柜的想法钻得我手指发痒,但一想到下周我要在小组里承认自己窥探人家的药柜,就立刻打消了这个念头。

在回厨房的路上,穿过客厅时,我想看看书架上的书、镜框里的图片、咖啡桌上摆放着的小玩意儿,但我太害怕了,我不应该窥探治疗师的私人物品。另外，如果我看到了令人尴尬的东西，那该怎么办？比如尼古拉斯·斯帕克斯的小说，或者罗森医生和太太一起在迪士尼游轮上与高飞的合影。

谢天谢地，罗森医生的太太邀请我们坐下，她带有浓重的俄罗斯口音，脸上挂着热情的微笑。在约翰的盘子和我的盘子之间放着一件包好的礼物。"打开看看。"罗森医生笑着说。约翰扯下包装纸，拿起一块白色的瓷砖，上面画着五颜六色的鲜花和"Shalom Y'all[①]"。他们最近去了以色列，很喜欢途中发现的这块瓷砖，因为它结合了我和约翰两个人的身份：得州人和犹太人。我甚至连话都说不出来，只能盯着瓷砖上的字，沉浸在这样一个事实中：当罗森医生环游世界时，他依然心系着我，心系着我和约翰。

罗森医生点燃了两根蜡烛，用犹太语做祈祷。然后，一如在小组中那样，他把手放在我的头上，用犹太语念诵着祝福。他的手按在我的头上，我觉得头不痛了，但当他转向约翰时，疼痛又剧烈了起来。当罗森医生把手放在约翰的头上祈祷时，约翰哭了，我也泪流满面。

罗森医生的太太道歉说，欧防风[②]不是当季的蔬菜。我看着罗森医生，他回我一个微笑。一周前，罗森医生在小组中问我最喜欢的食物是什么，我就哭了起来。我脑海中浮现出喜欢的食物，但它们的样子印在脑子里，我却一个字都说不出。

我记得第一次从暴食症中恢复的时候，我遵守着几十条规则，

---

① 犹太语，"平安喜乐"的意思。
② 欧防风，草本植物，根部粗壮，含糖和脂肪，可食用。

以免再次陷入暴饮暴食和催吐的状态。我不吃糖、面粉、小麦、玉米、香蕉、蜂蜜或土豆,我没有在两餐之间或晚上九点以后吃东西。我从来不回想自己吃了什么,也从来没有站着吃过东西。进入恢复期后不久,我和父母驱车从达拉斯到巴吞鲁日参加我弟弟的大学毕业典礼,我父亲在路易斯安那州莱孔普特的莉亚餐厅停下,那是我父母最喜欢的馅饼店,我们准备在那里吃午饭。菜单上唯一的东西就是蜜腌火腿三明治和四种馅饼。我问女服务员,他们能不能把火腿三明治里的生菜丝拿过来,给我做一份沙拉,她说不可以。但我饿坏了,我点了两个火腿三明治,吃了加了盐和胡椒的生菜,剩下了火腿和面包,我的盘子看起来像是犯罪现场。我看着父母吃着火腿三明治,两人还分了两块派,一块巧克力的和一块柠檬的。我不知道怎么才能让他们带我去有我能吃的东西的地方,我不知道如何告诉他们我的信念,我得坚持饮食规则才能活下去。我只知道坐在椅子上傻笑,肚子空空如也,生着闷气拿起叉子,吃下馅饼。

在小组里,罗森医生从第一天起就和我一起使用吃的比喻,但这顿在他家的晚餐并不是一个比喻,是罗森医生和他太太在喂养和祝福我和约翰。他想给我吃我想要的东西,我最喜欢的食物。在小组里,罗里让我闭上眼睛,大声喊出我最喜欢的食物。我闭上眼睛,把拳头抵在眼窝,低声说:"欧防风,杧果,三文鱼,土豆。"

罗森医生的太太端上了一锅鲜艳的橙色胡萝卜汤,中间放了一小块熔化的奶油,我用勺子搅了搅,奶油就融进了汤里,味道浓郁,带有新鲜泥土味。罗森医生列出了每道菜所用的配料,尽管那时我已经放弃了大部分饮食限制。三文鱼是完美的粉红色，土豆带有一点迷迭香和盐的味道。吃完饭后，罗森医生和太太把空盘子端到厨房，我听到他们轻声说着另一种语言，听起来一半是俄语一半是犹太语。

我都不记得整晚自己有没有说过话，但我肯定有说过，我只记得头痛的感觉和食物的美味。约翰的手放在我的腿上，我无缘无故地想哭，可能是因为这可爱的夜晚、美味的食物和如此不可思议的场合。我记得好像是罗森医生的太太掌事，她告诉他在哪里可以找到舀茶的银勺和切奶酪的刀。看到有人对罗森医生指手画脚，真令人激动！我迫不及待地想告诉马克斯。

到了甜点环节，罗森医生在桌子中间放了一块木质砧板，上面放着一点硬奶酪、葡萄和干樱桃。我塞了一颗葡萄到嘴里，光滑的甜味使我的头痛减轻了不少。最后一缕日光从窗户射入，在桌子上落下阴影，罗森医生说，有时他们会在树木繁茂的后院看到鹿。我吃得太饱了，胃撑得有点痛，我想回家了。

从郊区回芝加哥的路上，我把座椅放倒，把空调调高，把通风口对准我的脸。回到城里有整整二十一英里，我哭了一路，约翰握着我的手。

"这一切都是真实的吗？"我哭着问。

约翰把我的手握得更紧了。

"你从哪儿冒出来的？"我又接着哭。

一英里又一英里，我一直在哭，泪水源源不断地流出来。"好像做梦一样,我是怎么走到这一步的?"

城市的天际线在挡风玻璃外闪闪发光,约翰握着我的手。

"我很害怕。"车停到我家楼下时,我说。

"怕什么?"约翰问。

"你。"

他扬起眉毛,笑了笑。

"我们现在被困在一起了。我感到一种奇怪的孤独。我不确定我在哪里。"

约翰紧握着我的手,好像他明白我在说什么。

我以为一旦订婚了,就会对结婚对象和即将过上的生活感到满满的安全感和幸福感,我以为找到我想嫁的男人会治愈我深深的孤独感,但我感觉到的不是纯粹的幸福,除了幸福,还有恐惧和孤独。我还是我。

"这些年来,无论我去哪里,我都是最孤单的人,不管是在小组、法学院,还是得州的亲朋好友之间。克里斯蒂,孑然一身,一个人的克里斯蒂。我讨厌那个身份,但现在它不再是我的了,我感觉自己像是在做自由落体,好像失去了什么,感觉自己不再特别,毕竟我不会再在芝加哥的某个角落为糟糕的爱情生活和孤零零的周末而哭泣。现在,我和其他人一样。这有什么意义吗?"我的苹果呢?蛔虫呢?被扯掉线的紫色毛巾呢?现在的我是谁,以前的我去了哪里?

约翰帮我擦了擦眼泪,说:"你仍然比大多数人爱哭,这一点可能永远不会改变。"

新生

距离巴拉克·奥巴马赢得美国第四十四任总统头衔只剩下几个小时的时间,整个芝加哥都疯了,欢呼雀跃的人们从市中心的办公室涌向格兰特公园,等待奥巴马登上当选总统的领奖台。拉杰在四点左右突然走进我的办公室,给了我一张集会门票,但我没去,尽管我和约翰有在威斯康星州为奥巴马拉票,对他的获选也感到欣喜若狂。生理上说,我感觉自己不是自己,这种状态持续了好几天。那天下午,我不得不将电话会议设为静音,因为对方律师坚称我们的客户要为欺诈负责,气得我想发火。我一拳捶在书桌上,订书机"咔嗒"一声倒在桌子边缘。通话一小时后,我精疲力尽,头搁桌子上,一睡就是二十分钟。我怀疑自己得了流感,觉得如果在十一月寒冷的空气中跑去格兰特公园,我最终会因为流感而住院。

那天晚上,约翰和我点了外卖,等待奥巴马的演讲。电视摄像机对准了距离我们家五英里的人群,我后悔没有在场,约翰看到他在法学院的朋友站在离奥普拉五英尺的地方。"我们要去了,说不定也能被拍到!"那是我一生中最具历史意义的夜晚,我坐在沙发上,没穿胸罩,大口吃着沙拉,脚踩在两个板条箱上,那是约翰姑姑提前送的结婚礼物。

屏幕上,麦凯恩正在进行败选演讲,画着无瑕妆容的辛迪·麦凯恩穿着黄色西装站在他身旁。麦凯恩不是我支持的候选人,但当他用手捂住自己的心、哭泣着向他的支持者告别时,我也不好受。我躺在新添置的红色雪尼尔毛毯里,为可怜的约翰·麦凯恩哭泣,就好像他是我最亲爱的朋友一样。我哭个不停,不管我多么努力地告诉自己麦凯恩总有一天会再次体会到幸福。

我记得接下来,约翰握着我的肩膀,他一边调大音量,一边说:"你会想看看这个的。"我抬起头,我他妈这是在哪儿?

"你为麦凯恩哭泣,然后就睡着了。"

奥巴马讲话时,我们一脸敬畏地看着,眼泪再一次顺着脸流了下来。这一次,我体验到的是纯粹的喜悦。

第二天晚上,我刚吃完晚饭就睡着了,凌晨两点醒了后,盯着卧室的天花板。约翰动了动,睁开了眼睛。我告诉他我要尿尿:"上厕所的时候我会验孕。"

他笑着祝我好运,好像我在开玩笑。

我蹲下来,在水槽下翻找那个紫色的验孕试纸盒子。之前,我例假后的第十四天,我和约翰恩爱了一番,没做保护措施,所以有可能怀孕。但是,我认识很多女性朋友,在服用氯米芬的时候都很难怀孕,所以我倒是没觉得我会怀上。我的妇产科医生警告说,我已经过了三十三岁,所以想怀上孩子可能需要一段时间。我用验孕棒验了尿,然后爬回了床上。

"这么说来,烤箱里有个小圆面包?"约翰友善地捉弄人道。

"可能是双胞胎,我们需要大一点的房子了。"

三分钟后,我用胳膊肘戳了戳他说:"去看看吧。"我不准备离开温暖的被窝去确认验孕结果。我翻动枕头,把脸颊放在凉爽的一面。我听到约翰上厕所的动静,然后安静下来。他走了进来,浴室的灯光照亮了他的头,脸被阴影遮住了。

"我想是有两条线。"

"哈哈。"我甚至不确定自己的例假有没有推迟。一直在忙着跟杰克就一宗新案件进行异地和解谈判,所以从十月份起,我就没记日子了。我往被子里钻了钻,等约翰也进被窝,但他站在门口,盯着验孕棒。他是认真的,我掀开被子,扑向那根验孕棒。

我看到两条如薄荷般鲜艳的线条。

我高兴地叫起来,跳起来。怀了!怀了!怀了!幸运的薄荷绿条纹,我们可真幸运。

婚礼

你参加过婚礼,你见过穿着珍珠白礼服的新娘、打着黑色领带的新郎和穿着珠宝色礼服的伴娘,你听过弦乐四重奏和发自内心的誓言。你知道,婚礼就是音乐、朗诵、誓言和宣誓的集合体。

而我们的婚礼是这样的,我和六个伴娘(其中四个是罗森医生的患者)在芝加哥的千禧公园奔跑着,摄影师在太阳西下前拍下我们的合影。我们冲进一栋办公楼,天花板上挂着酷酷的六角镜的大厅,我们一动不动地笑着,在困惑的摄影师面前喊道:"我们要去见我们的治疗师!"我怀孕六周,穿着白色系带高跟鞋,但因为孕期头三个月得补补身子,我胖到胸部被婚纱挤得紧紧的。

罗森医生穿着漂亮的灰色西装和锃亮的黑色鞋子,打开门,七个女人对着他齐声尖叫,仿佛粉丝见到被护送到后台的摇滚明星一样。他微笑着,带我们回到那个房间,那个我在地球上最熟悉的房间:它角落里刺眼的灯光、窗户边的咖啡污渍,还有歪斜的迷你百叶窗。他照常把几把椅子摆成一个圈,只不过这次是在周六晚上,距离我的婚礼还有90分钟。他坐在平常坐的椅子上,问我们去哪儿了,接着他问我是否准备好了。是的,我准备好了。我闭上眼睛深吸一口气,孕期头三个月导致我恶心想吐。我惊慌失措地大叫:"我忘了带饼干!"罗森医生从门里消失,带回一个装满牛奶和麦片的红色塑料杯,里面是干果早餐饼干。我问他这是他在晨会前吃的东西吗,说他看起来更像是个敬酒师。而后我和约翰一起站在仪式前的一间侧室里,我们拥抱彼此,一起拥住那高光时刻。我那颗布满刻痕、胀大的心里藏着多少爱。我和约翰一起走过红毯,没有放弃,只有选择、接受、展示。我们承诺,在爱我们的人的支持下,共同组建家庭,一起生活。我们宣布从此刻起,我们有了自己的家。

我们在证人面前宣誓,我把手掌放在肚子上,宝宝的心跳达到了每分钟175次。

你参加过婚宴,你熟悉餐具、椅套和名牌。你品尝过有蘑菇和法国布里乳酪的开胃菜、干香槟和奶油糖霜。你听过给新人的祝酒词,也听过婚宴上的免费酒吧播着《褐眼女孩》的背景音乐。

而我们的婚宴是这样的:婚宴第五桌坐着罗森医生和他太太,旁边围坐着马克斯、洛恩、帕特丽斯和他们的配偶;第六桌坐着我周二下午小组的女士们;第七桌坐着罗里、马蒂和卡洛斯。他们互相递给对方意大利面和鱼,所有人都整夜陪伴着我,祝福我,紧紧地抱着我,一如既往。

上了第二道菜后,雷德和米兰达居然穿过人群向我走来,祝贺我，我回之以拥抱。惊讶于人心如何令人惊讶和高兴，又是如何重新结合和重生，超越了原谅、伤害和孤独。我说："谢谢你们来，这对我意义重大。"

我和约翰分别来自得州和西海岸，就像大多数婚礼那样，我们的婚礼也是两个家庭的融合。就像大多数婚礼那样，每个舞池都影影绰绰，有的舞池里是我家的人，有的舞池里是约翰家的人。当约翰的家人把我抱到椅子上，把我举过他们头顶的时候，我从空中看到了我们的婚宴：我爸妈和弟弟妹妹一直站在一边鼓掌，显然，他们很好地吸收了一种新的习俗；罗森医生和他太太在一群患者中间，手挽着手围着我们转，唱着他们熟悉的贺词；约翰的父母、兄弟和堂亲们在空中挥舞着餐巾纸。和着《让我们欢乐》这首歌，我看到混乱但欢乐的场景变成了一幅拼贴画，画里满是充满爱意的面孔和支撑着我和约翰的手臂。

在婚礼前几周，我问罗森医生，我们是否可以在婚礼期间共舞一曲。我想向自己在团体治疗里与他一起做的努力致敬，正是这些努力让我得以与约翰和我们的孩子一起生活。

"我不想得罪你父亲。"

"别担心，我也会和他跳的。我们可以晚点跳，在婚宴上跳一支传统的华尔兹，属于治疗师和病人的华尔兹。"

"在小组里说一下这事，大家讨论讨论。"

讨论得越多，我就越想和罗森医生跳舞。我想要纪念的是，经过数百次治疗，我不再是一个只有工作和孤独的年轻女子。在经历了所有的哭泣、撕咬、拉扯和尖叫之后，是时候跳舞了。

我想跳舞。

和约翰订婚后，克莱尔问我如果我没有参加这么多年的团体治疗，我还会拥有和约翰在一起的结局吗？我说可能不会，但我真正想说的是绝对不可能。

听着婚宴放起了《屋顶上的小提琴手》这首标志性歌曲的开头小节，听着曲中的父亲歌唱时间的飞逝和向日葵幼苗的盛开，我把罗森医生从他太太旁边带到舞池。因为我有孕吐，所以他只让我从左到右打圈圈转了一次。

舞池里围满了我之前和现在的小组成员，他们确切地知道这对我意味着什么，也许他们也知道这对罗森医生意味着什么。音乐结束后，罗森医生再次用犹太语对我说"mazel tov"，我回道："谢谢你为我所做的一切，周一见。"

因为这个故事并不会以婚礼画上句号。

第二天，我和约翰拥抱了我们的家人，把他们送到了机场。整个下午都在下雪，十一月下旬的天气一点明朗的迹象都没有。在家里，我和约翰躺在床上，周围都是礼物和吃剩的蛋糕。约翰昏昏欲睡，但我无法平静下来。我从蛋糕上摘下奶油玫瑰，然后塞进嘴里。我先给罗里打了电话，然后打给帕特丽斯。

"现在怎么办？"我问他们，"我感觉怪怪的，虽然我知道这不是一种感觉。"我爱约翰，也很高兴我们能结婚，但我也感到孤独、疲惫和焦虑。怪怪的，就像我想对着我剩下的婚礼蛋糕大哭一场。

他们都说了那句我知道他们会说的话："去小组聊。"

每个人都坐在自己的座位上。周末的婚礼上充满了家人、朋友、欢乐和蛋糕，我的身体仍然因为过量的肾上腺素而颤抖，我仍然感到震惊，我怀孕了，头晕目眩地爱上了在我肚子里的小宝贝。

马克斯率先开口说为什么摄影团队把我和罗森医生的舞蹈拍得如此精彩，帕特丽斯问我妹妹是否喜欢在婚礼前去罗森医生办公室的"短途旅行"，布拉德和洛恩取笑罗森医生西装的剪裁，玛吉奶奶称赞了罗森医生太太的酒红色礼服。

然后，就这样，我们继续着。洛恩分享了最近与他的前妻和孩子们的情况，我们讨论了马克斯是否应该找一份新工作。罗森医生巡视着每一位小组成员，而我们其余的人则竭尽全力互相奉献着自己。我感觉到心脏在跳动，布满刻痕的表面下包裹着的是我的心室、心房、瓣膜和主动脉。我双手捂着胸口，听着它们共同演奏的乐曲。

后　记

十年后。

在我溜下楼之前,我亲了亲女儿的头,她挣扎着要睁开眼睛,低声说:"再见,妈妈,今晚见。"她的弟弟在隔壁房间睡得香甜,尽管我梳顺了他的头发,还亲了亲他的脸蛋。他们知道,周一早上都看不到我,他们知道,我要去见罗森医生。他们现在已经会好奇了:"你为什么要去那里?""你是做什么的?""你有没有想过独占罗森医生?"我不知道,当我告诉他们,我和他们从小就都认识的罗森医生和小组成员围坐在一起时,有说有听,有时还会大哭大叫,他们会怎么想。不,我永远不会从团体治疗换成一对一治疗。有时,周一晚上吃饭时,孩子们会问起帕特丽斯或马克斯。一想到我的孩子们和我一样,脑海中会浮现小组成员的样子,我就笑了。

在厨房里,我把午餐扔进袋子里,然后冲出门去赶6点55分的列车。当列车缓缓驶入市中心时,我在想我要在小组里讨论什么问题。也许应该告诉他们约翰出差回家后我俩吵了两次;或者是，他把行李箱推到门厅，孩子们抱着他，想向他展示他们的手工作品、拼写测试和新的舞蹈动作；再或者他脱掉外套，全神贯注地看着他们，发出各种惊叹赞许，他将爱的全部光芒都照耀在孩子们身上。我站在厨房洗餐具或准备第二天的午餐，我喜欢听他们讲故事。我了解这些心，它们属于我，也属于彼此。

后来，约翰给他们读了故事，检查了他们的数学作业，他们香甜地睡去。然后我们瘫倒在床上，我开始讲述工作中的委屈或感觉到被朋友轻视，我们就会吵架。约翰竭力睁大眼睛，但他当天五点就起了，参加了各种会议，走遍了全国，睡前还陪了孩子。他那张憔悴的脸仿佛在诉说他走了几英里路的故事。理智上，我理解他身体疲惫，睡眠又是如何拖着他的脚踝把他拖进香甜的呼吸中，但我也想让他听我说，我想让他也给我留点爱的光芒。

罗森医生会问我这让我有什么感觉，我会说："因为约翰我感到孤独，我为嫉妒自己的孩子而感到羞耻。"

马克斯会傻笑着说："这就是你想要的生活，还记得吗？"然后，小组会为我俩在约翰出差回家后如何沟通提供建议，为我如何兼顾他和孩子们的需求提建议。可能会有人建议我在约翰回来后的第二天，安排一次性爱约会。

我也可以告诉大家周五我与主管的谈话。我说："我工作真的很努力，工作也做得很好。我不需要加薪，也不需要角落里的办公室，但我想要一句谢谢。"说完我自己都惊到了。在过去三十天里，我提交了工作量创纪录的案情摘要，我希望得到认可。布拉德会对我竖起大拇指,然后催促我去要那间角落里的办公室,还说给我加薪;帕特丽斯会和我击掌庆祝我开口要自己想要的东西。在工作中,我很难拒绝那些吃力不讨好、没有明显好处的任务,但至少我能直言不讳地要求得到认可。

小组还以我家上周末的危机为乐。当时原本计划孩子们清洁牙齿和接种流感疫苗后去参加一场钢琴独奏会,可他们却穿上破旧的短裤和睡衣以示抗议。约翰和我向他们解释说,这次活动要求穿得稍微正式一点,强调我们应该尊重其他学生、老师,以及他们的准备工作。但他们的反应是跺脚和"砰"的一声关上门,他们拒绝在路上和我们并排走。我确信他们想要给我一封手写信,就像我不让他们批量购买彩虹糖时收到的那封信一样:"亲爱的妈妈,谢谢您毁了我们的生活。"但可惜这回没时间提笔写信。我会跟小组分享,我成功地庆祝了孩子们表达了自己的强烈情绪,而不是把这些情绪塞回他们小小的身体里。实际上,我整整扮演了二十分钟的罗森医生,然后我失去了冷静,对他们气呼呼的,让他们咬紧牙关把事情弄好。到达独奏会的时候已经很晚了,我们四个人都怒气冲冲的。

来自其他人的愤怒仍然让我害怕,但我知道这是亲密关系的一部分。我知道顺其自然就好了,所以我尽力呼吸,挺过去。

所有最卑鄙的冲动都还活在心里,静静地等待着,想继续保留和食物之间的古怪关系;想妖魔化约翰和他为出差而做出的合理的解释,即把精力放在育儿上;想潜入无休止的绝望中,而不是喘口气，感受任何试图浮出水面的情绪；想在工作中承受不被认可的挫折，而不是有节制地谈论自己的想法和感受，提出自己想要什么、需要什么，化解怒气。我仍然需要他人的帮助来克服这些冲动，并找出哪个词语最能描述自己的感受；我需要他人的帮助才能说出自己到底渴望什么，即使我为此感到羞耻；我需要他人的帮助才能容忍他人的强烈情感；我需要他人的帮助才能忍受自己的痛苦。

有时我会遇到罗森医生以前的患者，他们问我："你还在看罗森医生吗？""是的，我是罗森医生的终身组员。"但我想解释，这并不是因为我无可救药，或者陷入了危机状态。第一次挣扎着走进罗森医生办公室时我渴望与他人建立的亲密关系，我如愿以偿。现在我需要他人的帮助去加深这些关系。我梦想着新的梦想，更有创造力的生活：梦想着在两个孩子读完初中、高中甚至更久以后，依旧与他们保持亲密关系；梦想着优雅地度过即将到来的更年期及其导致的身体紊乱的阶段，还要照顾好住在三个州之外的年迈父母。罗森医生和小组引导我度过了成年早期的问题，那为什么不能继续陪伴我度过中年呢？即使我不再拔自己的头发，不再在开车时期盼被流弹击中，难道就不需要得到支持、见证，以及一个倾诉自己的困惑和不安的地方吗？关于我对罗森医生和小组成员的爱？关于我与小组的关系呢？为什么仅仅因为我们的文化，心理治疗就应该在三十个或更少的疗程内结束，我就要结束我的治疗呢？如果我们想要继续，罗森医生会一直陪伴着我们，我知道。

列车进站后，我向西走了两个街区来到罗森医生的办公室，我看到一年前加入我们小组的新人走在前面。他三十五岁左右,是一位会说六种语言的优秀医生,但厌倦了孤身一人。他在芝加哥没有亲密的朋友可以周末一起出去玩,他的特长是爱上第二次约会后就和他鬼混的女人。在小组中,他绝望地认为没有什么能改变这一切,他担心自己永远不会有自己的家庭,担心一切都太晚了。我学着小组成员们这么多年来安慰我的样子来安慰他:当他分享一个不回他短信的女人给他带来的痛苦时,我拍了拍他的胳膊;当他说他做了一些他不想做的事情来赢得一个不靠谱的女人的爱时,我会说一些安慰的话。我也经历过那些,我也像他那样做了很多违背自己心意的事。每周日下午或周二晚上,当他被孤独压得筋疲力尽时,我都会接到他的电话。我告诉他,我毫不怀疑他正在改变自己的生活。在小组里,当罗森医生向他保证,来小组并分享一切就够了,他看着我,我点了点头说:"我保证,这就够了。"

心理医生请回答

读者：

开篇就很有代入感，主人公希望自己被枪击，抑郁中的我也曾想过马路上突然冲出一辆车把我撞死，一了百了——就连死这件事都不敢掌握主动权，责任都是别人的。书里提到的"自杀观念"，是专业的心理名词吗？它和"自杀倾向"有什么不同？

李仑医生：

主人公从一个自杀的意象开始——死神的骷髅手代表了令人无法拒绝的恐惧。另一个关于死亡的意象是被枪击，代表了被人类射杀，在人与人之间的暴力中消失。

由此我们得到了两个信息，无论是在幻想中还是在关系中，主人公都在巨大的恐惧和失控中渴望一种解脱（死去）的快感。

自杀倾向准确的说法是有自杀风险，自杀行为主要包括：自杀死亡、自杀未遂、自杀准备、自杀计划以及自杀观念。通常评估一个人的自杀风险主要根据后四种行为。

读者：

您提到"关系中"，可以展开讲讲吗？

李仑医生：

主人公选择法律专业的动机是可以尽可能展现价值的同时减少与人的接触，这样她就可以用高强度的工作填满内在的虚无感，并且给孤独化妆，让它看上去没有那么凄凉。在与他人的关系中，主人公陷在挫败感里走不出来。

读者：

她有多年的进食障碍，一个劲儿地吃，然后催吐。她想改掉这一习惯，想了很多办法，例如只吃难以下咽的食物，从而强迫自己少吃。在阅读的过程，我感觉这跟她妈妈的那句"想快乐，就能快乐"有关。但我也说不清自己为什么会这样想。

李仑医生：

在她的原生家庭中每个人都体面地在各自的角色里履行着基本的功能和互动，却看不到任何内在情感的流动轨迹，主人公还要靠猜想的方式去了解父母是否对自己失望，这种无形的距离感使她在任何地方都没有归属感。

虽然主人公在检查自己的时候没有发现明显的不妥，可她却一直感觉到自己内在的空洞，以及由此表现出的进食障碍。

读者：

还是没太理解，跟父母沟通不畅、内心空洞，为什么会引起进食障碍？您再展开讲讲。

李仑医生：

人来到世界上最初得到的食物——奶水——普遍来自母亲，折射人与食物的关系本质上就代表了与母亲的关系，进食障碍这种问题的象征意义，也许就是与母亲的关系出了问题，而无论是暴食还是催吐，都代表无法拒绝与母亲的沟通困难。

读者：

"硬币"是什么？心理治疗过程中的道具吗？

李仑医生：

行为疗法中的"代币法"，属于正强化的一种。

读者：

"赞助人"是什么？

李仑医生：

"赞助人"指的是在十二步疗法中正在恢复的有经验的成瘾患者。

读者：

主人公一直努力走出这个困境，并为此参加了长达八年的十二步疗法，仍没有显著的改善，这是什么原因？十二步疗法和团体治疗（也就是"小组"）的区别是什么？

李仑医生：

在西方，十二步疗法是普遍用于治疗人格障碍和物质成瘾（例如酒精依赖）的有步骤的、有结构的团体方式，由十二步依次组成。参与者按照十二步就每一个主题做表达和袒露，然后在水平层面保持互动。

八年来，十二步疗法稳定了主人公内在的焦虑感和混乱感，所以这些步骤和结构本身就可以带来一些框架感，这正是消除混乱的良药。但这种方法有局限性，它无法提供更多、更深入的人际互动和人际学习。

十二步疗法根治不了进食障碍，反映了主人公的问题更多地源于人际关系的模式。

简单说来，十二步疗法和团体治疗的区别是，前者的工作中心是团体的任务，尤其是结构化的、步骤化的任务；后者的工作中心是人际关系，后者更加开放自由。另外，前者的领导者是流程化的任务执行者，后者的领导者是活生生的人。

读者：

当朋友向主人公推荐团体治疗的时候，主人公想到了很多过往：小学时代排挤她的女生小团体里的大姐大、妈妈对她泄露秘密的不满……这些还真是关系问题。

李仑医生：

当得知有一种以人际互动为焦点的无结构团体，且进入这种团体的第一步是与团体的领导者会面、建立关系时，主人公与权威的关系体验被瞬间激活，主人公因此想到了自己与妈妈的关系和互动方式。

妈妈脑子里有一个理想的完美女儿，当主人公状态不佳的时候，妈妈就会拿出这个女儿试图覆盖她，就像那句"想快乐，就能快乐。多想想好的一面，不要想太多不好的"。

妈妈完全否认了主人公糟糕的感受，似乎她们的关系中没有空间安放这些，主人公与权威关系之间令人窒息的感觉就这样被呈现了出来。

读者：

为什么主人公强调"白板"？是说治疗师和"患者"之间最好是陌生人，这样更有利于治疗吗？

李仑医生：

"白板"类似于投影屏幕的比喻，咨询师在咨询关系中通过节制、匿名和中立保持这种状态，更有利于来访者在这种关系中完成投射和移情，重现问题模式并得到矫正。

读者：

"我希望这位罗森医生既能认真对待我最近对于死亡的幻想，又觉得我十分迷人，甚至对我有点什么想法。我总觉得，如果在他眼里，我很有吸引力，那他就会更愿意帮助我。"

主人公为什么会有这样的心态？每一个做心理咨询的人都这么认为吗？

李仑医生：

因为主人公自我价值感较低，希望得到治疗师的关注——这是一种退行性的方式，即通过自己的身体获得他人的兴趣，进一步通过性的方式换取他人的赞赏和肯定。这是她的模式。

读者：

问题青年与靠谱青年，主人公总是选择前者，原因是什么？为什么不喜欢跟靠谱的异性在一起？

李仑医生：

　　我们每个人身上都具备两种力量，一种是把自己的生活和关系经营强壮，另一种是把自己的生活和关系经营失败，前者叫生本能，后者叫死本能。有抑郁倾向的人在生活中会更容易呈现死本能的特质，即对失败感保持忠诚。还有自我资格感和价值感的不足，导致在关系中对方越好，自己感觉越糟糕，用一种分裂的态度看待关系中的彼此。

读者：

　　咨询师问来访者一连串的"渴望什么"，有何用意。

李仑医生：

　　强化治疗动机，并暗示未来跟现在的区间在哪里，也有着灌输希望的作用。

读者：

　　"当时我还不知道，这种治疗跟写作一样，非常需要细节的支撑。"可以展开讲讲"细节的支撑"吗？

李仑医生：

　　无论是写作还是心理咨询，在象征层面都是在生活现实的空间中再创造出一个空间，那么在漫长的被既往生活挤压的、扭曲的、被剥夺的、被压抑的自我就可以在这样的空间中重新得到抚育、修复、矫正和发展。在这一系列的过程中，都呈现出一个人如何成为一个人，通过关系的互动和语言的表达，如何得到帮助并且得到发展的轨迹，过程中的这所有一切，可以被称为"细节的支撑"。

读者：

"如果所有人都知道我的事情，我妈会气疯的。"主人公总提自己会惹妈妈生气，这单纯地反映了她的讨好型人格吗？

李仑医生：

当养育者跟子女在情绪上是一种共生关系的时候，彼此是可以预测自己的行为会使对方做出什么样的反应，就好像仍然是脐带相连。主人公总提这一点，体现了她对与养育者在情绪上分离的恐惧。

读者：

"用五年时间来改变我的人生，如果没用，我也不用再来了。可能我会以自杀收场。"

五年时间，对于心理咨询来说，算长算短？

李仑医生：

西方的团体咨询师一般都会建议患者参加五年以上的团体治疗，那是因为当地的治疗文化认为人的成长是缓慢的，需要渐进的过程并防止复发。亚洲近三十年工业化的背景导致了咨询师并不会提供时长的建议，而是因人而异。

读者：

"遇佛杀佛"的深层用意是什么？感觉是这一部分的文眼。

李仑医生：

印度佛教来到中国，形成了本土化的佛教——禅宗，在禅宗中权威鼓励信徒们在完成教义中成为自己、成就自己，把一切当资源。在这个咨询的语境中，咨询师一方面鼓励来访者去破除权威，鼓励来访者可以对咨询师表达愤怒和攻击性，另一方面也在暗示来访者要破除心中的各种禁忌。

读者：

加入团体治疗之前，三次单独面诊的目的是什么？

李仑医生：

三个目标。

第一，咨询师与来访者建立二元关系，以确保在未来的小组中咨询师可以随时成为来访者的资源。

第二，评估来访者的人格发展水平和关系模式与团体的匹配度。

第三，确定咨询目标，并具体化。

读者：

主人公与罗森医生之间的三次会面信息量较大，每一次对话，两个人的关系就会更近一步，这样的对话和互动的能力，如果能应用到自己的日常生活中就好了。您能再帮我拆解一下这样的对话与互动吗？

李仑医生：

当主人公尝试再一次相信权威、接近权威时，来自过去那种在权威面前怎么做都不对的感觉又被唤起，她一方面跟罗森医生约诊，一方面又患得患失，担心自己不能完美表现，就好像是一个婴儿担心不被这个世界欢迎一样，纯真又原始。这是一种令人无奈的模式，很多人离权威越近，就变得越小（心理年龄）。

这种关系越近人越变形的体验更多来自内在与权威相处时爱恨交织感觉的长年积压，就像是主人公在会见罗森医生的过程中呈现的那样：有一部分体验是这个医生受过良好的训练，专业且温和，对话颇有质量，一语中的；另一部分体验则是充满了对罗森医生的拒绝、敌意和稍稍展露的攻击性，好像有一种被他控制的感觉，这当然来自妈妈的控制留下的烙印。

这是很重要的现象，如果我们只爱一个人，这说明这个人是空的，我们无法接近这个人；如果我们只恨一个人，这说明这个人是令人恐惧的，我们无法拒绝这个人。然而爱恨交织才是真正的人与人的亲密关系。主人公对罗森医生这两种感觉皆有，说明医生在她面前是一个活生生的人，主人公终于有机会和这样的一个人开展真实的互动了，她进入了关系。

那么罗森医生是如何做到的呢？

"能具体展开说说吗？"这是开放性的提问，用具体化的方式打开问题。

"酗酒的人。"这是在定位主人公的关系对象属性并试图寻找规律。

"你害怕情感上靠谱的男性，可能情感上靠谱的女性你也怕。"这是在更加完整地归纳主人公的关系模式，指出她关系中最大的障碍来自恐惧。

"你自己一个人当然不行，都有谁支持你？"这是在肯定主人公的脆弱和孤独的价值，并了解她的资源——支持系统。

"恭喜。"从这里开始，罗森医生进入主人公的世界并开始撕扯死亡对于她的意义，使用了一种与绝望感反向互补的方式重新赋义死亡。

"你觉得你是怎么变成现在这样的呢？"这是开始探问主人公问题的历史，了解主人公与问题之间关系发展的脉络，就好像是了解一个人对焦虑的焦虑，第二种焦虑是怎么来的一样。

"你渴望什么？"开始激活主人公的改变动机，激活被糟糕的体验压抑的那些积极的需求。

"那就别告诉她。"罗森医生在鼓励主人公与软控制的妈妈树立边界。

"团体是我所知道的、能帮助你实现渴望的唯一方法。"罗森医生温和地强化了医生的权威性，并推动主人公投入人际关系的网络。

"我会给你五年时间。"需要留意的是，这里的五年未必是机械的、刻板的时间定义，然而这样表达可以让罗森医生参与到主人公自我定义的进入团体的时间预期，打破主人公在脑子里控制与未来团体关系的想法。

"你希望五年后能和他人建立亲密关系，对不对？""我们可以做到。"罗森医生继续灌输希望，强化主人公的治疗动机。

"遇佛杀佛。"罗森医生通过这句话鼓励主人公可以向权威表达攻击性，并且破除脑海中的关于权威关系的禁忌。

当然，罗森医生还对主人公做了一些心理教育，告诉她进入团体可能会发生的一些基本情绪，以增强她的自主感。

罗森医生最可贵之处在于他并没有扮演一个高高在上的、经验丰富的治疗权威，而是用了一种近乎无知却又捕捉准确的力度：一半是治疗性的语言，一半是社交性的语言在与主人公建立关系，这种像是朋友之间谈话一样的感觉对于主人公这种回避社交的人，是非常有帮助的。

读者：

团体治疗里的男组员非常直接地问主人公性历史，国内的团体治疗也这样吗？

李仑医生：

性、金钱、死亡永远是人类关系中的三个禁忌话题。

主人公刚进入团体，就遭遇了与性有关的话题，这在人际关系中看起来有一些冒犯和尴尬，可是在小组这样的一种组员之间相互治疗的关系中，这却是一种真实关系的试探与开始。组员在试探主人公的边界，在试探主人公是女孩还是女人，或者这两者的比例是多少，也在试探主人公的羞耻感水平和恋爱的历史，而主人公用了一种看起来开诚布公的方式应对。

一般情况下，组员进入团体的第一轮，核心情绪是焦虑感，每一个人都会用不同的方式来压抑这种焦虑，所以我们看组员们在第一轮的表现，可以了解每一个人的焦虑是什么样的，每一个人又是如何对待自己的焦虑的，这就像是一种焦虑与防御焦虑的"展览会"。

很显然，主人公在她进入团体第一轮的焦虑是有关于性别认同和亲密关系的，比如她是不是一个有魅力、值得男性追求的女人，这种在两性关系中资格感不足、确认感不足的不安是焦虑的来源之一。另一个来源是对于自我真实欲望的恐惧，因为过去的经验告诉她，做真实的、有需求、有欲望的自己，会遭到权威的惩罚。

读者：

第一次参加小组，主人公选择了一张面向门口的椅子，这反映了主人公的什么心态？

李仑医生：

　　一般来说，面向门的椅子会使坐在这把椅子上的小组成员在小组中最具备掌握感。

读者：

　　"椅子特别硬，挪动屁股的时候有点吱吱作响。"

　　作者阐述第一次参加小组集会时，写了这样一句话。团体治疗的椅子故意比较硬吗，还是心理作祟？

李仑医生：

　　当主人公感觉小组中的椅子太硬的时候，她已经有了一些对这个小组的敌意，她更加躲闪与小组的接触，似乎有一些逃离的倾向。

读者：

　　后面组员之间玩起了"词语游戏"，用意何在？

李仑医生：

　　这是在帮助主人公分清楚什么是想法，什么是感受。有时候我们要谈一个感受，却表达出了想法，那么想法就是感受的盾牌；有时候我们要谈一个想法，却表达出了感受，那么感受就是想法的盾牌。罗森医生正在尝试让主人公换几种盾牌的方式。

感受通常是一个词语，想法通常是一句话。

一个词语和一句话互相颠倒使用是因为通常我们担心对方不能接纳自己，罗森医生在尝试改变主人公的这种关系预设。

读者：

"他们就不想得到什么答案或者解决方案吗？"这里强调的是小组不提供解决冲突的方案吗？

李仑医生：

是的，团体是一种过程哲学而并非结果哲学，即在过程中得到一切，而不是在结果中。

读者：

团体治疗不都是有保密协议吗？为什么"罗森团"就没有？

李仑医生：

心理咨询师有其专业伦理要求，包括对小组和个体咨询的保密责任，所以一般来说，当大家达成共识的时候，咨询师不再就每一个咨询或每一个小组签署协议。

保密的问题，这本质是在谈论一种边界与距离，小组的作用之一是组员可以在一个"治疗气候"的环境里安全地融合与分离。很显然，主人公并没有准备好与其他组员在精神层面融合，所以她很惊讶这个小组对于保密如此轻视，就好像她担心融合会带来背叛一样。可在更早的时候，主人公已经感觉到她与自己的身体都很难融合，好像是自己的身体不受控制一样，于是只能通过厌恶来建立与自己身体的关系，或者说，主人公的抑郁情绪使得她不断攻击自己的身体。抑郁这种情绪通常会带来我们自己与内部世界的无法逾越的距离感，主人公也受到了这种困扰。

而此刻的团体给了主人公一个机会，她可以试着与小组的任何东西融合，包括人、感受、关系、冲突与挑战，从而调整她的身心关系，小组讨论的结束方式也在鼓励这些。

读者：

结束方式？您是指拥抱吗？我听说一些"洗脑"组织也有拥抱的仪式。

李仑医生：

团体因为其理论取向不同，对于组员们的边界也要求不一，比如说经典精神分析的团体不允许组员之间肢体接触，以确保成人间的领地界线，确保人们彼此间有足够的空间体验更多的投射移情；经典人本主义则对此不做特别的管理，一切以小组的状态为中心，即便是组员要通过拥抱来象征性地融合，也是被允许的。

"洗脑"与团体治疗的最大区别是——

其领导者是全知全能的；

不允许组员有差异化的体验；

公开谈论爱或者利用恐惧侵犯组员，强制统一私人领域的各种体验。

符合以上三点的组织具有精神控制的嫌疑。

读者：

都说美食治愈一切，但主人公与食物的故事很让人心痛。生活中，我们也在用食物转移压力和情绪，为什么到主人公这里就适得其反？小组鼓励主人公报食谱，还让她按时向一位组员做汇报，这一段情节非常有趣，罗森医生这样做的目的是什么？

李仑医生：

团体的张力继续深入主人公的生活与内心世界，当要了解她吃了什么的时候，似乎就是在问一个婴儿："你对食物满意吗？你和食物的关系是什么？"这种邀请当然会令主人公感到恐惧，好像团体已经准备好了解她作为婴儿的需求是如何被挫败和压抑的，而主人公还没有准备好进入那么深的地方。

于是主人公像一个机器人一样报出自己的食谱，团体接纳了这个部分，并且告诉她，她不是怪物，这些食物也不是灾难。在此之前，在强迫进食的体验中，主人公始终独自一人，而今，罗森医生邀请她在组外允许另外一个组员进入她和食物的关系中，或者更直接地说，允许另外一个组员进入到她那么私密的与口唇期焦虑的关系，这意味着她和妈妈的关系不再是封闭的、强迫的。

还有一点是主人公回忆起在青春期时，自己是如何被一个男孩当成"秘密开胃菜"的，那种被物化和贬低的感觉摧毁了一个青春期女孩柔弱的自尊，就好像在跟另外一个女人还没有开始正式的竞争，就已经被审判了失败。而主人公真正想去竞争的，是过去不关注自己的感受、只会教育自己的母亲，对母亲长期压抑的敌意在这里被唤醒，这里藏着一个隐喻——和别的女性竞争，一定会被抛弃，于是主人公开始抛弃自己的身体，由多样繁杂的食物来接管自己的身体。

但在小组里，主人公感受到没有人会抛弃她，还给她配了一个像食物保姆一样的"见证者"，她与她身体的关系开始不再由食物来分配谁抛弃了谁。

读者：

小组里探讨了儿时的蛔虫病，这让我想到自己因流鼻涕被小学同学嫌弃的伤心往事和自卑心情。长大后心里埋怨、气愤于父母的无知，连流鼻涕是鼻炎、有药缓解都不知道，任由一个小姑娘一到冬天就淌鼻涕，被贴上"不卫生""邋里邋遢"的标签。父母还宽慰鼓励我说"鼻涕孩都聪明，你好好学习就没人嫌弃你了"。

李仑医生：

小组关注到主人公五岁时关于身体层面的另一种恐惧——因为

自己有病，而感觉自己好像是犯了错的一种感觉（我生病了就意味着我错了）——病耻感。

"你从五岁开始，就一个人行动了。"罗森医生不只是鼓励主人公表达出病耻感，还通过这句话强调了主人公的耻感与自我并存发展的历史，还肯定了主人公离自己的内心世界越来越近的能力，这些都会拉近主人公与现实中其他人的关系。

于是主人公在小组结束后给父母打了电话，去检验五岁时身边人究竟是如何看待自己的蛔虫病的，那是五岁小女孩渴望从幻想的耻感中走出来的一种为时不晚的努力，这种勇气开始在主人公的身上流淌。

读者：

在一次小组集会中，整整90分钟没一个人说话。这种疗法在团体治疗中经常出现吗？其深层用意可以解释一下吗？

李仑医生：

这不是技术，也不是疗法，这是小组的选择，在非言语的情境中互动或者不互动。一般来说，代表了小组正在一个承前启后的阶段。

在团体中，语言越多，组员离关系越近；语言越少，组员离潜意识越近。很显然，团体在试图以沉默的方式打开小组潜意识里更多的信息和"疙瘩"，小组尝试在更深处互动和工作。就像马蒂说的那样，在进入团体之前，他不相信有人愿意听他说话，那就好像是在一个无人回应的世界中独自流浪一样，小组的沉默和语言改变了这个无回应的世界。

主人公的睡眠改善也印证了这一点，她比之前更会放松她自己了。

读者：

在小组的努力下，主人公跟着五对情侣一起滑雪旅行，这对渴求真爱却不得的人来说，真是一个挑战，换成我我才不去。

李仑医生：

主人公试着在团体外去实践那些在团体中学到的东西，她请假离开小组，可又似乎带着小组似的，去参加一个同龄人的聚会。就好像打回电话的那一刻，团体成了主人公的娘家一样。

这是一种活泼而又严肃的关于归属感的发展，有时候会让你觉得团体是一个奇妙的地方，你在家里、学校里、单位里不能说的，在团体里可以说；你在人际关系中、亲密关系中不敢去触摸的情绪和体验，团体会"逼"着你去体验甚至挑战；团体中的组员并不具备血缘关系，可是有时候组员会觉得彼此的关系胜似血缘关系，当这些体验发生，团体就真正地嵌入了组员的生活，这样才会有机会发生更深入的改变。

读者：

"每当提及俄克拉何马州之行，我也会浑身发颤，因为它证明了我可以被抛下。"为什么这段经历会让主人公难受很久？其实谁在生活中都会遇到类似的事情，虽然很难过，但好像不会浑身发颤。

李仑医生：

因为这段经历对于主人公来说是个创伤，这种状态可以被叫作"慢性创伤被应激源激活"。这件事让主人公觉得在家庭里自己是一个可有可无的人，而在团体中，这种感觉得到了修复，她被组员们需要着。

有文献证明，参加团体的老年人比没有参加的寿命普遍要长，也许老年人内心最渴望的——被人们需要的感觉——在团体中得到了满足，于是生命也在关系的意义中得到了延伸。

读者：

仅仅一次不愉快的约会经历就让主人公心态全崩，就好像这段时间的团体治疗一点作用也没有一样，这是怎么回事？

李仑医生：

当组员在小组的帮助下有了一些改变或成熟后，必然会发生一些事情，比如说组员在组外的关系中遭遇了挫折，顿时感觉一切积极的改变或成熟都是假象，一切又回到了原点，甚至更糟糕。在精神动力学的心理咨询中，把这个现象叫作"负性治疗反应"，大概的意思是说，组员虽然有所成长，可是天花板还在那里，形象点说就是"走三步退两步"。

主人公在小组中获得了被人重视的感觉，而约会中获得了不被看到的感觉，这两种感觉在竞争，究竟哪一种体验才是真实的，因为主人公长期不被理解的感觉的积累程度远远大于在小组里获得的好的感觉，于是，不被看到的感觉占了上风，就好像主人公的历史使她"退了两步"。

读者：

约会不悦，被卡住的感觉，总觉得是"我"的错。主人公为什么会有自我谴责的惯性思维？

李仑医生：

一体两面：一方面主人公通过这种方式收集失败感，抵消资格感，完成不断形成抑郁情绪的过程，即不断挑剔过去的自己；另一方面也在呈现一种原始自恋，即所有糟糕的事情都跟我有关、夸大的全能自恋。

读者：

我可以理解为，主人公是在认领"错误"，强行给自己加戏吗？

李仑医生：

　　那倒不是。从象征层面来说，主人公的确被卡住了，一方面做个懂礼貌、与人有距离的孩子是那么的无趣；另一方面做一个轻易与人发生关系的坏孩子又是那么的令人自我厌恶。她在好孩子和坏孩子之间挣扎，似乎丢失了自己，也许丢失的是过去的自己，新的自己正在路上。

读者：

　　罗森医生为什么要让主人公坦白自己是"只撩不睡的绿茶"？是为了不发生性关系，还是其他目的？

李仑医生：

　　主人公在社交中展示的性不是为了性本身，而是为了获得接纳、认可和肯定，罗森医生让她这么做是为了打破她这种自我伤害的模式。

读者：

　　不是很理解，可以多展开讲讲吗？

李仑医生：

　　罗森医生鼓励主人公以"绿茶"的方式继续在坏孩子的感觉里待着，很显然，这个位置离她压抑多年的攻击性、敌意和可以超越的羞耻感更近，那是一种以反叛的方式进入青春期的动力。主人公离开养育者脑子里幻想的好孩子的方式，就是与内心那个全能的权威开始发展一种对抗性的关系，拥有了一块自己的领地，并且制定这片领地法律的权利，好孩子总是任人摆布，坏孩子最起码可以试着主宰自己，而真实的孩子则可以在这两者之间找到一种新的平衡。

主人公正是缺乏一种主宰自己命运的能力，缺乏一种做真实的孩子的能力，罗森医生正在帮助她对自己人格未发展的部分查漏补缺。"绿茶"这种略微夸大的直率，反而使得异性和主人公保持了健康的边界。这种做法虽然略显极端，然而对于主人公却是无比珍贵的。

故事讲到这里时，主人公已经进一步觉醒，准备整合对罗森医生"杀"和"佛"的感觉。

读者：

主人公的性厌食症这一段情节，我不太理解。为什么罗森医生一定要她在自慰前后将此事告知组员？

李仑医生：

性厌食症的命名让主人公对自己的亲密关系模式有了更深的了解和定位，这自然发展了她的自知力水平。更重要的是，她认识到一件很重要的事情：无法拒绝人的脑袋和不受自己控制的身体是如何分裂的？团体尝试整合组员们身心分裂的痛苦，包括意志与情绪不一致的感觉。

就好像你的身体要暴食，脑袋不同意，于是内耗；就好像你不喜欢一个人，却无法拒绝他一样，分裂总是一个人内部的战争，在这场战争中是没有赢家的。

还好主人公在组外有一个见证者，也是替代性的养育者，在深夜短暂而又强有力地陪伴着她。

主人公被这种稳定且细腻的情感穿透了，于是她想放声大哭，可又把自己吓了一跳，这显示情绪和大脑开始同步了。

读者：

为什么要把装骸骨的罐子塞给别人？骸骨，也太吓人了。这一处的内容，作为读者非常不理解，李仑医生能解释一下吗？

李仑医生：

一个人难以面对的，一群人来面对；一个人难以承受的，一群人来承受，这是团体咨询的一个基础逻辑。即个人议题成为公共议题，以这个人的问题成为另一个人的药材，成就组员间的相互治疗。

读者：

可那毕竟是骸骨啊，无论在中西方文化环境中，谁会接管一个与己无关的人的骸骨？

李仑医生：

　　死亡和高潮在人类的潜意识里是在一起的，无论什么形式的高潮都意味着深度的融合，无论什么形式的死亡都意味着无奈的分离。融合分离，生生死死，这两大主题使人性得以彰显，其中积极的部分使人得以发展，其中消极的部分使人性得以封闭和压抑，使人故步自封、安于现状。

　　小组成员拿着骸骨来到团体时，这两个主题就在一个时刻呈现在了所有人面前，有的人的任务是要完成分离——把骸骨交出去；有的人的任务是要完成融合——把骸骨接过来，这种团体成员的任务配对可以承接死亡焦虑带来的无力和被迫害感。罗森医生让主人公保管骸骨盒，是想让她热热身，去真正地感受死亡焦虑及这种焦虑内部隐藏的抑郁情绪。

读者：

　　弗洛伊德"移情法"指什么？

李仑医生：

　　进入他人的关系和情绪剧本，成为剧本里的那个角色，体验并反思，完成他人和自己共同变化的过程。

读者：

　　在电影里经常看到心理医生让患者用语言将场景重现，细节越多越好。这里也是这样,细节越多,治疗效果越好,是这样吗?

李仑医生:

主人公勇敢地回忆了目击同学父亲意外溺亡的整个过程,这种主动的回忆和表达本身就是一种疗愈,它会改变大脑对于创伤性记忆闪回的机制,尤其是那种被恐惧突然闯入大脑的窒息感。

读者:

虽然主人公在这个死亡事件中尽了全力施救并寻求帮助,可是表达的方式似乎是她什么都没做到,这是一种被回忆扭曲的感觉,为什么会这样?

李仑医生:

我们常被自己的记忆欺骗。

遭遇创伤的痛苦、恐惧和罪恶感不仅仅隐藏在目击者的大脑中,也存在于她的身体中。罗森医生鼓励她用一种当年救人的躯体姿势尝试唤醒一切,并且激发了她在面对死亡时那种由深深的无力而被激活的全能感:如果当时我再努力一些,就没有人会死;和另外一种深深的自责:我保护不了任何人,我是没有用的。这两种感觉就像是钟摆的两端,操控她的生活和关系——一方面无比努力,不懂拒绝;另一方面将任何挫折都归结于自己无用。

痛苦的感觉存于内心，久久得不到释放和被理解，就会生发出许多信念，而这些信念就像是监狱一样，囚禁了自我发展的可能，似乎主人公的某个部分被截留在了那片黑色的沙滩上。罗森医生做的，就是再一次回到那里，让主人公和团体中的所有人再一次回到那里，把她带回来，安慰她，照料她，确认她都经历了什么，告诉她这不是她的错，让她可以安心地在死亡面前暴露自己的脆弱无力，从而恢复内在的流动性，也使得关系不再被死亡的一切所障碍，重新成为她自己。

这是一个艰难的过程，好在团体有足够的凝聚力，大家共同面对，彼此分担，这一切都是主人公配得的。

读者：

主人公在组员的鼓励下挑战知名律所，顺利入职，这一段非常励志。书中详细描写了那顿"昂贵、精致的大餐"，还有丰富的内心活动。这一处人与食物的描写，与之前的暴食症形成了鲜明对比，从心理学角度讲，这一段情节隐喻了什么？

李仑老师：

尊严有两个组成部分：一个是自尊——就是你觉得自己很重要；二是他尊——就是别人觉得你很重要。这两者的水平相似，差异不大，可以彼此转化和流动。具备这些特点的自（他）尊，就是健康的尊严。而我们常见到的就是别人觉得你很重要，然而你却觉得自己没有那么重要。主人公就是这样的人，当她听到自己被人形容为"才华横溢"的时候，她觉得自己不可能跟这个词语有任何的关系，似乎她的一切努力都是为了稳定内心的那些痛苦，就算有成就也难转化为成就感被吸收进内心，提高自尊水平。

小组在经历了试探期（性的话题）、风暴期（对小组的攻击性的展现）和创伤期（关于死亡的回忆及矫正幸存者内疚）后，来到了平台期（进三步退两步及内在价值与外在价值的提升与整合）。这时主人公作为家庭人角色的压抑，作为学校人角色无意义的努力，开始在社会人角色这个层面得以超越性的整合，并且得到了小组的鼓励而并非说教，这是一场亲密关系之外的社会关系的"成人礼"。

之前主人公与食物的关系是"食物"完全吞噬了主人公的自信，本来属性为力量和营养的食物成了一种"迫害者"角色，而现在主人公可以真正在内心还原食物的本来属性，从中获得营养和价值的确定感，从迫害与被迫害的关系转变为滋养与吸收的关系。

读者：

在第二个小组中，主人公因为罗森医生不重视自己而生气，挺孩子气的。她还回想自己小时候一肚子气却不敢发泄的样子。能否表达自己的愤怒，其实也体现着一个人的心理成熟度、对关系的自信程度，是吧？在工作中您是怎么应对小组里像孩子一样求关注的组员的？

李仑医生：

　　每一个团体中的成员来到团体后，集体互动这种形式都会激活组员深层的关于关系的两种渴望：一种是单独占有团体领导者，另一种是与同胞竞争。在这一节中，我们可以看到主人公的这两种需要是如何被团体激发得更激烈、呈现得更鲜活的。

　　主人公绕过其他成员单独向团体领导者表达愤怒，这背后是一种依赖的需要，似乎在说：你没把我照顾好，你要内疚，你要负责！而与此缠绕的是与同胞无法公开竞争的嫉羡。

　　你有一部手机我很喜欢，我努力赚钱买到它，然后我就有一部跟你一样的手机了，这叫羡慕。

　　你有一部手机我很喜欢，我要想办法搞过来，然后把它毁了，这叫嫉妒。

　　显然嫉妒里面有恨，恨你有恨我没有，主人公在同胞竞争里宣判自己的失败，这种恨就可以再次回到权威那里，这样就可以扮演一个受害者角色而不需要再为自己负责了。

　　而罗森医生通过一种幽默的、升华的、与主人公合作的方式把她宣泄在组外的这种复杂的情绪重新捡回了小组，这样，团体就可以帮助主人公好好地就这两个人类永恒的主题来工作了。

　　小组中像孩子一样求关注的成员往往是耐受不了等待的，我们既需要去承接包涵这类成员的焦虑，又要创造一个空间以提供一种体验——被铭记但不会马上被满足，这个过程可以提高成员延迟满足能力，更好地胜任成人与人之间的关系张力。

读者：

为什么性幻想对象会是罗森医生？

李仑医生：

在心理咨询中，咨询师是一种权威角色的象征，那么来访者内在无法应对的痛苦、幻想和欲望会投注到这个权威身上，这并不是一种表面的爱慕、崇拜或者性的幻想，而是来访者在学习和模仿，看咨询师会如何面对、处置和管理这些东西，类似于来访者暂时找一个人托管物品。

读者：

书中特地强调了梦境中自己体验到了前所未有的性满足，这体现了在罗森医生带领下的团体治疗对主人公的潜意识起到了正向的、巨大的影响？

李仑医生：

在小组里公开地表达了对罗森医生的不满后，主人公拥有了一次迄今为止最棒的睡眠，在梦中她独自占有一个浪漫且充满野性的说唱歌手，这似乎意味着当主人公勇敢地向权威表达攻击性之后，享受美好性体验的资格感剧增。更妙的是，春梦中的男人不仅仅充分地让主人公在两性融合中体验到极致的照料与享乐，而且这个男人更是一个被社会承认才华的公众人物，这份社会属性当然与代表着微型社会的团体有关，自然也与团体授权的带领者有关，所以罗森医生指出了这其中的隐喻。

人类内心世界的两大驱力——性与攻击性，此刻分别被主人公投到了与带领者的关系里，于是为接下来更深入的整合与升华提供了坚实的工作平台。

更重要的是，主人公回顾了自己在与异性的交往历史中，那些被冒犯后却迟迟不来的愤怒与攻击性是如何转向了自身，从而加重了自我贬低与耻感。

读者：

因为释放了攻击性，所以可以加入第二个小组了？两个小组有什么递进关系？为何可以并行？

李仑医生：

愤怒、攻击性、失望、性的幻想，它们离更真实的自己更近，当这些东西可以被关系安放、可以被小组安放的时候，工作就可以更深一步了。

读者：

第一个小组教会了主人公表达愤怒，第二个小组是要教会她在亲密关系中容忍愤怒，这却让她想吐，各路神仙也着实把她吓到了。

李仑医生：

　　第二个小组是一个暗流涌动、废墟感与余震不断交替出现的小组，每一个成员都在亲密关系中承受过巨大的创伤，但也正在积极地重新学习如何与自己、与他人建立亲密感，当组员通过表达愤怒来吐纳内心冰冻多年的恐惧时，主人公感觉到自己内在更深处的恐惧被唤醒，无法用语言命名，只想呕吐。

　　这是一种婴儿般的求助方式，罗森医生鼓励她面对这些恐惧、愤怒、混乱与失控。

　　自己无力消化的情绪，说出来，给了对方一个机会来感受你，与你对话，于是这份情绪不再属于你一个人，而属于关系——我变非我；对方无力消化的情绪，说出来，给了自己一个机会去感受对方，与对方对话，于是这份情绪不再属于对方一个人，而属于关系——非我变我。这就是关系的容纳性、流动性，高质量的关系皆有这份属性。罗森医生和小组正在帮助主人公建设这个进程。

读者：

　　个人觉得，主人公与杰里米之所以能产生恋情，跟罗森医生有直接的关系，就好比一对男女因共同的偶像而对彼此心生爱慕。恋情的开头有点甜，真没想到结果会是那么糟心。

李仑医生：

　　在第二个小组中发展出的容纳和勇气很快被主人公拿到生活中

去尝试——与异性发展亲密关系，就好像生长出的新的枝丫需要阳光雨露的滋润一般。

值得注意的是，这一次的恋爱对象气质含蓄、内敛、宁静，这个与之前的那几位酒鬼、烟鬼大不相同。

正如主人公所感受到的，有治疗师的人让人有了一份起码的安心。他们有一个共同的、重要的第三方力量——罗森医生做纽带，就好像拴在牢固码头上的两只孤舟互相产生了吸引一般。这种纽带的力量使得两个人无须太多的试探和碰撞就可以坦诚相待，产生共鸣，彼此融合，这是一种彼此信任和尊重的力量，虽然尚未成熟，可已经开始了。

读者：

在玛妮家的婴儿房，主人公为什么突然冲杰里米母性发作？这一处情节感觉没头没脑的。

李仑医生：

主人公要做杰里米的好妈妈，以替代之前内心中积压的那个坏妈妈。

读者：

主人公与杰里米谈恋爱这件事，"罗森团"的人都知道，但对杰里米过往知情的人，谁都没有向主人公警告他对电子游戏上瘾

（又是一个物质滥用的）、经济问题严重……这一点十分令人费解，若是小组外的人，早就第一时间劝阻他们恋爱了。

李仑医生：

这是一种奇妙的体验，主人公和男友在不同的小组里都会分享彼此相处的点点滴滴与内心的涟漪，而他们背后的小组就像是冷静又不失温情的"娘家人""婆家人"，陪着这两个在关系中蹒跚学步的少年一起体验、学习与成长。

更重要的是，罗森医生逐渐使主人公体会到"性压抑—性冲动—羞耻与恨意"这个模式的脉络，当主人公投入一段关系时，她身心的一些部分变得冲动，其他部分则仍旧在自我厌恶与羞耻的循环中，而照之前的关系剧本，冲动的那个部分早晚也会被自我厌恶和羞耻的部分所吞噬，就好像不断在关系中制造后悔一样，这也就是在关系中不断重复抑郁的方式。

在亲密关系中，在不断地深入中放慢节奏，让一切呈现出来，尤其是将对自我身体的厌恶袒露出来，方可有机会获得一个协调的、并不内耗的、身心一体的关系。

这一点才是最珍贵的。

读者：

杰里米的状态比主人公糟糕一百倍，难道罗森医生不担心杰里米会让主人公陷入更糟糕的境地吗？还是说，罗森医生这一"专治有亲密障碍"的爱情处方早已被证实十分有效、百试百灵？

李仑医生：

一般来说，咨询师不会鼓励或禁止来访者进入或者离开一个关系，违法的除外。从这个角度上来说，咨询师会对来访者一切历史与当下的关系体验保持开放，并讨论这些体验和意义。

读者：

"碰巧的是，我们的性生活进展缓慢确实是罗森医生导致的。"
这句话是什么意思？主人公的性生活跟罗森医生有什么关系？

李仑医生：

双方在对待"性"这一方面都还没有准备好，咨询师指出了这一点，双方遇到了共同的困难。

读者：

个人感觉正是杰里米的那两句"我也是"，让主人公彻底沦陷在这段恋情里，您可以从心理学层面分析一下吗？

李仑医生：

在罗森医生的鼓励下，主人公对自己胸部的厌恶和耻感通过可擦除的文身外化出来，这样主人公就可以更加真切地、更具视觉化地体会这些耻感视觉化，从而理解那个在十六岁高中毕业舞会上的没有人保护的自己。

青春期女孩儿沦为男孩儿们集体冒犯与嘲笑对象的痛苦回忆，不知是酒精导致头脑迟钝，还是女孩儿无力维护身体边界、无法表达愤怒，总之，巨大的耻感已深埋心底。

自己身体的一部分成为他人玩乐的工具，这种肮脏感与被物化、任人摆布的屈辱感造成了身心的分裂——仇恨那无辜的身体，这场冲突中没有赢家。

杰里米的两句"我也是"极大地陪伴了她，至少在主人公自我审判的法庭上有了一位无论如何都支持她的陪审员。

读者：

与杰里米的恋情越来越令人窒息，可无论是罗森医生还是小组组员，谁都帮不了她，这是为什么？

李仑医生：

主人公在亲密关系愈加深入的时候，回避也愈加深入，巧合的是，男友的回避也恰时发生，这一对并没有通过语言表达需求的人都在使用距离和冷漠来表达对亲密的恐惧。幸运的是，主人公把这种双方"共谋"的冷暴力带回了小组。

两个小组给了主人公不同的体验，一个是反思性的，重建洞察；另一个是鼓励宣泄，允许情绪在愤怒和失望之间摇摆。这两者缺一不可，缺少了反思就不能发展，缺少了宣泄就无法离开压抑和回避。

主人公也在这两种体验中回忆了儿时失望的感觉，更重要的是，那一段失望并没有被人看到、听到，究竟是失望会带来被隔离与孤独，还是回避与孤独会制造失望，这个因果关系已经无从梳理。但可以确定的一点是，这已经是一种轮回，镶嵌在了主人公的关系模式中。

"可怜的孩子"与逐渐蔓延的失望在竞争。

读者：

可以结合杰里米的症状，解释一下回避型依恋吗？

李仑医生：

回避型依恋，可以理解为"对自己渴望的东西感到恐惧，并否认自己的需要，对于关系中的满足感感到不适，对于灵肉的融合这种体验，有一种濒死感"。

罗森医生帮助主人公发展在亲密关系中表达自己的需要的能力——这个过程没有羞耻感和被拒绝的恐惧，并且学着用这种方式满足自己、取悦自己，不断地确认和提升自我的价值感。

而阶段性的需求被满足之后，主人公和男朋友分别起了不同的化学反应——主人公体验到了稍稍满足后那积压许久的悲伤被唤醒的滋味，男朋友则陷入了更深的回避中。更大的不同是，主人公选择对这种被隐形控制的感觉表达攻击性，从好像自己完全不能决定这段关系一样的感觉中挣脱出来，而男朋友则选择了顺从并回避了自己在关系中的责任。

这是一种回避自我责任、心甘情愿被控制的感觉吗？还是一种对罗森医生的变相攻击？或者我们可以直接地说，回避本身就是一种攻击，既有指向外界的冷暴力——让对方内疚，也有指向内部的热暴力——不断地挑剔自己。

读者：

再读一遍主人公与杰里米的恋爱过程，似感觉罗森医生在操控自己的两个患者，这个是否违反了心理医生的职业守则。

李仑医生：

一会儿感觉咨询师是天使，一会儿感觉咨询师是恶魔，这都是来访者在整合对内在权威的分裂样的感觉，是一种整合的倾向。

读者：

"如果你能在这里，在治疗中依恋我，那你就能依恋其他男人。"罗森医生的这句话有什么心理学依据？

李仑医生：

咨询师在帮助来访者建立健康的依恋关系。在治疗中，咨询师是个理想化的客体，和咨询师建立足够强度和质量的依恋，就可以带着这种新的依恋模式处理其他的人际关系。象征一点说，咨询就是人格健身房、关系实验室、情绪过山车。

读者：

　　主人公在小组成员的帮助下，在亲密关系中不断地被激活内心的各种体验，并得以矫正和发展。如果说上一段恋情让她充分地面对了关系中的抑郁情绪的话，那么在和实习生的关系中，还是被"打回原形"，靠讨好去挽留对方。

李仑医生：

　　这位从不会在关系中投放抑郁的实习生与我们的主人公开始了一段亲密关系，热烈、柔软，极其美好。可一旦提到婚姻，他就设置了一个条件化的要求，这激活了主人公资格感匮乏、被物化且希望又一次破灭的沮丧感。面对讨好挽留，对方早已斩断乱麻，让主人公再次体验到被抛弃的感觉。

读者：

　　与实习生分手后，主人公居然关注到一个习惯性出轨的已婚男组员，后面还陷入了婚外情的狗血剧情，是不是过于自暴自弃了？

李仑医生：

与实习生的这一段感情给了主人公非常荒诞的体验，对方是令自己满意的，他唤醒了自己对生活的热爱，但因为某种文化禁忌，这段关系无疾而终。对主人公而言，这就好像是离了一次婚一样，主人公此刻无比渴望可以进入婚姻，以应对女性身份的危机。

她在小组集会中倾吐这些时遇到了同样在婚姻中感到挫败的男人，同样的失败感作为共鸣在关系中开始蔓延。

读者：

主人公在恋情不顺后出现严重便秘，这是心理问题躯体化的表现吗？

李仑医生：

内心被激活的部分无法通过语言表达，而通过身体表达，是躯体化表现，也是一种退回到婴儿时期的表现，象征着前语言期的创伤。

读者：

组员在小组里与罗森医生叙旧，都是陈年旧事，跟主人公一点关系也没有，主人公感觉自己像个陌生人坐在别人家的客厅里，这种感觉挺不爽的，但主人公还是留在了小组里，这是为什么？难道这也是一种疗愈方式？

李仑医生：

在一个历史更久远的小组中，主人公听到了很多关于罗森医生生活中的逸事，这将改变男性权威在她心中的模样，从刻板的、有距离的、脸谱化的样子变成了有缺点的、可爱的、略显笨拙的有温度的男性，这当然会令主人公感到恐惧。更重要的是，这种更加温和的小组体验，使得主人公更加深入地了解到一段长期的亲密关系，真正由哪些因素支撑着，这将融化主人公内心一些冰冻更久的、关于亲密关系质量的"天花板"，躯体的表现就是便秘——肠道蠕动紊乱了，象征着主人公将要排出更坚硬的情结。

读者：

跟亚历克斯的恋情戛然而止，连我都觉得意外和难受，这种情况任谁都无法接受。幸好有组员陪着主人公，但是我隐隐感觉，组员对恋情越关注、越看好，主人公对失恋被甩一事越心怀愧疚——对组员怀有"不好意思，我又失败了"这样的愧疚心情。嗯，太多的期待也是一种压力。

李仑医生：

亚历克斯没有浓烈的抑郁情绪，没有回避过关系中真正的交流，也没有条件化的婚姻要求，而且他可以跟主人公去运动，去旅行，在夜里说情话，在落日中拥吻，这些都给了主人公一种深入骨髓的安全感与归属感。

可是他突然收回了所有的深情和温柔，就好像突然把主人公推向了一个无底的、失去了抱持的深渊，幸好团体接住了她，在这里出现了一个关键的场景，相对于再一次被抛弃的羞耻感，主人公更担心自己会使小组的伙伴们失望，好像组员们的感觉更让主人公觉得需要被关注，这是一个了不起的突破。因为之前主人公只想从小组中拿走什么，而从未考虑要为小组做些什么，而现在，她可以与整个小组互相吐纳，彼此关心。

作为小组的一员，关心整个小组和里面每一个人的感觉，就好像是通过小组关心自己内在的整个世界与其中的每一个部分，这将是真正改变命运的开始。

读者：

作者大小便失禁，这也是退行吗？

李仑医生：

是的，这象征着失控的恐惧的躯体化。

读者：

承认自己的野心，也是治疗带来的结果吗？

李仑医生：

对于抑郁的人而言，野心异常重要，这是咨询的一个重要时刻。

读者：

主人公跟妈妈通电话，道出单身的焦虑和沮丧，妈妈坦白自己也是很晚才遇到合适的伴侣，这次对话居然治愈了主人公。有时候我们也是这样，把一种无可奈何的"不足"认作基因遗传就会少点自我苛责。

李仑医生：

换个角度看，主人公不仅得到了母亲的关心和问候，还听到了另一个当年也曾孤独、焦虑的女人心声，这极大地抚平了主人公内心的异类感。

读者：

伤害泰迪熊是主人公潜意识中对罗森医生的愤怒吗？为什么罗森医生这一次非常生气？

李仑医生：

因工作原因，主人公无法有规律地参加小组，导致她担心自己被小组抛弃，内心的恐惧与对小组的敌意同时被唤醒。泰迪熊代表着治疗师和小组，主人公通过破坏它来试探小组究竟会不会抛弃自己、遗忘自己，这本身就有点冒险意味。然而，小组还是稳稳地接住了她，无论主人公把内心多少因为孤独、羞耻而转化的愤怒与攻击性投向小组，小组都愿意去聆听、接纳与转化。

读者：

单身状态下凭自己的努力买下一处房产，这是一件令人振奋、自豪的事情，主人公却很悲观。嗯，这一段也太"凡尔赛"了，很难让人与她产生共情。

李仑医生：

主人公盼望着能与真命天子一起享受筑巢的快乐，但当下买房只是为了消化工作带来的疲惫与劳累，像收入一个战利品那样买个房子，这在社会角色中是一种成就，但未婚的身份标签给这份成就添加了几分悲凉与孤寂感。

在主人公的体验中，这不是一个女人拥有一套房子，更像是尼姑拥有了一座一个人的寺庙，这种自恋的满足与挫败并行发生，强度相似，冲突剧烈。当这种体验无法顺利地被安放在小组中并被聆听时，主人公将巨大的愤怒对着小组里的一位男性——更准确地说是对着这个世界上的所有男性发泄，表达了极其强烈的不满。然而，这样的宣泄并没有带来惩罚，更没有距离和羞耻，在结束时他们仍旧紧紧相拥，主人公内心的一个部分被修正了。

读者：

主人公与小组里的已婚男搞暧昧，是一种空窗期的关系练习吗？这样遇到合适的男人时就不会错过？而小组也在默许主人公的这种练习？

李仑医生：

在世界上某些地方的小组纪律中，组员之间是不能够发展利益与肉体关系的，需要保持治疗关系的边界——这是小组的一个要求。主人公的这段关系中有一个禁忌是，这位男性是已婚人士，这样突破纪律的体验能给主人公带来治疗的作用吗？罗森医生展示出了强大的信任与授权，似乎他认为这是一条必经之路。

我们已知，主人公与罗森医生的关系中，春梦与敌意交替发生，而现在是主人公与组员之间发生关系，与权威是一种上下级的关系，与组员是一种同胞的关系，敌意和亲密之间有一种分裂的冲突，意味着爱上了自己恨的人，或者恨上了自己爱的人，主人公正在与权威和同胞两层关系中活现这种分裂的冲突，从而有了更大机会的整合。

更加重要的是，在这样的关系中，主人公一边体验到羞耻、肮脏；另一边又会对这种体验进行提炼与反思，是管理羞耻感还是被羞耻感控制，这种内在世界的博弈正在进行。

这些都发生在被小组充分授权信任的关系之中，这种信任本身就是一种治疗。

读者：

与有妇之夫电话调情、自慰的时候，主人公为什么要选择壁橱？

李仑医生：

主人公对性有羞耻感，另外壁橱一般也代表了与性别认同有关的困难。

读者：

在主人公看来，已婚男组员是自己很多前男友的"反面"，所以她自信自己终有一天会遇到一个集结这些"反面"但单身的男人，我可以这样理解吗？主人公虽然贪恋这点"禁忌之恋的甜"，但已经有能力掌控关系了，她在亲密关系中越来越强了。

李仑医生：

在小组中，主人公是自由的，她可以谈论一切，每当她对自己指手画脚的时候，其他小组成员总是提醒她要善待自己，无论是一种什么样的过程，她都有资格得到自己想要的体验。在小组外，主人公正在体验这种禁忌关系的局限性：无法敞开地分享、无法心安理得地接受他人对这段关系的祝福、和对方在交流中战战兢兢。

一杯酒，两个人喝是美酒，三个人喝是毒酒，对于主人公而言，即便是毒酒，也好过她那无边无际的孤独。挣扎、自我怀疑、没有完美关系的沮丧，这些体验本身就是成长。

读者：

无法成为自己生活的主角，暂时进入别人生活中甘当配角，终究不能逃脱生活的洗礼。在这段婚外情中，主人公又当了一回"多余的人"，再次尝到了失败的滋味，但她并没有负面情绪，反而更加信任罗森医生了。

李仑医生：

主人公之前在挣扎中发展出的更深入的内省正在发挥作用，她越来越感觉到治疗的精髓——一种有注目、有回应的人性自由与自我责任的发展，促使了人格的继续发育与成熟。一直以来，罗森医生从不用外在的道德标准去框定主人公，而是鼓励她发展一种由内而发的边界系统。他从不拯救谁，也不教育谁，更不被组员的情绪淹没，而是温柔而坚定地让每一位组员看到自己，看到彼此，进行对话，向一切不确定敞开内心。

读者：

在与布兰登的恋情中，主人公表现得从容、淡定，摆脱了自我怀疑与否定。但布兰登不希望主人公在小组里提到自己，是不是暗示了他根本不想走进主人公的全部世界？

李仑医生：

主人公没有了一进入亲密关系就变小孩子的现象，似乎刚刚进入成人世界，这是一个高质量的关系应有的特征。

但新的问题也来了，一边是男友的要求，希望自己可以留在暗处；一边是小组的邀请，希望主人公可以完全敞开，两边皆重要。在刚刚过去的婚外情中，主人公变相地与对方的妻子竞争，扮演了失败的选手的角色。而今在男朋友和组员的拉扯中，她变成了裁判——显然在这种三角关系的空间中，主人公的领地感似有似无地被拥有或剥夺，在亲密关系的权利冲突中她变得更加可以耐受羞耻感了。

读者：

"你总是被自己遗弃的未来所吸引。"

主人公为什么会这样？有什么心理层面的原因？我觉得这句话可以做文眼。

李仑医生：

自尊水平低，认为自己不配拥有美好的未来，另外一个部分也有不断制造后悔感的模式。

读者：

"当你同意为某人保守秘密时，你就蒙受了他们的耻辱。"

这句话我不是很理解，替人保守秘密跟承受耻辱，有什么必然联系？

李仑医生：

保守秘密意味着承担守住秘密的责任，也在承担着秘密中的耻辱，在共同边界里与秘密后面的情绪共生。

主人公已经有能力转化自己的羞耻感，并可以稳妥地把这些体验放在小组中，然而此刻她要面对的是男友的羞耻，那个站在小组暗处又影响着主人公的男人，正在源源不断地制造着主人公与小组的距离。这是一种软性的控制，同时也让主人公体验到无论怎么做都是背叛的感觉。罗森医生正在尝试让主人公发现这一点——如何拒绝在别人的耻感中牺牲自己。

读者：

自伤行为预示着主人公的自我毁灭倾向，还是其他？

李仑医生：

忠诚与背叛、亲密与距离、幻想与现实、自由与归属，这些主题在亲密关系中、在小组中反复碰撞、交织与熔炼，终于在这一刻爆发，主人公再也无法承受即便是背叛了小组也没有得到男友珍视的现实。主人公想毁掉过去的自己，她渴望可以更快更直接地蜕皮，可以更勇敢地做自己，这是一种象征性的"自杀"。

读者：

罗森医生露出灿烂的笑容说："我有个主意。"他张开双臂，"我感觉你需要被人抱住。你正在体验一种新身份和一种新的认知自己的方式。"他把双臂展得更开。

"你正在体验一种新身份和一种新的认知自己的方式"这句话，李仑医生可以结合故事情节讲一讲吗？

李仑医生：

我们每个人看待、对待自己的方式早期是从父母那里习得的，这种方式不足以支持我们进入社会，进入成人世界，尤其是进入成人的关系。所以在这个过程中，我们需要发展自体性、自主性，对以往的形成的东西查漏补缺，根据过去跟现在组合的比例不同，所谓新身份和新的认知，程度也不同。

主人公深切地感觉到自己在布兰登的生活中就像是一块边角料，可有可无，她却对男友保持了某种荒诞的忠诚（不向小组谈论他）。结果是男友并没有把她视为唯一，亲密关系的核心特征——排他性，在他们之间从来就不存在。

主人公的内在似乎被这种感觉掏空，此时，罗森医生用他的怀抱象征了一个温暖子宫的存在，主人公重新回到这个"子宫"，感觉破碎的自己一点点被重新拼凑并融合起来，她内在的每一个部分都不再是边角料，她再也不会在关系中扮演"边角料"了。婴儿期的创伤就这样一点一点被疗愈了。

读者：

主人公换了床，搬来一个"大雪橇"包裹自己，新床也是"子宫"，对吗？紧接着，主人公开始了积极的社交，整个人都不一样了。

李仑医生：

对。

你渴望什么，你就会被什么控制。主人公第一次发展出一种不带控制的渴望，她开始向不同类型的社交体验开放自己，她第一次感觉到即便自己不够好，也可以觉得自己足够好，可以更直接地表达自己的需要，并且在得到爱和关注时也无须羞愧。

读者：

主人公为什么会对与治疗师相似的人动心？治疗师对主人公的影响为什么会这么深？

李仑医生：

治疗师是理想化的客体，代表了与过去和解，代表了未来，代表了榜样和希望。

主人公把对罗森医生的欣赏和对约翰的感觉合并在了一起，这意味着，她对男性的审美到达了一个新的高度，她可以闻得出来适合她的男人身上的味道，并且平等地去品味他们，她越来越清楚自己在亲密关系中需要什么。

亲密关系的发展并没有像之前那样影响主人公的工作，相反，主人公在工作和发展亲密关系之间找到了平衡，边界清晰，关系人与社会人这两个角色可以相互促进，共同发展。

读者：

好喜欢"对男性的审美"这个说法。

李仑医生：

主人公对前任们的人格和行为中极端的部分做了总结，用来对照约翰，她发现这个男人所有可见的部分都刚刚好，沉稳、温暖、有力且细腻。同时她也感受到了对方的内在品质，从之前的"审丑"来到了现在的"审美"——在亲密的人面前，既不夸大脆弱也不回避压抑，与过去那个高焦虑、低自尊、不能发出真正声音的自己告别，一个有温度、有弹性的自己正徐徐走来。

读者：

后面几章写得有点流水账，也许从心理角度才能发现精彩吧？

李仑医生：

主人公没有把订婚放在一个拯救自己的位置上，她融入了亲密关系，也融入了未婚夫的家族，在这些关系中她是被认可被欢迎的，拥有正当角色；她没有逃避任何内心的体验，包括向未婚夫表达自己的恐惧和不安；她没有忘却之前的痛苦，她回到了那片沙滩，但早已不是之前的自己；在罗森医生家里，她直面自己与权威更深入联结的愿望，并在愿望实现的过程中感受到了细腻、温暖的呵护，她看到罗森医生不只是个热忱负责的职业心理医生，更是一个生活中的人；之前被她厌恶的乳房现在将要养育一个小生命；在婚礼上，陪她一路走来的罗森医生和组员们共同见证她的幸福……

读者：

一直有个疑问。主人公现在的生活已经很幸福了，身心健康、儿女双全、事业有成、与婆家相处得很好、夫妻间没有回避和焦虑，她已经做了十年的团体治疗，还要继续吗？患者是否对团体治疗太过依恋，甚至成瘾？这是不是也是一种生命能量不足的表现？

李仑医生：

其实从象征层面说，我们终身都在团体中被伤害或者被治疗——父母的家、自己的婚姻、职场、密友圈等，可是只有团体才能更大程度地确保你在圈子里是被治疗的、成长的。就像一个人生"排毒养颜"的场所，对团体的依恋也因人而异。在我看来，有求助的态度，有获得帮助的能力，可以转化为自己资源的技巧，这些都是能量足够的表现，因为再强大的人也需要被照顾。